LA ONZIÈME TOMBE

LES ENQUÊTES DE DÉTECTIVE MARK TURPIN

RACHEL AMPHLETT

SAXON
PUBLISHING

CHAPITRE 1

C'était un dimanche matin parfait.

Une fine brume s'accrochait aux berges de la Tamise, enlaçant les roseaux et les hautes herbes qui engloutissaient le sentier sinuant depuis Sutton Courtenay jusqu'à Abingdon. Elle s'élevait dans l'air à mesure que la chaleur du soleil imprégnait peu à peu la journée, créant une douceur brumeuse dans le paysage qui estompait les contours de l'horizon.

Au loin, les cloches de l'église du village de Culham résonnaient à travers la campagne et répandaient leur mélodie sur le paysage vallonné. Quelque part, au-delà de la rive, un tracteur ronronnait d'avant en arrière dans un champ, son moteur vrombissant parmi le crépitement d'un semoir.

Un groupe de quatre canards pagayait en aval, suivis à distance par une paire de cygnes qui plongeaient gracieusement leur cou dans l'eau, leur allure languissante tandis qu'ils gardaient un œil vigilant sur leurs environs.

Puis il y eut un éclair turquoise et orange sur la rive

gauche de la rivière avant qu'un doux *plop* ne précède une série d'ondulations quand un martin-pêcheur plongea sous la surface. Il réapparut quelques instants plus tard, jaillissant de l'eau avec un petit poisson dans le bec avant de disparaître dans un petit trou creusé dans la berge boueuse.

Une pie ricana son approbation depuis les branches supérieures d'un arbre en fleurs, puis s'élança au-dessus de la rivière tandis que le soleil naissant captait les reflets bleu-violet de ses ailes.

Helen Maddison posa sa pagaie sur ses genoux et inclina son menton vers le haut avec un léger sourire sur les lèvres pour laisser le soleil réchauffer son visage tandis que le kayak glissait encore sous l'impulsion de son dernier coup de rame.

Jason, son mari depuis huit ans, maintenait un rythme régulier devant elle. Le plongeon et l'éclaboussement de sa pagaie brisaient l'eau à intervalles réguliers, et elle pouvait l'entendre fredonner à voix basse.

Et puis il éclata de rire.

— Si tu continues comme ça, tu vas encore te plaindre de ne pas pouvoir me suivre.

Elle ouvrit les yeux pour le voir en train de la regarder par-dessus son épaule, et elle sourit.

— Je n'y peux rien. C'est la première fois cette année qu'il fait assez chaud pour faire ça sans devoir porter des tonnes de vêtements.

— Tu vas bientôt te plaindre de devoir remettre de la crème solaire.

— Très drôle. Le week-end de Pâques est censé être pourri, même s'il est tard cette année.

Il fit une pause et roula le manche de sa pagaie de son poignet à ses coudes avant de la lancer en l'air et de la rattraper. Un soupir de contentement s'échappa de ses lèvres lorsqu'il la réceptionna.

— C'est parfait. J'avais peur qu'il y ait plus de monde ce matin.

— Moi aussi. Il n'y avait qu'une seule autre voiture sur le parking, et on aurait dit qu'elle contenait du matériel de pêche.

— Ça dépend de ce qu'il y a d'autre ce matin, je suppose.

— Il y a un marché artisanal à Abingdon aujourd'hui, non ?

Il plissa le nez.

— Ça veut dire que le pub va être bondé. Je savais que j'aurais dû réserver une table pour le déjeuner.

— On peut toujours s'asseoir dehors si c'est trop bondé à l'intérieur.

Elle plissa les yeux contre la lumière.

— Il est censé faire ce temps toute la journée.

Elle se retourna au son d'un aboiement de chien pour voir un couple avec un Golden Retriever qui marchait le long du sentier dans leur direction, l'animal bondissant de gauche à droite à la recherche de sons et d'odeurs. Un écureuil fila en haut d'un imposant chêne et sa silhouette se dessina parmi les jeunes feuilles tandis que les yeux du chien le suivaient avec intérêt en passant en dessous.

— Bonjour, lança Helen.

L'homme leva une main en réponse, l'autre autour de la taille de sa compagne qui souriait au passage des kayakistes. Le chien s'arrêta pour les regarder avec curiosité avant que l'homme ne l'appelle et qu'il ne file rejoindre le couple.

— J'ai cru qu'il allait sauter dans l'eau, dit Jason.

— J'ai pensé la même chose.

Helen sourit.

— Je ne pense pas qu'ils nous auraient remerciés, tu as vu la boue qu'il avait déjà sur les pattes ?

Après quelques coups de pagaie supplémentaires, ils passèrent devant des trouées dans les haies où de minces jeunes hêtres et aulnes avaient été plantés le printemps précédent. Au-delà, Helen pouvait voir la terre arable fraîchement labourée avec sa texture grise caractéristique du paysage du sud de l'Oxfordshire, tandis que le cri des mouettes accompagnait maintenant le tracteur au loin.

Des corbeaux freux tournoyaient au-dessus d'eux en gardant un œil méfiant sur le monde en dessous. Leurs croassements accompagnaient leurs spirales paresseuses tandis qu'ils montaient et descendaient dans les airs.

— Voilà ce pêcheur.

La voix de Jason ramena son attention vers la rivière devant eux et elle plissa les yeux.

— Où ça ?

— Il est accroupi près de l'eau, juste avant le pont, tu le vois ? Il a dû perdre une ligne ou quelque chose. Tu ferais mieux de passer devant moi et de rester près de cette rive, sinon il va se plaindre qu'on fait fuir les poissons.

— D'accord.

Elle observa l'homme se relever et surveiller leur approche avant de leur tourner le dos.

En arrivant à sa hauteur, elle remarqua qu'il portait un épais sweat-shirt bleu marine sur un jean boueux. Il gardait le dos tourné, la tête baissée, et elle se rendit compte qu'il regardait son téléphone.

— Bonjour, dit-elle.

Il leva les yeux, son visage buriné comme s'il passait

beaucoup de temps dehors, puis il détourna le regard sans répondre et se dirigea vers le pont.

Jason surprit son haussement de sourcils perplexe et sourit avant qu'ils ne passent sous le pont.

— Vraiment sympa.

— Chut, dit-elle en souriant, sa voix résonnant contre la structure de bois et de métal.

Elle frissonna lorsque les ombres l'enveloppèrent, puis elle poussa un soupir de soulagement quand ils émergèrent de l'autre côté, le soleil réchauffant à nouveau ses épaules.

— Alors… qu'est-ce que tu en penses ? On pagaie jusqu'au déversoir d'Abingdon, puis on fait demi-tour pour trouver un endroit où déjeuner ?

— Oui, je pense que c'est notre meilleure option. À quelle heure est-ce qu'on doit récupérer les enfants chez ta mère ?

— Dix-neuf heures trente. Elle a dit qu'elle allait les nourrir avant notre arrivée. Je suppose que si nous—

Un cri étranglé perça l'air, suivi d'un éclaboussement derrière eux.

Le cœur battant, Helen se retourna dans le kayak pour voir de petites vagues briser la surface de l'eau sous le pont.

Jason planta sa pagaie dans la rivière et pivota pour faire face à l'autre direction.

— Qu'est-ce que… ?

Puis une main émergea à la surface et les doigts s'agrippèrent désespérément dans le vide avant qu'une tête d'homme n'apparaisse.

— C'est ce pêcheur, dit Helen.

Elle commença à pagayer vers lui.

— Il n'arrivera jamais à nager jusqu'à la rive avec ce courant.

Les yeux de l'homme s'écarquillèrent de panique tandis que l'eau froide commençait à l'entraîner vers le fond, sa bouche s'ouvrant en un « o » de stupeur pendant que ses bras s'agitaient.

Puis il disparut à nouveau sous l'eau, ne laissant que des cercles concentriques qui s'élargirent jusqu'à lécher les racines des joncs et des herbes hautes de chaque côté du cours d'eau.

Helen serra les dents, enfonça la pale de la pagaie plus rapidement et fit pivoter son kayak alors qu'elle arrivait à la hauteur de la dernière position de l'homme.

Resserrant la sangle de son gilet de sauvetage, elle se pencha avec la pagaie quand l'homme qui se noyait refit surface.

— Attrapez ça !

Il hoqueta, avala une gorgée d'eau, puis la recracha, les yeux écarquillés de compréhension. Il agita les bras pour tenter de nager plus près, alourdi par ses vêtements et s'affaiblissant de seconde en seconde dans la rivière glacée.

Elle jura tout bas tandis que son kayak commençait à s'éloigner de lui dans le courant, ne voulant pas détourner son regard et le perdre de vue.

Puis il y eut un léger *clang* de l'autre côté de son kayak, et elle jeta un coup d'œil par-dessus son épaule pour voir que Jason utilisait sa pagaie pour la pousser doucement vers l'homme, sa mâchoire crispée par la concentration.

Elle se retourna et se pencha davantage.

— Allez, l'encouragea-t-elle. Attrapez juste la pagaie et nous allons vous remorquer jusqu'à la rive.

L'homme essaya de nouveau, mais sa main glissa le long du manche en aluminium. Il poussa un cri, s'étouffa en avalant plus d'eau, puis commença à glisser une fois de plus sous la surface de la rivière.

— Non…

Helen ignora le bord dur du kayak qui s'enfonçait dans sa hanche et tendit la pagaie aussi loin qu'elle le pouvait.

— Essayez encore. Vous pouvez y arriver.

L'homme tenta une faible brasse, puis cria de frustration tandis que son pull se gonflait autour de ses épaules, contrecarrant ses efforts.

Helen jeta un coup d'œil à ses vêtements, puis à l'eau.

— Je vais y aller. Ce sera plus facile pour moi de nager jusqu'à la rive avec lui.

— Non, l'eau est trop froide et il pourrait t'entraîner avec lui, dit Jason.

Il rapprocha les kayaks et l'homme saisit l'air avant que ses doigts ne trouvent la pagaie tendue d'Helen.

Cette fois, il ne lâcha pas prise.

— Je l'ai, haleta-t-elle.

Elle commença à le tirer vers son kayak tandis que ses épaules et ses muscles des bras protestaient contre son poids.

— Tenez la proue, cria-t-elle en gardant une voix calme. Accrochez-vous, et nous allons pagayer jusqu'à la rive avec vous.

L'homme fit un faible signe de tête, ses cheveux détrempés collés à son front et laissant des traces d'algues qui donnaient une teinte verdâtre à sa peau pâle.

Quand elle l'amena à côté d'elle, il tendit une main pour toucher la proue pointue du kayak, puis dans un dernier élan d'énergie, il enroula ses bras autour de l'avant.

Elle rentra la pagaie et commença à faire tourner son kayak.

— Accrochez-vous, dit Jason en attendant qu'elle se tourne sur son siège et s'agrippe aux bords de son kayak. Helen va vous surveiller pendant que je nous ramène vers la berge. Ce n'est pas loin, mais c'est profond ici. Nous avons des vêtements secs pour vous, et nous allons appeler les secours.

Helen entendait la respiration de l'homme qui venait par halètements saccadés, une toux déchirante le saisissant tandis que ses poumons expulsaient l'eau qu'il avait inhalée. Il gémit, un son profond et agonisant qui lui envoya un frisson le long des épaules malgré la lumière chaude qui baignait maintenant cette étendue d'eau alors que le soleil atteignait son zénith.

Se détournant de lui un instant, elle vit que Jason avait presque réussi à les amener jusqu'à la berge.

Encore deux mètres et ils pourraient sortir l'homme de ses vêtements mouillés et appeler une ambulance…

La coque de son kayak heurta la boue et un léger tremblement traversa l'embarcation alors qu'ils atteignaient la terre ferme.

— Tiens-les bien pendant que je l'aide à sortir.

Jason n'attendit pas de réponse et lança leurs deux pagaies sur la berge avant de se précipiter vers l'homme qui essayait de se traîner hors de l'eau.

Il plaça ses mains sous les aisselles de l'homme et recula en titubant pour le tirer loin des profondeurs tourbillonnantes à travers les hautes herbes et les joncs jusqu'au sentier.

Helen observait Jason allonger l'homme sur le côté, puis s'accroupir près de lui tout en gardant une voix calme pour le rassurer avant de commencer à lui retirer ses vêtements trempés. Il frictionna les membres de l'homme pour activer la circulation et il jeta un coup d'œil par-dessus son épaule vers elle.

— Il y a des vêtements secs dans mon sac. Je pense qu'ils vont lui aller.

Elle se retourna et trébucha jusqu'aux kayaks pour les traîner de l'autre côté du sentier. Elle ouvrit l'écoutille avant de celui de Jason et en sortit son sac étanche. Fouillant dans le contenu, ses doigts trouvèrent l'épais polaire qu'il avait emballé au cas où le temps tournerait au mauvais et un short de l'été dernier qui, d'une façon ou d'une autre, n'avait jamais atteint la machine à laver.

Elle les lui lança, puis elle porta son attention sur son propre kayak et elle sortit son téléphone portable de son sac étanche.

Une fois qu'elle fut certaine que les secours avaient la position GPS correcte, elle termina l'appel et retira son propre polaire.

— Tenez, on va mettre ça sur vos jambes, dit-elle à l'homme.

Elle enroula le haut autour de ses jambes en le bordant.

— Je m'appelle Helen, au fait. Et voici mon mari, Jason.

L'homme ouvrit la bouche pour parler et ses dents claquèrent.

— B-B-Barry.

— Ravi de vous rencontrer, dit Jason. Dommage pour les circonstances, cependant.

Cela lui arracha un petit sourire.

— Sans blague.

— Où est tout votre matériel de pêche ? demanda Helen. Vous voulez que nous allions le chercher pour vous ?

Le sourire fit place à la confusion.

— Quoi ?

— Je pensais vous avoir vu pêcher. Avant que nous ne passions sous le pont.

Barry secoua la tête.

— Non. Pas de matériel de pêche.

— Ah. D'accord.

Elle remarqua que ses mains étaient encore glacées et elle commença à masser la peau pendant que Jason faisait de même avec les pieds et les chevilles de l'homme.

— Est-ce qu'il y a quelqu'un que nous pouvons appeler pour vous ? Pour les informer de ce qui s'est passé ?

— Non. Ne vous inquiétez pas.

Son corps tremblait et il émit un profond soupir.

— Merci.

— Ne vous endormez pas, ordonna Jason, sa voix un peu plus forte. L'ambulance sera bientôt là.

— Avec plein de couvertures chaudes, ajouta Helen.

Elle regarda par-dessus son épaule en entendant des voix et elle vit les promeneurs de chiens qui revenaient, leurs visages pleins d'inquiétude.

— Nous avons vu de l'agitation par ici, dit la femme quand ils se rapprochèrent. Est-ce que tout va bien ?

— Maintenant oui. Merci.

— On peut appeler une ambulance pour vous ?

— C'est déjà fait, mais si vous avez des vêtements de rechange que nous pourrions utiliser pour le garder au chaud, ce serait bien.

Le couple appela leur chien au pied, attacha sa laisse et retira promptement manteaux et sweats, les passant à Jason, qui les drapa sur l'homme.

— Je vais attendre sur le pont pour repérer l'ambulance, dit la femme. Ils vont probablement utiliser la piste qui mène à la centrale hydroélectrique pour arriver jusqu'ici.

— Merci.

Helen pouvait maintenant entendre les sirènes au loin et

elle adressa une prière silencieuse de remerciement pour qu'une ambulance se trouve à proximité.

Cinq minutes plus tard, deux ambulanciers se dépêchaient de traverser le pont vers eux et Helen et Jason furent doucement écartés tandis que Barry devenait leur centre d'attention.

Elle regarda les ambulanciers maintenir un flot constant de conversation avec Barry, le rassurant continuellement tout en vérifiant ses signes vitaux et en le manœuvrant sur la civière. Des couvertures furent enroulées autour de lui, l'emmaillotant dans la chaleur, et puis ils furent prêts.

— Laissez-moi vos coordonnées, dit le plus jeune ambulancier en sortant son téléphone. Juste au cas où la police voudrait vous parler.

— La police ? s'exclama Helen, le cœur serré. Pourquoi est-ce que la police voudrait nous parler ?

Il haussa les épaules.

— C'est juste une formalité, au cas où il y aurait une enquête sur la façon dont il est tombé du pont.

— Les compagnies d'assurance, dit Jason, le mépris dans sa voix presque palpable. C'est toujours comme ça, non ?

L'ambulancier esquissa un sourire poli.

— Les numéros de téléphone suffiront.

Une fois cela fait, les secouristes commencèrent à ranger leur matériel et à se préparer à partir avec leur patient, en félicitant à nouveau les Maddison pour leur rapidité d'esprit.

Helen rougit sous le regard des promeneurs de chiens tandis que Barry lui tendait la main pour serrer la sienne, son étreinte faible.

— Merci, dit-il.

— Heureusement que ces deux-là savaient quoi faire pour vous sortir de l'eau.

L'ambulancier plus âgé sourit et lui tapota l'épaule avant de prendre sa part du poids de la civière.

— Vous avez eu de la chance.

Barry toussa, puis frissonna. Sa voix n'était plus qu'un râle.

— Cette fois-ci.

CHAPITRE 2

Deux jours plus tard

Il y avait un froid palpable dans l'air de la salle des opérations vers onze heures ce matin-là.

Malgré le soleil éclatant de ce début avril qui filtrait à travers les stores et projetait des zigzags sur la moquette élimée, la climatisation était tombée en panne pendant le week-end. Les bouches d'aération au plafond soufflaient maintenant un air glacial sur la nuque d'une douzaine d'officiers qui se recroquevillaient à leurs bureaux, certains portant encore leurs vêtements d'extérieur par-dessus leurs uniformes ou leurs chemises.

Deux tableaux blancs occupaient le mur du fond à droite, l'un vide – pour l'instant – et l'autre couvert d'inscriptions de différentes couleurs qu'un jeune agente effaçait avec un vieux torchon. Un grincement régulier accompagnait son travail tandis que l'odeur d'une solution à base d'alcool se répandait dans l'air glacial et se mêlait au parfum tangible de grains de café éventés.

Un bourdonnement constant de conversations emplissait la pièce, les téléphones sonnaient dans l'espace ouvert, et le vrombissement accompagné de crachements de deux grandes imprimantes contre le mur du fond parvenait jusqu'à l'endroit où un groupe de détectives de rangs divers s'était rassemblé autour d'un homme d'une trentaine d'années, leurs visages exprimant un mélange d'inquiétude et de perplexité.

L'inspecteur Mark Turpin était assis avec dans sa main droite une tasse de café fumant tandis que sa gauche maintenait une poche de glace sur une orbite contusionnée d'une teinte rouge colérique.

Il jura à voix basse à cause de la bosse qui obscurcissait sa vision d'un côté.

— Je t'avais dit qu'elle pourrait te frapper, dit l'enquêteuse January West en le regardant par-dessus son écran d'ordinateur, ses yeux verts plissés. Et tu as dit—

— Qu'elle ne serait pas si stupide. Je sais.

Elle soupira, ajusta la queue de cheval qui retenait ses cheveux châtain clair en arrière et souffla sur sa frange pour la dégager de son front.

— Eh bien, peut-être que tu m'écouteras la prochaine fois, chef. Ça pourrait m'éviter de faire toute cette paperasse pour commencer.

Mark lui lança un grognement moqueur, puis regarda l'enquêteuse Caroline Roberts.

— Des nouvelles du tribunal ?

— La femme a été placée en garde à vue et son mari a été renvoyé à la prison de Bullingdon.

L'enquêteuse haussa un sourcil.

— Et ça a l'air douloureux, chef. Peut-être qu'on devrait

t'inscrire à des cours d'arts martiaux ou quelque chose comme ça.

— Très drôle.

— Je suis sérieuse, répondit-elle. Au moins, tu apprendrais à esquiver.

— Dehors.

Elle sourit et brandit une petite plaquette de plastique blanc.

— J'ai trouvé des antidouleurs dans le bureau d'Alex. Tu en veux ?

— S'il te plaît.

Il en mit deux dans sa bouche et avala une gorgée de café alors qu'Alex McClellan s'approchait. Les yeux du jeune enquêteur étaient écarquillés.

— Ouah. J'ai entendu dire que madame avait été arrêtée, dit-il. Qu'est-ce que tu as fait ?

— Rien, protesta Mark en repoussant la tasse de café vide. Elle est passée avec l'avocat de son mari, calme comme tout. La seconde d'après, elle s'en prenait à moi. Je n'ai pas eu le temps de réagir.

— Elle a dit quelque chose ?

— Ce n'est pas répétable.

— Arts martiaux, dit Caroline en agitant son index vers lui.

— Comme si j'avais le temps. En plus, ce n'est pas comme si je pouvais—

— J'ai besoin que vous deux vous rendiez à la morgue d'Oxford.

Mark se retourna au son de la voix pour voir l'inspecteur principal Ewan Kennedy s'avancer vers eux, un mince dossier à la main et une expression déterminée sur le visage.

— Qu'est-ce qui se passe, chef ?

— Je viens de parler avec Gillian Appleworth.

West fronça les sourcils.

— Nous n'attendons pas de résultats d'autopsie cette semaine, si ?

L'inspecteur principal se faufila devant Alex et s'appuya contre le bureau du jeune détective avant d'ouvrir le dossier.

— Non, mais elle en a fait une ce matin qui la préoccupe, et elle nous a demandé de faire quelques recherches. J'ai attribué un nouveau numéro de référence dans HOLMES2 et je veux que vous deux dirigiez l'enquête.

Mark haussa les sourcils, puis grimaça lorsqu'une nouvelle décharge de douleur lui traversa le visage. Clignant des yeux pour en atténuer l'effet, il essaya de se reconcentrer.

— Quelles sont les circonstances ?

— Un type du nom de Barry Windlesham est tombé dans la Tamise à Culham dimanche matin. Il a été repêché par un couple de kayakistes et transporté en ambulance au John Radcliffe. Tout le monde a dit qu'il avait de la chance étant donné que la température de l'eau est encore sacrément froide, mais il est mort quelques heures plus tard.

— De quoi ? demanda West en rapprochant son carnet et en tournant une page vierge.

— Noyade retardée, répondit Kennedy. Gillian dit qu'elle a trouvé des traces d'inflammation provoquée par l'eau dans ses poumons quand elle l'a ouvert ce matin. Selon les dossiers de l'hôpital, il a développé des difficultés respiratoires vers deux heures du matin hier, et son état s'est détérioré assez rapidement après ça.

Mark posa la poche de glace improvisée à côté de son clavier et mit les analgésiques restants dans sa poche.

— Comment est-ce qu'il est tombé à l'eau ?

— On ne sait pas. Les kayakistes ont dit aux ambulanciers qu'ils l'avaient seulement entendu crier quand il a heurté l'eau avant qu'ils ne fassent demi-tour pour le secourir.

— Qu'est-ce qu'il a dit au personnel hospitalier ?

Kennedy fit la moue.

— Rien du tout.

— Qu'est-ce que vous voulez dire ?

— Selon eux, il a refusé de parler de l'incident, se contentant de dire qu'il était tombé du pont.

West fronça les sourcils.

— Je connais ce pont. Scott et moi avons souvent marché le long de cette partie de la rivière avec les garçons. Il y a des garde-corps, donc il faudrait vraiment s'appliquer pour tomber.

L'inspecteur principal se pencha en avant et tapota le dossier contre son bras.

— Alors pourquoi est-ce que vous êtes encore assis là tous les deux ?

— On y va.

Mark prit le dossier et repoussa sa chaise, puis il glissa son téléphone portable dans sa poche et attendit que West passe son sac sur son épaule.

— Ça te va de conduire ? Je vais passer quelques coups de fil et voir si on peut trouver les coordonnées des kayakistes en chemin.

Il la vit jeter un coup d'œil en biais vers Alex avant qu'elle ne saisisse un trousseau de clés sur le bureau du jeune détective.

— Pas de problème, dit-elle.

— Appelez-moi une fois que vous aurez parlé avec elle et les kayakistes, dit Kennedy. Nous déciderons s'il faut ouvrir une nouvelle enquête pour cette affaire, ou si elle peut être transmise au bureau du médecin légiste pour décision.

— Compris, chef.

Mark se dépêcha de suivre West, puis lui tint la porte de la salle des opérations.

— D'abord une bagarre, puis la morgue, dit-elle alors qu'ils se dirigeaient vers les escaliers. Tu es sur une belle lancée aujourd'hui, chef.

CHAPITRE 3

Une brise fraîche caressa l'ecchymose sur l'orbite de Mark lorsqu'il poussa la porte de sortie à l'arrière du commissariat.

Le vent transportait avec lui les klaxons et le grondement de la circulation de l'autre côté du bâtiment et celui de l'A34 à l'ouest de la ville, un bruit de fond distinct qui accompagnait le forage incessant d'une équipe de travaux d'assainissement dans la zone industrielle de l'autre côté de la rue.

Des fleurs ornaient les ronces qui s'entremêlaient dans le grillage à droite du parking et ces pétales roses et blancs apportaient une touche de couleur bienvenue après des semaines de ciel gris et de pluie fine.

Il avait également remarqué les changements subtils le long du chemin de halage où Lucy O'Brien, sa compagne, et lui amarraient leur péniche. Il y avait moins de givre le matin, ce qui rendait la promenade du chien plus agréable pour commencer la journée de travail, et les chatons avaient cédé la place aux premiers bourgeons timides sur les chênes et les aulnes. L'ail des ours emplissait le chemin de halage d'un parfum entêtant, accompagné de l'arôme plus doux des premières jacinthes des bois, tandis qu'au centre-ville, de nombreux pubs et boutiques avaient rafraîchi leurs jardinières suspendues en prévision du temps plus clément.

Quelques nuages filaient ici et là dans un ciel par ailleurs azuré, le soleil réchauffant son dos tandis qu'il suivait West en passant devant les places de stationnement réservées aux officiers supérieurs et aux VIP en visite.

Mark feuilleta le maigre contenu du dossier tout en marchant.

— On dirait que Kennedy nous a fait une faveur, il a au moins fait une recherche rapide en ligne sur Barry Windlesham.

— Ah bon ? Qu'est-ce que ça dit ?

— Apparemment, il était directeur d'une entreprise de construction de taille moyenne. Son permis de conduire indique une adresse près de Chalgrove.

Mark tourna l'unique page du dossier et soupira avant de le refermer.

— Et c'est tout.

— Ok, je suis sûre qu'Alex et Caroline vont commencer par faire une recherche plus élargie sur les réseaux sociaux pendant qu'on parle avec Gillian.

Alors qu'ils contournaient le coin du bâtiment en briques rouges, un filet de fumée bleue émanait d'un renfoncement à côté d'une sortie de secours, juste avant que l'odeur révélatrice d'un air chargé de nicotine n'envahisse les narines de Mark et ne chatouille sa gorge. Deux assistantes administratives interrompirent leur conversation avec trois hommes qu'il reconnut comme appartenant au centre de contrôle. Le petit groupe l'observa avec méfiance lorsqu'il passa.

West agita les clés dans sa main, puis se retourna et ouvrit la marche vers une voiture de service garée tout à gauche du parking du personnel.

C'était une berline compacte argentée sans prétention, vieille de seulement cinq ans mais avec un kilométrage supérieur à la moyenne et un impressionnant enfoncement sur l'aile avant qui montrait des signes de rouille autour des plis.

Son seul mérite était un moteur de 1,8 litre qui contredisait l'aspect usé de la voiture, offrait une tenue de route exceptionnelle et provoquait souvent la consternation au sein de l'équipe comptable de la vallée de la Tamise lorsqu'ils apercevaient les reçus d'essence.

C'était la dernière de son genre, vestige d'une époque où la perception de la vitesse l'emportait sur tout bon sens budgétaire, si bien que chaque semaine, le groupe soudé de détectives d'Abingdon se disputait le privilège d'obtenir les clés, laissant les autres conduire des véhicules plus récents avec des moteurs plus petits.

Mark jeta un coup d'œil et vit West arborer un sourire satisfait en démarrant la voiture. Il attacha sa ceinture, puis fronça les sourcils et examina les environs.

— Attends. Je croyais qu'on nous avait assigné la petite voiture exiguë là-bas cette semaine.

— C'était le cas, jusqu'à ce matin.

— Qui est-ce que tu as soudoyé pour avoir celle-ci alors ?

— Je n'ai soudoyé personne. Alex a perdu un pari.

— Un pari ? Comment se fait-il que je n'aie pas entendu parler de ça au bureau ? C'était à propos de quoi ?

Elle ne répondit pas et se concentra plutôt sur la barrière de sortie pendant qu'elle se levait, avant d'accélérer dans la circulation approchant le rond-point sur Marcham Road.

— Jan ?

— C'était juste pour s'amuser, d'accord, chef ? Je ne m'attendais pas à gagner ou quoi que ce soit.

— Alors, c'était quoi ce pari ?

West attendit qu'ils soient sur l'A34 en direction du nord vers Oxford, puis elle soupira et risqua un regard de côté dans sa direction.

— J'ai parié avec lui que si elle en avait l'occasion, la femme de ce type essaierait de t'attaquer devant le tribunal.

Sa mâchoire s'affaissa.

— Sérieusement ?

— On ne pensait pas qu'elle le ferait vraiment.

Elle eut la décence de rougir.

— C'est juste qu'elle a un peu la réputation d'être une tête brûlée, et tu n'arrêtais pas de dire que tu pensais qu'elle dénoncerait son mari pour tous les autres objets volés qu'il vend probablement via leur boutique de téléphones portables. Ils sont mariés depuis leurs dix-huit ans. Elle lui est trop fidèle.

Mark effleura son visage du bout des doigts et grimaça.

— Tu aurais pu me prévenir.

— J'ai essayé, tu te souviens ? J'ai dit ce matin que je pensais qu'on n'en aurait pas fini avec ces deux-là une fois qu'il serait condamné.

Elle accéléra pour dépasser un camion immatriculé en Allemagne chargé de deux conteneurs de six mètres de long, incapable de dissimuler son sourire tandis que le moteur de la voiture ronronnait.

— Et puis, maintenant on l'a pour toute une semaine.

— Oh, ça valait la peine alors.

CHAPITRE 4

Vingt minutes plus tard, West poussa l'une des portes battantes qui menaient au bâtiment de la morgue, le bruit d'une sirène d'ambulance étouffée lorsqu'elle se referma derrière eux.

La zone d'accueil était sombre comparée à la fraîche matinée printanière à l'extérieur, et une odeur distincte d'eau de Javel flottait dans l'air.

Des photos d'archives de divers paysages ornaient trois des murs et Mark remarqua les teintes familières d'un loch écossais affichées au-dessus d'un présentoir métallique contenant diverses brochures sur les arrangements funéraires et le conseil en cas de deuil.

Les carreaux du sol étaient ébréchés par endroits, la surface polie reflétant l'éclairage au néon du plafond qui donnait à toute la pièce une atmosphère austère. Un bouquet de lys planté dans un vase en céramique blanche sur le bureau en bois dans le coin ne faisait pas grand-chose pour égayer l'ambiance sombre.

Un comptoir d'accueil se trouvait dans un coin de la

pièce, derrière lequel un homme grand et mince dans la trentaine les observait avec des yeux graves, la bouche tombante.

— Bonjour, Clive, dit Mark. Occupé ?

— Toujours.

L'homme poussa vers eux un registre des visiteurs puis cura ses dents inégales pendant qu'ils s'inscrivaient.

— Remarquez, ça aide qu'on n'ait rien reçu de voter part ces dernières semaines.

— Il faut se contenter de petites grâces, murmura West en lui rendant son stylo. Ça nous donne une chance de rattraper toutes les autres affaires sur nos bureaux.

Mark se retourna au bruit d'une porte qui s'ouvrait sur des gonds grinçants pour apercevoir une femme qui les regardait, emmitouflée de la tête aux pieds dans une combinaison de protection éclaboussée de sang.

— J'ai entendu dire qu'il y avait eu une altercation devant le tribunal ce matin. J'aurais dû me douter que tu serais impliqué.

Les yeux gris et froids de Gillian Appleworth les scrutaient par-dessus son masque avant qu'elle ne l'abaisse, sa bouche esquissant un sourire compatissant.

— J'espère que ça en valait la peine.

— Presque. Même si je doute que sa femme agressant un inspecteur en son nom changera grand-chose à sa condamnation le mois prochain, vu la liste des infractions pour lesquelles il va plonger. Ça ne me dérangerait pas, mais je pense qu'elle l'avait planifié depuis le début. C'est l'impression que ça donnait, en tout cas.

— Je veux bien te croire.

Gillian désigna sa combinaison.

— Prenez-vous un café pendant que je me change et que

je prends une douche. Je serai prête dans une vingtaine de minutes vu le temps que prend l'eau chaude pour arriver cette semaine.

— Le système est en panne, expliqua Clive.

Elle disparut de nouveau par la porte et Mark et West se munirent de café au distributeur automatique. Ses yeux arboraient une expression lugubre tandis qu'il fourrait une liasse de paperasse dans une enveloppe déjà trop pleine et la scellait d'un geste flamboyant de ruban adhésif.

— On a appelé un plombier hier mais il était complètement inutile. Il n'arrêtait pas de dire que c'est sur un réseau différent du reste de l'hôpital, alors maintenant on attend que quelqu'un d'autre nous contacte.

— Ça pourrait être pire. Ça aurait pu arriver en hiver, dit West joyeusement avant de prendre une gorgée de sa boisson.

Clive frissonna visiblement.

— À Dieu ne plaise. Vous imaginez comment elle aurait été si ça avait mal tourné à ce moment-là ?

— Tout à fait, dit Mark. N'oublions pas que j'étais marié à sa sœur.

West s'étouffa avec son café et se tapota la poitrine avant de lui lancer un regard noir.

— Tu devrais vraiment me prévenir avant de faire des commentaires comme ça.

— Désolé.

Il sourit, puis mena la voie vers l'étage.

Le bureau de Gillian était niché au bout d'un couloir qui donnait sur le parking. La lumière du soleil perçait à travers la crasse sur les fenêtres et baignait les fines dalles de moquette qui recouvraient le passage, apportant une chaleur qui disparut aussitôt qu'il ouvrit la porte pour West.

Le bureau se composait d'une large table en acajou

cachée d'un côté sous des piles de dossiers d'épaisseurs diverses et sous un grand écran d'ordinateur de l'autre. Un bac à courrier noir à trois niveaux derrière les dossiers était poussé dangereusement près du bord du bureau et West lui donna une légère poussée pour le ramener en sécurité tandis qu'elle s'enfonçait dans l'un des fauteuils pour visiteurs.

Mark enleva sa veste et la posa sur le dossier du siège restant avant de s'asseoir, tandis que West serrait sa tasse de café contre sa poitrine et fermait les yeux un instant.

— Soirée tardive ? demanda-t-il.

— Les garçons avaient leur passage de grade de karaté et ils ont vraiment bien réussi, alors on a fini par prendre des pizzas pour célébrer, puis on a regardé un film. Ensuite j'ai oublié qu'ils n'avaient pas de pantalons propres pour l'école ce matin parce qu'on était chez la mère de Scott ce week-end donc…

Elle haussa les épaules, puis cligna des yeux.

— J'étais encore en train de repasser à minuit.

— Aïe.

— Je sais. Je mène une vie tellement rock'n'roll, pas vrai ?

Mark releva la tête au son de pas dans le couloir, avant que la médecin légiste n'entre dans la pièce accompagnée d'un léger parfum de jasmin et ne se glisse dans le fauteuil en cuir derrière son bureau.

— Bien, j'ai un collègue de Bicester qui s'occupe des deux autopsies suivantes, dit-elle, alors examinons le cas de M. Windlesham pendant ce temps, d'accord ?

Sans attendre leur réponse, elle tendit la main vers un dossier en haut de la pile, l'ouvrit d'un geste et détacha une série de photographies d'un rapport dactylographié.

— Kennedy a mentionné une noyade retardée, dit Mark

LA ONZIÈME TOMBE

en prenant une gorgée de café. Comment est-ce que c'est arrivé ?

— D'après les dossiers hospitaliers, il a été amené par ambulance dimanche en fin de matinée après avoir été repêché de la Tamise, expliqua Gillian en réorganisant les photographies dans un ordre qui lui convenait. Deux kayakistes l'ont entendu tomber et, heureusement pour lui, enfin, sur le moment en tout cas, ils ont réussi à pagayer jusqu'à lui et à le ramener sur la berge avant d'appeler les urgences. Ils l'ont gardé au chaud jusqu'à l'arrivée des premiers secours. Quand il a été admis aux urgences, il présentait les signes habituels qu'on s'attendrait à voir chez quelqu'un qui serait resté dans l'eau froide pendant un certain temps, mais son état s'est stabilisé rapidement.

— Alors, qu'est-ce qui a mal tourné ? demanda West.

Elle chercha du regard un endroit où poser sa tasse vide, puis abandonna et la glissa sous sa chaise.

— Est-ce qu'il a eu une crise cardiaque ou quelque chose comme ça ?

— Eh bien, finalement oui, mais seulement parce qu'il a d'abord développé des difficultés respiratoires.

Gillian fit glisser les photographies.

— Ce sont des copies des radiographies que j'ai prises de ses poumons avant l'autopsie. Comme vous pouvez le voir ici, il y a beaucoup d'activité là, et là. C'est révélateur d'une inflammation due à l'eau, le genre que je m'attendrais à voir dans un cas comme celui-ci. Quand je l'ai ouvert, cela a été facilement confirmé par les traces d'algues qu'il avait ingérées, à la fois dans ses poumons et dans son tractus intestinal.

Mark fronça les sourcils.

27

— Et cette inflammation est suffisante pour causer une mort par noyade ?

— Absolument, oui.

— Et une crise cardiaque ?

— À mon avis, oui.

Gillian tapota le rapport.

— Tu peux le prendre avec toi et je t'enverrai bien sûr une copie par email, mais pendant l'autopsie, j'ai également vérifié s'il y avait des indications que M. Windlesham aurait pu souffrir d'une maladie cardiaque ou d'autres problèmes que je trouverais normalement chez une victime de crise cardiaque. Il n'y avait rien.

— Les proches ont été informés ? demanda Jan.

— Il y a une sœur à Cardiff qui a été contactée quand son état de santé s'est détérioré, mais elle et son mari n'ont pas pu arriver à temps. Je crois qu'ils viennent vendredi, les coordonnées sont dans le dossier. Clive a été en contact avec le directeur des pompes funèbres désigné pour expliquer qu'il faudra maintenant une enquête du médecin légiste.

Gillian remit le dossier et attendit pendant que Mark y ajoutait les photographies.

— C'est pour ça que vous êtes ici. L'un de vous connait ce tronçon de rivière près de la centrale hydroélectrique ?

— Pas très bien, nous n'avons pas encore eu l'occasion d'y emmener le bateau, et je promène habituellement Hamish à travers Abbey Meadows ou vers Nuneham Courtenay.

— Jan ?

— Pas depuis des années, répondit West. Si nous y emmenons les garçons, c'est généralement pour qu'ils puissent nager dans les eaux moins profondes au-delà des déversoirs. Je connais le pont, cependant, mais je me souviens qu'il avait des rambardes.

— Ok.

Gillian joignit ses mains.

— Voici ce qui me préoccupe. D'après ce que les kayakistes ont dit aux premiers secours, ils ont vu M. Windlesham au bord de l'eau quelques minutes avant qu'il ne tombe. Après l'avoir entendu tomber dans l'eau, ils ont supposé qu'il était tombé du pont qui relie deux sentiers à la berge. Je connais cette promenade, Alistair et moi y sommes allés l'été dernier. Il est impossible que quelqu'un soit tombé du pont par accident. La rambarde est simplement trop haute.

West poussa le bras de Mark et tendit la main pour prendre le dossier avant de commencer à le feuilleter.

— Il est écrit ici qu'il a dit à son médecin qu'il connaissait bien cette partie de la rivière, et selon son médecin généraliste, il n'avait aucun antécédent médical de dépression ou d'anxiété ou quoi que ce soit d'autre qui pourrait suggérer qu'il était suicidaire.

— Exactement, dit Gillian. Alors, pourquoi est-ce qu'il a fini dans l'eau ?

CHAPITRE 5

Jan détacha les photographies et passa ses pouces sur les surfaces lisses tandis qu'elle les feuilletait.

Les lumières du plafond se reflétaient sur chacune d'elles, et elle les tournait dans tous les sens pour mieux distinguer les détails. Toute réticence à regarder l'image d'un homme mort fut balayée par une curiosité qui travaillait ses pensées.

Une légère odeur de désinfectant mêlée à celle du toner d'imprimante émanait encore des photographies, et en parcourant la séquence, elle pouvait voir comment Clive avait commencé à les prendre à distance avant de se concentrer sur les détails spécifiques que Gillian avait identifiés.

Elle ralentit, prenant son temps pour examiner une fois de plus cette collection hétéroclite.

À sa gauche, sur le mur, une horloge égrenait les secondes, un silence s'étirant entre la médecin légiste et son collègue pendant qu'ils l'observaient.

Elle leva les yeux pour voir Gillian en train de la scruter attentivement.

— Est-ce qu'il y avait quelque chose pour suggérer qu'il aurait glissé ou qu'il serait tombé ?

— Non, seulement ce que ses sauveteurs, les kayakistes, ont dit aux services d'urgence. Qu'ils l'ont vu debout sur la berge à leur gauche alors qu'ils pagayaient, puis qu'ils ont entendu un plouf après avoir dépassé le pont.

— Et cette blessure sur sa hanche droite qui a été recousue ?

Jan retourna la photographie et la tendit à Turpin.

— Qu'est-ce qui aurait pu causer ça ?

— Ses vêtements ont été envoyés à ma demande avant que je ne pratique l'autopsie, dit Gillian. Il y avait du sang à l'intérieur de son short qui correspond à la position de cette blessure, mais pas de déchirures sur le tissu. J'ai envoyé les vêtements au laboratoire pour analyse, mais je suis certaine que nous découvrirons qu'il s'agit bien du sang de M. Windlesham.

— Un short ? Par ce temps ?

— Peut-être qu'il était sorti courir. Le personnel infirmier a indiqué qu'il n'était pas très bavard, donc qui sait ce qu'il faisait.

— Il y avait des ecchymoses qui auraient pu suggérer une lutte ?

— Non, pas du tout.

— Quelque chose dans cette blessure quand ils l'ont soignée ?

— Seulement de la boue provenant de l'endroit où il a été déposé sur la berge après avoir été sorti de l'eau.

— Donc il aurait pu se cogner contre quelque chose en tombant dans l'eau.

Turpin fronça les sourcils.

— Peut-être qu'il s'est heurté à quelque chose qui

dépassait du pont, ou qu'il s'est accroché à quelque chose sous l'eau ?

— C'est possible.

Gillian fit un geste vers les copies des dossiers médicaux dans le dossier ouvert.

— L'équipe soignante l'a notée comme une blessure récente, assez profonde. Elle semblait aller de l'avant de sa hanche vers l'arrière, sur environ trois centimètres de longueur.

— Des signes d'infection ?

— Pas dans ses notes, non. En fait, je crois que si M. Windlesham n'était pas mort des suites de l'inflammation de ses poumons causée par la noyade différée, il aurait guéri tout à fait correctement.

— Est-ce qu'il était ivre ? demanda Turpin.

— Les tests d'alcoolémie et de drogues étaient négatifs lors de son admission dimanche midi.

— Quand est-ce que ses difficultés respiratoires ont commencé, Gillian ? demanda Jan. Il est écrit ici qu'il est décédé à deux heures du matin hier.

— Vers dix heures dimanche soir, donc approximativement onze ou douze heures après son sauvetage. On l'avait entendu s'éclaircir la gorge par intermittence après son transfert dans un service, mais selon le personnel infirmier, il leur a assuré qu'il se sentait bien. Ces raclements de gorge se sont rapidement aggravés au point qu'à dix heures, ils l'avaient mis sous oxygène et ils surveillaient ses signes vitaux.

Gillian secoua la tête.

— Malheureusement, une fois que cette inflammation s'est installée, il s'est avéré impossible d'inverser les dommages à ses poumons et il a oscillé entre conscience et inconscience durant les heures qui ont suivi, jusqu'à son décès.

— Pauvre type, murmura Turpin. Traverser tout ça, penser qu'il était tiré d'affaire…

— Malheureusement, même si c'est assez rare chez les adultes, c'est très courant dans les noyades infantiles, dit Gillian. Plus courant que je ne voudrais l'admettre.

Jan rassembla les photographies et ferma le dossier avant de se tourner vers Turpin.

— Comment est-ce que tu veux aborder ça ?

Il se gratta le menton un moment, puis se redressa.

— Gill, je présume que tu as demandé des analyses toxicologiques supplémentaires pour exclure tout ce qui dépasse les tests habituels d'alcool et de drogues ?

— En effet. J'ai aussi demandé qu'elles soient traitées en urgence, donc avec un peu de chance nous aurons les résultats demain matin, jeudi au plus tard.

— Ok, merci. Je pense donc que nous devons examiner l'endroit où il est tombé pendant qu'il fait encore assez clair pour nous faire une idée de la situation. Ensuite, nous verrons si nous pouvons parler aux kayakistes ce soir et obtenir une déclaration formelle de leur part. Le bureau du médecin légiste va la vouloir de toute façon.

Jan hocha la tête, sortit son carnet et commença une liste.

— Et pour sa famille proche ? Cette sœur qui vit à Cardiff. Nous pourrions faire en sorte que quelqu'un lui parle demain au téléphone peut-être ?

— Ça me semble bien.

— Je vais aussi demander à Caroline et Alex d'inclure son entreprise de construction dans leurs paramètres de recherche et de commencer à organiser des entretiens dès que nous aurons retrouvé ses employés, voisins et autres.

— Fais ça. Vérifions aussi s'il y a des caméras de vidéosurveillance dans le secteur, juste pour confirmer quand il serait arrivé à la rivière. On suppose qu'il a conduit pour l'instant, n'est-ce pas ?

Jan hocha la tête.

— Je pense que oui. Qu'en est-il du porte-à-porte dans le village ?

— Attendons de connaître la situation concernant le véhicule, sinon Kennedy va me faire la peau pour avoir dépensé trop de son budget à courir dans tous les sens. Pour l'instant, il s'agit encore d'une noyade, rien de plus.

Turpin se leva et attendit qu'elle range son carnet et mette le dossier dans son sac.

— Je vais conduire, comme ça tu pourras essayer de contacter les kayakistes pour voir s'ils sont disponibles plus tard.

Gillian ricana.

— J'ai bien vu que tu t'étais attribué la voiture de course cette semaine ?

— Ce n'était pas le cas, dit-il. Jusqu'à ce que Jan décide de lancer des paris sur la possibilité que je me prenne un poing ce matin.

— D'où son envie de conduire, dit Jan en faisant la moue.

Turpin sourit tandis qu'elle lui lançait les clés.

— Tu m'en dois une.

CHAPITRE 6

Mark protégea ses yeux contre le soleil bas qui baignait la rivière et se tint sur le côté tandis qu'une paire de vététistes traversait le pont à toute vitesse, les deux cyclistes filant dès que leurs pneus touchèrent le chemin crayeux et bosselé vers le village.

L'eau était plus calme ici, loin du grondement tumultueux des déversoirs plus proches de Sutton Courtenay, mais en raison des fortes pluies des mois précédents, son niveau restait gonflé par le ruissellement des champs voisins et des fossés qui bordaient les routes.

Le courant était fort et tourbillonnait en remous alors qu'il passait sous lui.

Il promena son regard sur les rambardes d'acier, passa sa main le long de la surface piquée, puis se pencha et regarda l'eau sombre en dessous.

Une odeur persistante de végétation en décomposition montait jusqu'à lui et il se pencha par-dessus la barrière pour voir des amas de mauvaises herbes détrempées et emmêlées dériver dans le courant après s'être enchevêtrées autour des piliers en béton du pont.

De la boue collait aux ourlets de son pantalon et il était certain que sa botte gauche avait une fuite après la marche depuis le parking, vu l'humidité qui s'infiltrait entre ses orteils.

Il pouvait voir l'endroit où les deux kayakistes avaient secouru Barry Windlesham de l'eau deux jours auparavant.

Les herbes hautes et les roseaux à quelques mètres en amont du pont étaient aplatis avec la trace révélatrice de deux kayaks traçant un chemin à travers les joncs. La terre environnante avait été transformée en boue, piétinée par les sauveteurs de l'homme et les services d'urgence qui étaient intervenus, et pourtant dans quelques semaines toute trace de son existence serait effacée alors que la nature reprendrait ses droits et que le printemps céderait la place à l'été.

Un frisson lui traversa les épaules et il ajusta le col de son manteau alors que la brise fraîchissait, avant de lever les yeux au bruit de pas.

— Je ne vois rien qui indiquerait qu'il a glissé à l'endroit où on l'a vu debout sur la berge, dit West en enfonçant ses mains dans ses poches tandis qu'elle marchait vers lui. Il y a quelques empreintes de pas et de l'herbe piétinée, mais rien qui n'indique une lutte, donc je ne pense pas qu'il soit tombé là.

Mark fronça les sourcils et recula d'un pas pour voir à travers les barreaux jusqu'à l'endroit où elle se tenait un instant auparavant.

— Et le rebord en brique qui passe sous le pont ? Il n'est pas glissant ?

— Il l'est, et il est couvert de mousse.

Elle plissa le nez en suivant son regard.

— Je suppose que c'est une possibilité.

Mark parcourut la longueur du pont en s'éloignant d'elle avant de revenir.

— Les rambardes sont plus basses à chaque extrémité, et seulement à hauteur de taille dans la section centrale. Il aurait pu basculer d'une extrémité ou de l'autre en se penchant trop.

West retourna à l'extrémité opposée et posa sa main sur l'une des rambardes.

— Elle arrive sous ma hanche, donc vu la taille de Windlesham, je suppose qu'il aurait pu passer par-dessus comme ça.

Mark s'accroupit et examina la surface rugueuse de l'acier peint avant de traverser de l'autre côté et de faire de même.

— Je ne vois pas de vêtements déchirés ici comme sur les photos de son short à cette extrémité, et toi ?

— Attends.

Il se releva et porta son regard vers le chemin crayeux fourchu qui s'éloignait de la rivière, une route coupant à travers deux champs labourés avant de disparaître entre un groupe de maisons à la périphérie du village de Culham, et l'autre serpentant vers le parking près de l'écluse.

Il n'y avait personne aux alentours et il réalisa avec un sursaut que la lumière commençait à baisser, le soleil couchant frappait les fenêtres d'une ferme en bordure des champs et baignait les cimes des arbres au bord de la rivière d'un or pâle dénué de toute chaleur.

— Chef ?

Il se retourna pour voir West en train de fixer la rambarde en bois à sa gauche, du côté le plus éloigné de l'endroit où les kayakistes avaient sorti Windlesham de l'eau.

— Qu'est-ce qu'il y a ?

37

— Je crois que tu devrais venir voir ça.

Elle attendit qu'il se soit précipité près d'elle, puis pointa du doigt.

— Qu'est-ce que tu en penses ?

Mark regarda, puis s'approcha et sa bouche se tordit. Il sortit son téléphone portable et dirigea la lumière sur une petite cicatrice ronde qui traversait la structure en bois.

— Tu as touché à ça ?

— Non. Je t'ai appelé dès que je l'ai vu.

— Bien.

Il se redressa et lui fit face.

— Bien vu.

— C'est ce que je pense ?

— Oui. C'est un impact de balle.

— Tu crois que c'est ce qui a causé cette blessure sur la hanche de Windlesham ?

— C'est possible. Petit calibre vu la taille de celui-ci, et s'il s'est écarté pour l'éviter, ça aurait pu l'effleurer au passage.

— Eh bien, ça expliquerait comment il a fini dans l'eau.

Elle scruta par-dessus la rambarde.

— J'aurais aussi sauté si quelqu'un m'avait tiré dessus.

Mark parcourut ses contacts jusqu'à trouver le numéro du responsable de la police scientifique.

— On ferait mieux de sécuriser cet endroit comme scène de crime avant qu'il ne fasse nuit.

West se retourna vers lui.

— Attends, où est la balle ?

— Je suppose qu'elle est quelque part dans l'eau.

— Oh.

Elle grimaça.

— Jasper va me détester.

— Pas autant que Kennedy quand je vais lui dire qu'on va aussi avoir besoin d'une équipe de plongée.

CHAPITRE 7

Une fine brume s'accrochait au tronçon de la Tamise à Abingdon juste après six heures le lendemain matin.

Le soleil dépassait à peine l'horizon parmi les nuages gris qui défilaient, et quelques lampadaires le long de Bridge Street projetaient encore une teinte orange artificielle sur les trottoirs qui avaient été trempés par une averse de fin de soirée.

Une voiture traversait occasionnellement le pont et le bruissement lointain des pneus dans les flaques d'eau transperçait le bruit monotone des moteurs diesel tandis que des camionnettes commerciales et des camions de différentes tailles se dirigeaient vers les supermarchés et les magasins de la ville, prêts à commencer une nouvelle journée de commerce.

L'alarme fit irruption dans le subconscient de Mark une fraction de seconde après qu'une paire de canards avait commencé à cancaner devant la fenêtre de la cabine.

Il se réveilla en sursaut, puis il grimaça quand des fourmillements traversèrent son bras droit.

Un tas de boucles lui chatouillait le nez et le menton, et après avoir appuyé sur le bouton de rappel de son téléphone avec sa main libre, il glissa délicatement son bras de sous l'épaule de Lucy et roula sur le dos.

Le plafond avait une finition naturelle en chêne blanc qui changeait selon l'heure de la journée. En été, la lumière du soleil se reflétait sur l'eau environnante et illuminait la finition, tandis que les jours plus ternes comme aujourd'hui, la teinte du bois semblait morose.

La péniche se balançait doucement sur l'eau qui clapotait contre sa coque, et une faible lumière solaire tachetait les murs de la cabine avec le reflet des tourbillons.

De l'autre côté de la rivière, au-delà des marécages, le fracas et le tintement du verre qui se brise déchirèrent le lotissement résidentiel suburbain alors que les poubelles de recyclage étaient vidées une à une.

— Je croyais que Jan et toi deviez retrouver Jasper à sept heures, murmura Lucy, la voix étouffée par le sommeil.

— C'est le cas.

— Tu vas être en retard à ce rythme. Elle ne te remerciera pas si elle doit traverser le champ après la pluie d'hier soir. Il a plu des cordes.

Il sourit, puis se pencha pour l'embrasser sur l'épaule.

— Tu veux que je laisse le chauffage de la salle de bain allumé ?

— S'il te plaît.

Elle gémit et se retourna pour lui faire face.

— Sinon je vais manquer la lumière dont j'ai besoin pour terminer cette aquarelle ce matin.

Mark releva la tête en entendant des griffures à la porte, puis un gémissement.

— Ça t'ennuierait de promener Hamish ce matin ?

— Non, c'est bon. Je dois de toute façon acheter des œufs à la ferme le long du chemin de halage.

— Merci.

Après une douche et un rasage rapides, Mark passa sa veste imperméable sur son bras, ébouriffa les oreilles du bâtard hirsute de la taille d'un schnauzer, et enjamba le plat-bord pour descendre sur la berge.

C'était plat ici, une vaste étendue qui faisait partie du chemin le long de la Tamise. À sa gauche se trouvaient l'écluse et le déversoir qui aidaient à contrôler le débit d'eau le long de cette portion de la rivière, et à sa droite le pont médiéval vers Abingdon. Une rangée de cottages encadrait la prairie de ce côté et, à côté d'une barrière métallique à cinq barreaux qui interdisait l'accès des véhicules au champ, une silhouette solitaire attendait.

Il leva la main et se dépêcha de traverser l'herbe mouillée qui bruissait contre ses jambes de pantalon.

West brandit un gobelet de café à emporter quand il atteignit la barrière.

— J'ai pensé que tu en aurais besoin.

— Tu es un ange.

— C'est ce que je ne cesse de dire à Scott et aux garçons. Mais je ne les ai pas encore convaincus.

Cinq minutes plus tard, elle se gara à côté d'une camionnette grise et retira les deux derniers gobelets à emporter de la console centrale de la voiture. Elle inclina son menton vers la silhouette floue d'une voiture de patrouille qui était garée au bout du chemin près du pont.

— Selon le centre de contrôle, Nathan Willis et Marie Collins sont de service en ce moment. Ils sont là depuis deux heures ce matin.

— Ils auront bien besoin de ce café, alors.

L'équipe des experts de la police scientifique avait utilisé comme base le chemin qui menait à la rivière, maintenant bouclé, et lorsque Mark se faufila entre une autre voiture de patrouille et une seconde camionnette, il était particulièrement conscient du nombre d'habitations résidentielles qui les entouraient.

Il jeta un coup d'œil par-dessus son épaule pour voir un rideau en voile retomber devant une fenêtre du rez-de-chaussée, et un homme âgé les observait attentivement pendant que son Jack Russell urinait contre un lampadaire.

— Plus vite Kennedy fera approuver ce communiqué de presse, mieux ce sera, marmonna-t-il en se mettant au pas de West. On est probablement déjà partout sur les réseaux sociaux.

— C'est plus que probable, dit-elle.

Ils traînèrent en silence le long du sentier jonché de craie et de pierres jusqu'à ce que Mark aperçoive un technicien de la police scientifique vêtu de la tête aux pieds d'une combinaison de protection qui se dirigeait vers eux.

— Où est-ce qu'on doit s'équiper ?

Le technicien pointa du pouce par-dessus son épaule.

— Pas avant d'arriver au pont. On est arrivés au lever du soleil et on vient juste de terminer l'inspection du sentier de ce côté-ci de la rivière. Vérifiez avec Jasper quand vous serez en bas.

— Je n'y manquerai pas.

Mark releva son col et reprit sa marche aux côtés de Jan en inspirant profondément pour se concentrer.

Il regretta d'avoir choisi de programmer son réveil plus tard au lieu de se lever tôt pour emmener Hamish faire sa promenade habituelle avant le travail tandis qu'il parcourait du regard les fleurs printanières violettes et jaunes qui

RACHEL AMPHLETT

oscillaient parmi les hautes herbes de chaque côté du chemin. Des corbeaux plongeaient et croassaient en se regroupant dans un coin du champ à sa droite, leurs cris interrompus par les piaillements excités des mouettes qui cherchaient des vers et des larves dans la terre fraîchement ensemencée, tandis qu'une odeur pénétrante de lisier tout juste répandu émanait du champ opposé.

Une camionnette noire était garée devant la voiture de patrouille de Nathan et Marie. La porte latérale était grand ouverte, laissant voir des bouteilles de plongée et un assortiment d'équipements de plongée à l'intérieur.

Jasper Smith les vit approcher depuis sa position près de deux de ses collègues sur le pont, et il leva la main en signe de salut avant de venir à leur rencontre.

Sa carrure imposante remplissait sa combinaison de protection et il abaissa sa capuche avant de passer une main sur ses cheveux brun foncé coupés court.

— Je jure que ce dernier lot de combinaisons est encore plus chaud que le précédent.

— Merci d'avoir installé tout si rapidement, dit Mark.

Il garda les mains dans ses poches plutôt que de proposer de serrer la main gantée du technicien de la police scientifique.

— Vous avez de la chance. Vous nous avez trouvés pendant une semaine relativement calme. Et il y a deux équipes supplémentaires disponibles pour couvrir la région d'Oxford ce matin.

Jasper se tourna vers West.

— J'ai entendu dire que tu avais trouvé l'impact de balle ?

— Oui, mais j'ai eu de la chance, dit-elle. C'est uniquement parce qu'on cherchait l'endroit où Barry

44

Windlesham avait pu tomber, et Mark essayait de trouver des morceaux de vêtements qui auraient pu s'accrocher à l'une des rambardes.

— Quand même.

Jasper haussa les épaules.

— C'était un bon repérage.

— J'avais raison ?

— Absolument. Nous venons de terminer les prélèvements pour confirmer les marques, mais je suis sûr qu'on va trouver des traces de poudre. À défaut, nous avons des photos qui montrent les marques laissées par la balle qui a traversé le bois.

— Maintenant, il nous faut juste trouver la balle, et l'arme, dit Mark. L'équipe de plongée a commencé ?

— Ils ont terminé leur premier balayage, vous arrivez à temps pour voir le suivant.

— Où est-ce qu'on peut s'équiper ?

Jasper sortit des gants et des surchaussures de rechange de sa combinaison.

— Vous n'aurez besoin que de ça si vous restez sur le chemin délimité que j'ai établi. Les règles habituelles s'appliquent.

— Entendu.

Mark attendit pendant que West se dirigeait vers Nathan et Marie qui se tenaient près de leur voiture de patrouille, leur remettant les cafés avec un sourire avant de revenir vers lui.

— Quelles sont les chances qu'ils trouvent quelque chose ? demanda-t-elle en s'appuyant contre lui pendant qu'elle enfilait les surchaussures puis les gants assortis. Chercher une aiguille dans une botte de foin me vient à l'esprit. Cette rivière doit être pleine de limon et d'autres saletés après l'hiver, non ?

— Ils vont sortir les détecteurs de métaux. Ça leur donnera une longueur d'avance.

Mark mena le chemin vers l'endroit où Jasper attendait près de la berge, et il regarda l'un des plongeurs émerger des eaux glaciales.

Jasper tendit une main pour l'aider à négocier la boue, puis la plongeuse retira son masque et abaissa sa capuche protectrice en néoprène, révélant des cheveux courts blond cendré. Une légère marque rouge encerclait ses yeux et son nez là où son masque avait pressé contre sa peau claire, et quand elle retira ses gants, ses doigts étaient ridés par le froid.

— Tu nous trouves toujours des cas difficiles, Jan, dit-elle en guise de salutation.

Alison Forbishaw fut aidée à remonter la berge par l'un des membres de son équipe et s'arrêta pour enlever d'un coup de pied les algues vert foncé de ses bottillons protecteurs en néoprène avant de les rejoindre.

— Ali, voici l'inspecteur Mark Turpin, dit West.

— Enchantée, dit Alison. Vous dirigez tous les deux cette enquête, alors ?

— Hier, ça a commencé comme une noyade différée, dit West. Jusqu'à ce qu'on trouve l'impact de balle.

— Et vous pensez que c'est lié à la noyade de la victime ?

— Il avait une éraflure profonde à la hanche quand il a été admis aux urgences dimanche, dit Mark. Il n'a rien dit sur le fait d'avoir été touché par une balle.

— Donc l'impact de balle pourrait être plus ancien ?

— Peut-être.

— Ok, eh bien ça va être une longue journée. La rivière est profonde ici, et avec les pluies de la nuit dernière, il y a encore plus d'écoulement des champs à gérer, ils sont encore gorgés d'eau depuis l'hiver.

Alison se retourna et fit un geste vers l'endroit où un second plongeur progressait le long du côté ouest du pont.

— Carl se concentre sur le côté où la victime a été sortie de l'eau tandis que je m'occupe du côté où la balle a pu traverser. Jasper a confirmé vos observations qu'il n'y a rien dans la structure du pont de ce côté-ci qui indiquerait que la balle s'y est logée, donc comme vous, nous supposons pour l'instant qu'elle est tombée dans l'eau.

— Le couple qui l'a secouru affirme l'avoir vu pêcher de ce côté du pont quand ils sont passés, dit Mark. Et pourtant, il ne portait pas les vêtements typiques pour une partie de pêche, et on n'a retrouvé aucun équipement abandonné ici qui pourrait lui appartenir.

Alison fronça les sourcils.

— D'accord, si nous trouvons quoi que ce soit, je vous tiendrai au courant. Où est-ce que vous serez ?

— En train d'organiser un entretien avec M. et Mme Maddison, les kayakistes, répondit West. Avec un peu de chance, ils pourront se rappeler quelque chose qui nous aidera.

CHAPITRE 8

Jan coupa le moteur et examina la jolie maison mitoyenne de bout de rangée qui se trouvait derrière une basse haie de troènes.

La bâtisse victorienne en briques rouges avait été modernisée au fil des années, et soit les anciens propriétaires, soit les Maddison l'avaient agrandie vers le haut en aménageant les combles, comme en témoignaient les deux fenêtres mansardées qui dépassaient des ardoises gris foncé du toit.

Une cheminée sur le côté gauche du bâtiment était surmontée d'un capuchon en acier inoxydable qui reflétait les rayons du soleil tandis qu'il tournait paresseusement dans le vent, et un tronc de glycine pâle s'enroulait autour de la maçonnerie de chaque côté de la porte d'entrée, ses branches chargées de nouveaux bourgeons.

Quand elle guida Turpin le long des trois marches en pierre et à travers une porte en bois, elle remarqua que le minuscule jardin avant avait été transformé en dalles et gravier décoratif. Des pots de fleurs de différentes tailles étaient disposés sous la fenêtre en saillie avec des géraniums rouge vif et des pensées colorées en pleine floraison, tandis que deux grands pots en terre cuite à côté de la porte d'entrée abritaient des tulipes de différentes couleurs qui laissaient tomber leurs pétales sur le paillasson en fibre de coco.

Elle appuya sur une sonnette digitale avec une lentille assombrie qui l'observait avec un intérêt vide, et elle entendit un doux carillon derrière le carreau de verre dépoli placé en hauteur dans la surface en bois de la porte.

— Tu veux mener l'entretien ? demanda-t-elle à Turpin.

— Ça me va. Interromps-moi si j'oublie quelque chose.

— D'accord.

Elle fit un pas en arrière lorsque la porte s'ouvrit et qu'Helen Maddison jeta un coup d'œil dehors.

La femme avait une quarantaine d'années, ses cheveux bruns attachés en une courte queue de cheval. Elle semblait à l'aise dans son legging et son sweat fin et ample, et elle les observa de ses yeux verts perçants.

— Vous êtes les enquêteurs ?

— Enquêteuse Jan West, et mon collègue, l'inspecteur Mark Turpin, dit Jan, en présentant sa carte professionnelle. Je crois que ma collègue, Caroline Roberts, vous a parlé plus tôt.

— En effet. Entrez.

Sur ce, Helen se mit de côté et leur indiqua une porte sur la droite, un peu plus loin dans le couloir.

— Vous pouvez aller dans le salon, Jason y est déjà.

— Merci.

Jan examina une collection de photographies sur le mur du couloir en passant.

Les Maddison semblaient mener une vie active, avec beaucoup de voyages si l'on en jugeait par les lieux sur les photos. Un mélange de montagnes enneigées, de forêt tropicale et de désert parsemait les images où le couple souriait en faisant du kayak, du ski ou de la randonnée un peu partout.

Quand elle entra dans le salon, Jason Maddison se leva d'un canapé deux places sous la fenêtre en saillie et tendit la main.

Il était à peu près de la même taille que Turpin avec une touffe de cheveux couleur sable et des yeux bleu bleuet. Il portait une chemise sur un jean usé avec des chaussures de travail à lacets et il lui adressa un sourire timide lorsqu'elle se présenta.

— Merci d'être ponctuels, dit-il. Je dois aller chez un client pour faire un devis et j'ai déjà dû changer le rendez-vous une fois.

— Pas de problème, dit Jan d'un ton enjoué.

Elle s'installa dans un fauteuil près de la porte, laissant l'autre pour Turpin tandis qu'Helen s'asseyait à côté de son mari.

— Qu'est-ce que vous faites dans la vie ?

— Je suis architecte, même si la plupart du temps, je me retrouve à gérer certains des projets de construction que je conçois, dit-il. Il s'agit principalement d'extensions de maisons individuelles, mais de temps en temps, quelque chose de différent se présente. Ce projet concerne une piscine intérieure.

— Très bien, dit Turpin. Et vous, Helen ?

— Je suis administratrice financière dans une clinique privée.

La femme haussa les épaules.

— Même si je pense chercher quelque chose de différent à faire cette année.

— Elle est trop bien pour eux et elle s'ennuie, dit Jason, la fierté évidente dans sa voix.

Il tendit le bras et serra la main de sa femme.

— J'essaie de la persuader de terminer ses études d'expert-comptable et de créer sa propre entreprise de comptabilité ou de tenue de comptes.

Helen souffla sur sa frange pour la dégager de ses yeux.

— Oui, bon. Je ne sais pas si c'est raisonnable que nous soyons tous les deux des travailleurs indépendants.

— Je suis sûr que vous trouverez une solution, dit Turpin avec gentillesse.

Il se détendit dans son siège.

— Bien, nous allons essayer de ne pas vous retarder pour ce rendez-vous, Jason. Ça vous dérange si nous vous posons quelques questions sur dimanche matin, quand vous avez sorti Barry Windlesham de la rivière ?

— Bien sûr que non.

Le sourire s'effaça du visage de Jason.

— Nous avons été désolés d'apprendre par l'enquêteuse Roberts qu'il était décédé. Il semblait aller bien quand les ambulanciers l'ont examiné.

— Il y a eu des complications pendant sa convalescence, dit Turpin. Donc, pour le moment, notre travail consiste à déterminer ce qui s'est passé avant qu'il ne tombe à l'eau. Est-ce que vous pourriez nous décrire vos mouvements ce jour-là avec vos propres mots ?

— Bien sûr.

Jason jeta un coup d'œil à sa femme, qui lui fit signe de continuer, puis il se retourna vers lui.

— Eh bien, nous nous sommes garés à l'écluse de Culham vers dix heures. C'était la première fois que nous sortions sur la rivière depuis l'hiver et nous avions envie d'une balade tranquille en pagayant jusqu'à Abingdon. Nous avions prévu de déjeuner dans un pub au bord de la rivière là-bas avant de revenir. Nous n'étions pas dans l'eau depuis longtemps avant de tomber sur l'homme qui est tombé.

— Vous avez vu quelqu'un d'autre avant de le repérer ?

— Un couple qui promenait leur chien. C'était quelques minutes avant qu'Helen ne le repère en train de pêcher.

— Il était en train de pêcher ?

— Je crois, dit Helen. Il était accroupi près de l'eau au niveau du pont et j'ai supposé qu'il avait perdu une ligne ou quelque chose comme ça.

— De quel côté du pont ?

— Du côté le plus proche du parking, avant que nous passions sous le pont.

— Il y avait une voiture avec du matériel de pêche qu'Helen avait repérée pendant que nous déchargions les kayaks, ajouta Jason. Nous avons supposé qu'elle était à lui.

— Qu'est-ce qui vous a donné l'impression qu'il pêchait ? demanda Turpin. Il avait du matériel avec lui, ou des sacs ?

— Pas que j'aie vu, non, répondit Helen. C'est juste parce qu'il était tout près de l'eau que j'ai pensé qu'il cherchait un endroit pour pêcher.

— Est-ce que vous avez entendu ou vu quelque chose avant qu'il ne tombe à l'eau ?

— Non, je ne me suis rendu compte qu'il était tombé que lorsque je l'ai entendu appeler.

— Et il y avait d'autres bruits autour de vous ?

La femme fronça les sourcils.

— Comme quoi ?

— N'importe quoi qui vous aurait semblé inhabituel ?

— Non. Nous étions en train de discuter, donc je ne sais pas si nous aurions entendu quoi que ce soit.

— Les cloches de l'église de Culham sonnaient. Je m'en souviens, dit Jason. Et il y avait un tracteur qui travaillait quelque part.

Turpin hocha la tête, puis jeta un coup d'œil par-dessus son épaule et leva un sourcil.

Après avoir terminé sa prise de notes, Jan tourna son attention vers Helen.

— Quand vous avez vu M. Windlesham, est-ce qu'il semblait blessé d'une quelconque façon, ou est-ce qu'il avait du mal à marcher ?

— Il était accroupi au bord de l'eau donc je ne saurais dire, répondit la femme. Il ne semblait pas en détresse. Quand j'ai dit bonjour, il nous a juste regardés fixement puis il est retourné sur le chemin.

— Est-ce qu'il a semblé surpris par votre présence ?

Helen s'arrêta un moment, puis haussa les épaules.

— Pas surpris, non, mais peut-être un peu agacé.

— Qu'est-ce qui vous fait penser cela ?

— Il nous a lancé une sorte de regard noir. Comme si nous avions interrompu quelque chose. J'ai simplement supposé qu'il était contrarié que nous ayons pu effrayer les poissons. Ça nous arrive avec les pêcheurs parfois, même quand on leur laisse beaucoup d'espace.

— Combien de temps s'est écoulé entre le moment où vous l'avez vu pour la première fois et celui où vous l'avez entendu appeler ?

— Seulement quelques minutes. Nous n'étions pas loin du pont.

— Qu'est-ce que vous avez fait ensuite ?

— Nous avons fait demi-tour et nous l'avons sorti de

l'eau aussi vite que possible, dit Jason. Il faisait un froid glacial, malgré le soleil, et nous avons eu peur qu'il ne souffre d'hypothermie.

— Est-ce qu'il vous a dit quelque chose ?

— Il a seulement répondu aux consignes que nous lui donnions, comme de s'accrocher à la pagaie, ce genre de choses.

— Il y a eu quelque chose. Après, je veux dire, dit Helen. Quand les ambulanciers l'installaient confortablement et discutaient avec lui, l'un d'eux lui a dit qu'il avait eu de la chance, et il a répondu « cette fois-ci ». Je me suis demandé s'il avait peut-être tenté de mettre fin à ses jours ou quelque chose comme ça.

— Est-ce qu'il a dit autre chose ?

— Seulement pour nous remercier. Mais il était très faible à ce moment-là. Ils l'ont emmené assez rapidement après ça.

Helen renifla.

— C'est tellement triste qu'il soit mort.

— Vous avez bien fait de le secourir, dit Turpin. Comment est-ce que vous avez su comment faire ? Ça a dû être délicat avec deux kayaks.

Jason se pencha en avant et s'appuya sur ses coudes posés sur ses genoux.

— Nous avons suivi quelques cours avec le club de canoë local quand nous avons commencé, dont un cours de premiers secours qui comportait un volet sur le sauvetage aquatique. C'est comme ça que nous avons su comment utiliser la pagaie pour le repêcher et le ramener sur la rive. Dès que nous avons réussi, Helen a appelé le numéro d'urgence pendant que je l'aidais à retirer ses vêtements mouillés et à enfiler des vêtements de rechange que nous gardons toujours dans nos sacs étanches.

Turpin se redressa sur son siège.

— Vous avez changé ses vêtements ?

— Oui. Nous avons eu peur qu'il ne se réchauffe pas autrement.

— Qu'est-ce qu'il portait quand vous l'avez sorti de l'eau ?

— Maintenant que j'y pense, ses vêtements n'étaient pas vraiment adaptés pour la pêche, dit Jason. Le jean, pour commencer. Je veux dire, il aurait porté des vêtements imperméables, non ? Et le sweat-shirt, il était épais, mais je ne l'aurais pas cru assez chaud par ce temps. Il portait aussi des chaussures de travail plutôt que des bottes en caoutchouc, c'est probablement pour ça qu'il avait du mal à rester à flot.

— Qu'est-il arrivé à ses vêtements mouillés ?

— Je les ai mis dans le sac étanche vide qui contenait les vêtements de Jason et je l'ai remis aux ambulanciers avec les bottes, dit Helen. Ils ont dit qu'ils demanderaient à l'hôpital de nous rendre les vêtements de Jason à un moment donné et ils m'ont demandé d'écrire mon numéro de téléphone à l'extérieur du sac. J'ai simplement pensé qu'ils m'appelleraient quand ils seraient prêts pour qu'on les récupère.

— Est-ce que l'hôpital vous a téléphoné ?

— Non, pas encore. Je me demandais, après l'appel de votre collègue, si je devais les appeler pour savoir ce qui se passe ensuite.

Turpin était déjà debout.

— Ne vous inquiétez pas, Helen. Nous allons le faire pour vous. Tout de suite.

CHAPITRE 9

Un faible rayon de soleil miroitait sur les fenêtres de l'hôpital John Radcliffe lorsque Mark franchit l'entrée principale.

Il avait monté le chauffage de la voiture sur le trajet depuis chez les Maddison, regrettant de ne pas avoir apporté son épais blouson matelassé actuellement accroché au dossier de sa chaise dans la salle des opérations.

Une fine condensation menaçait constamment de se former sur les vitres latérales. Il utilisa la manche de sa veste de costume pour l'essuyer afin de mieux voir dans le rétroviseur et il porta son attention sur la barrière automatique à rayures blanches et rouges qui commençait à se lever devant eux.

En faisant le tour du parking à la recherche d'une place libre, il abaissa le pare-soleil pour contrer les pâles rayons dorés qui filtraient entre les nuages gris et il observa la brise qui se raidissait en agitant les branches bourgeonnantes des aulnes, chênes et tilleuls autour des bâtiments de l'hôpital.

— Il vaut mieux que cette pluie attende que l'équipe de

Jasper ait terminé, marmonna-t-il. Sinon on sera encore plus impopulaires.

West abaissa son téléphone.

— Selon Alex et Caroline, la voiture avec l'équipement de pêche appartenait à un habitant de Sutton Courtenay. Son alibi pour dimanche matin a été vérifié, alors ils sont maintenant en contact avec l'organisme d'enregistrement des plaques d'immatriculation pour retrouver le véhicule enregistré au nom de Windlesham. Et Jasper n'a encore rien trouvé. Mais en même temps…

— C'est comme chercher une aiguille dans une botte de foin. Je sais. Ah…

Il s'interrompit quand une petite voiture rouge recula d'une place au bout de la rangée, puis il se gara avant de jeter un coup d'œil à l'écran du téléphone de West.

— Que dit la météo ?

— Il ne va pas pleuvoir avant dix-sept heures.

Il regarda sa montre.

— Quatre heures.

— Caroline dit que Kennedy veut qu'on revienne à la salle des opérations après ça pour un briefing à quatorze heures trente.

— Ok. Eh bien, dépêchons-nous alors.

Après avoir verrouillé la voiture, il ouvrit la marche vers le plus grand des bâtiments de béton et de verre qui dominaient le quartier résidentiel environnant, puis il franchit un ensemble de doubles portes vitrées.

— Où est-ce que nous sommes censés récupérer ces vêtements ? dit-il en se dirigeant vers une rangée d'ascenseurs.

— Au service juridique.

Un flux constant de patients ambulatoires et de visiteurs passait, et ils se mirent sur le côté pour laisser passer les autres avant de se glisser dans une cabine vide.

Mark attendit que les portes se referment derrière lui.

— Est-ce qu'Alex ou Caroline ont réussi à parler à des membres de la famille ?

— Ils y travaillent. Caroline a dit quelque chose à propos du fait que c'était politiquement sensible, donc Kennedy est impliqué, ainsi que le commandant divisionnaire de Kidlington.

Il fronça les sourcils.

— Vraiment ?

— Apparemment.

West haussa les épaules.

— Je suppose qu'on en saura plus lors du briefing.

Les portes s'ouvrirent alors pour révéler un couloir animé qui baignait dans l'odeur âcre du nettoyant antiseptique pour sol et du stress.

Une femme en tailleur bleu marine et chemisier bleu pâle entra, leur adressa un bref signe de tête et appuya du bout de l'index sur le bouton de l'étage suivant. Elle tourna le dos à Mark avant de jeter un coup d'œil à son téléphone.

— Merde, murmura-t-elle, puis elle se faufila par les portes qui s'ouvraient dès qu'un son mat retentit au-dessus de leurs têtes et s'éloigna précipitamment.

West réprima un sourire.

— On dirait que quelqu'un passe une mauvaise journée.

Ils s'arrêtèrent pour lire un panneau indiquant les différents services du quatrième étage, puis ils prirent à gauche dans un couloir étroit peint en blanc éclatant, qui aurait été saisissant s'il n'y avait pas eu les dalles de moquette à carreaux gris qui recouvraient le sol.

Une fougère fanée dépassait d'un pot en plastique bleu rempli de terre couverte de mousse à côté d'une porte fermée à mi-chemin du couloir, et Mark aperçut une plaque en aluminium brossé avec le nom du service gravé dessus, bien qu'une partie des lettres noires soit manquante.

— C'est ici, dit-il en frappant à la porte avec ses articulations avant de la tenir ouverte pour West.

— Oh.

Elle s'arrêta net et il faillit la percuter avant de regarder par-dessus son épaule.

La femme de l'ascenseur se tenait à côté d'un bureau couleur hêtre jonché de paperasse, les yeux écarquillés.

— Vous êtes en avance, parvint-elle à dire.

Mark consulta sa montre.

— Seulement d'environ cinq minutes. C'est un mauvais moment ?

Elle souffla pour écarter une mèche rebelle de son visage, puis elle fit un geste désespéré vers une pile imposante de classeurs empilés à côté de son écran d'ordinateur.

— C'est toujours un mauvais moment.

Elle tenta un petit rire, mais il sortit légèrement hystérique.

— Inspecteur Mark Turpin, dit-il en présentant sa carte professionnelle. Et ma collègue, l'enquêteuse Jan West. Je crois que vous avez parlé à l'enquêteur Alex McClellan plus tôt aujourd'hui. Nous sommes ici pour récupérer des vêtements qui ont été remis lors de l'admission d'un de vos patients, Barry Windlesham, aux urgences dimanche.

— Hilary Cottishall.

Elle jeta un coup d'œil à la carte professionnelle, puis contourna le bureau et s'affaissa dans un fauteuil en tissu usé et déchiré en soupirant.

— Je suis l'agente de liaison assignée au cas de M. Windlesham.

— Que faites-vous ici, à part vous occuper des effets personnels des défunts ? demanda West, le regard méfiant tandis qu'elle parcourait des yeux les boîtes d'archives débordantes qui jonchaient le sol du petit bureau.

— À part gérer des chats errants ?

Hilary leur lança un sourire sardonique.

— Comme mon titre l'indique, je fournis un service de liaison entre l'hôpital et les familles lorsqu'un patient décède sous nos soins, quelles que soient les circonstances.

Mark examina les dossiers empilés de façon précaire.

— Pour chaque personne ?

— Oui.

Hilary se pencha en avant sur son siège, qui émit un grincement inquiétant à ce mouvement brusque. Elle croisa les bras sur le bureau et suivit son regard.

— Pour chaque personne. Pour nos hôpitaux partenaires aussi, pas seulement celui-ci.

Il ne put retenir le léger sifflement qui s'échappa de ses lèvres. Il s'éclaircit la gorge.

— Donc… les affaires de M. Windlesham…

— Posent problème.

Hilary dirigea son attention vers un dossier ouvert sur son bureau.

— Comme vous le savez, et comme l'a confirmé votre collègue au téléphone, les vêtements que portait M. Windlesham au moment de son admission ont été transmis à la morgue après son décès.

— Nous recherchons ses vêtements d'origine, expliqua Mark. Les vêtements qu'il portait lorsque les ambulanciers l'ont déposé aux urgences appartenaient à ses sauveteurs. Apparemment, ils ont retiré ses vêtements mouillés, les ont mis dans un sac et les ont donnés aux ambulanciers. On leur a assuré qu'ils pourraient récupérer ces vêtements à l'hôpital.

Hilary feuilleta les papiers du dossier, son front se plissant davantage à chaque page.

— C'est étrange. Il y a une note ici concernant un sac étanche qui a été remis, mais il n'était pas avec M. Windlesham au moment de son décès.

— Qu'est-ce que vous voulez dire ?

Mark essaya d'ignorer le sursaut soudain dans sa poitrine alors que son cœur manquait un battement.

— Est-ce qu'il a été transféré du service principal avant son décès ?

— Non, malheureusement nous n'avons pas assez de chambres privées pour permettre cela.

Elle retourna la page face à eux.

— Ce que je voulais dire, c'est qu'il n'y avait aucune trace du sac quand une des infirmières a vidé le placard à côté du lit de M. Windlesham. Seulement les vêtements qui ont été fournis à la morgue.

— Vous voulez dire que le sac a été retiré à votre insu, dit West.

Hilary rougit.

— Ou il a simplement été égaré.

Mark vit West hausser un sourcil en réponse, puis il se retourna vers l'agente de liaison.

— Est-ce qu'il a reçu des visiteurs après son admission ?

— Aucun qui soit mentionné ici, non. Je crois savoir que sa plus proche parente est une sœur, mais elle vit trop loin pour l'avoir vu avant son décès.

— Dans ce cas, madame Cottishall, nous allons avoir besoin des enregistrements de surveillance interne et de vidéosurveillance des parkings.

Mark se leva et tendit la main pour prendre le dossier.

— Ainsi que d'une liste des membres du personnel ou des entrepreneurs présents cette nuit-là.

CHAPITRE 10

Mark jeta un coup d'œil à sa montre avant de fusiller du regard le petit écran au-dessus de la porte de l'ascenseur.

L'affichage numérique rouge décomptait les étages tandis qu'une flèche rouge indiquait la direction, et il voulut mentalement que l'ascenseur aille plus vite tout en essayant de ne pas serrer la mâchoire.

La pensée du travail supplémentaire généré par la disparition des vêtements de Barry Windlesham était presque accablante, et il réprima un gémissement en imaginant la réaction de l'inspecteur principal Kennedy face aux heures supplémentaires nécessaires pour traiter toutes les enquêtes qui suivraient.

Et cela avant même d'avoir obtenu les images des caméras et d'avoir vérifié tous les mouvements de véhicules.

À côté de lui, West tenait le dossier d'une main tandis qu'elle faisait défiler son téléphone pour vérifier les emails de l'équipe de la salle des opérations en marmonnant à voix basse.

Elle lui donna un petit coup de coude et l'arracha à sa rêverie.

— Voilà. Il est indiqué ici que la personne qui a traité Barry Windlesham dimanche, lors de son admission aux urgences, était le docteur Kendric Duncan.

— Est-ce qu'il travaille aujourd'hui ?

— Oui, selon Caroline, il devrait être de service.

Elle rangea son téléphone dans son sac.

— Et espérons qu'ils ne soient pas trop occupés en bas pour qu'il puisse nous parler.

— Croisons les doigts.

West jeta un coup d'œil par-dessus son épaule pour voir une ambulance qui fonçait dans la zone de stationnement des urgences et deux ambulanciers qui en sortaient précipitamment avant de se ruer vers les portes arrière pour les ouvrir brusquement.

— Adieu l'après-midi tranquille ici.

— Allons trouver le Dr Duncan avant qu'il ne soit occupé.

Mark se dirigea vers un couloir sur la droite.

— Tu as eu l'occasion de découvrir quelque chose sur lui ?

— Seulement qu'il est basé ici depuis cinq ans. Il était à Manchester avant ça, et il a obtenu son diplôme il y a quinze ans. Marié avec une femme et deux filles, selon la biographie professionnelle que j'ai trouvée en ligne.

— Ok, merci.

Après avoir vérifié auprès d'un portier à l'air harassé, ils trouvèrent Kendric Duncan appuyé contre un mur de plâtre à côté d'un distributeur automatique juste à l'extérieur du service des urgences, le visage hagard.

Le sifflement de la machine couvrait les divers messages

automatisés et improvisés diffusés par les haut-parleurs fixés parmi les dalles du plafond, et de la vapeur s'élevait dans l'air tandis qu'un liquide chaud giclait dans un gobelet en plastique.

— Dr Duncan ?

Mark ouvrit sa carte de police en s'approchant.

— Inspecteur Mark Turpin et enquêteuse Jan West. Est-ce que nous pourrions avoir un mot rapide, s'il vous plaît ?

Le sifflement s'arrêta avec une toux impromptue et Duncan prit le gobelet de café avant de grimacer.

— Merde, il n'y a plus de lait.

Il se retourna et examina les deux visiteurs, sa taille l'obligeant à regarder Jan de haut avec un regard impérieux.

— C'est la première pause que j'ai en six heures, dit-il, l'épuisement voilant ses paroles. Et je viens juste d'annoncer aux parents d'un garçon de six ans que leur fils va avoir besoin d'une amputation de la jambe après avoir été percuté par un bus alors qu'il rentrait de l'école à vélo hier. Est-ce que ça ne peut pas attendre ?

— Je suis désolé, dit Mark.

Il se mit de côté au son de roues qui cliquetaient alors que les deux ambulanciers qu'il avait vus dehors passaient en hâte avec une femme emmitouflée dans des couvertures sur une civière. Elle gémit tandis que l'un d'eux ajustait le masque à oxygène couvrant son nez et sa bouche, puis les ambulanciers firent pivoter la civière vers la gauche et disparurent derrière un rideau en plastique.

— Est-ce qu'il y a un endroit un peu plus calme où nous pourrions parler ? Peut-être un endroit où vous pourriez vous asseoir pendant que nous discutons ?

Duncan prit une gorgée de café, puis fit un signe de tête à

un collègue qui disparut derrière le rideau pour parler à la nouvelle arrivée.

— Ok, mais pas plus de dix minutes. Nous sommes en sous-effectif cette semaine. Suivez-moi.

Il appela une infirmière qui passait pour lui dire de le biper si un autre cas d'urgence arrivait, puis il les conduisit à travers le large couloir dans une antichambre pas plus grande qu'un placard à balais.

Les murs étaient couverts d'armoires vitrées verrouillées et d'étagères chargées de diverses fournitures médicales, et Mark se déplaça latéralement pour contourner un fauteuil roulant délabré et plié avec une roue avant manquante afin de laisser West passer par la porte.

Duncan la ferma, posa sa tasse sur le comptoir stratifié qui courait sous les étagères et croisa les bras en réprimant un bâillement.

— En quoi est-ce que je peux vous aider ?

— Nous enquêtons sur la mort de Barry Windlesham, expliqua Mark. Il a été admis ici dimanche après être tombé dans la Tamise à Culham. Nous comprenons que vous avez été son médecin.

— C'est exact.

Duncan frotta son menton couvert de barbe naissante.

— Il a été sorti de l'eau par des kayakistes, n'est-ce pas ? C'est vraiment dommage, la façon dont les choses ont tourné. Bien sûr, nous faisons tout ce que nous pouvons pour prévenir l'infection, mais quand le corps d'une personne a subi autant de traumatismes…

— Nous nous demandions si vous saviez ce qui était arrivé au sac étanche qui avait été apporté avec lui ? Selon ses sauveteurs, il est orange vif et contient les vêtements d'origine de M. Windlesham.

Le médecin fronça les sourcils.

— Je ne saurais vous le dire. Mais en même temps, je me concentrais sur M. Windlesham, pas sur ses effets personnels. Vous feriez mieux de vous adresser au service des patients à ce sujet.

— Nous l'avons fait et ils n'ont aucune trace du transfert du sac vers le service ou à la morgue après son décès.

— Vous avez vérifié auprès du personnel du service ?

— Ils sont les prochains sur notre liste. Quand Windlesham est arrivé, qu'avez-vous remarqué concernant la blessure sur sa hanche ? C'est vous qui l'avez recousu ?

— Oui. Une fois que mon équipe lui a retiré ses vêtements et l'a installé confortablement, j'ai pu lui faire un examen approfondi. Cette éraflure était profonde, il a donc fallu lui administrer un anesthésique local et le nettoyer avant de faire quelques points de suture.

Duncan prit une autre gorgée.

— Il aurait gardé une cicatrice cependant.

Mark attendit que Jan termine sa prise de notes.

— En toute confidentialité, nous pensons que M. Windlesham a peut-être été victime d'une tentative de meurtre, et que la blessure que vous avez vue a été causée par une balle qui a éraflé sa hanche avant qu'il ne tombe à l'eau.

Les sourcils de Duncan se haussèrent brusquement.

— Bon sang.

— D'où notre demande de confidentialité, s'il vous plaît. Ses vêtements d'origine pourraient nous fournir cette preuve cruciale, tout comme toute information sur l'état de sa hanche. Est-ce que vous avez remarqué de la poudre dans la plaie pendant que vous l'avez nettoyé ? Quelque chose qui pourrait suggérer une blessure par balle ?

— Je ne peux pas dire que j'ai remarqué quoi que ce soit,

non. Évidemment, comme il est tombé dans l'eau, tout élément de ce genre aurait été emporté.

Mark soupira.

— C'est ce que je craignais.

— Tirer sur quelqu'un est assez radical.

Duncan vida son café avant de consulter sa montre.

— Et M. Windlesham n'a rien dit à propos d'une agression.

— Qu'a-t-il dit ?

— Pas grand-chose, pour être honnête. Une fois que nous l'avons installé confortablement, je lui ai demandé comment il était tombé à l'eau, et tout ce que j'ai pu tirer de lui, c'est qu'il avait glissé. J'ai supposé que c'était un malheureux accident, jusqu'à votre arrivée.

— Nous avons demandé à l'agente de liaison du service des patients de nous fournir une liste du personnel travaillant ce jour-là, ainsi que d'essayer d'obtenir une note de tous les visiteurs du service de M. Windlesham.

West lui tendit sa carte de visite.

— Est-ce que vous pourriez m'envoyer un SMS ou un email avec les noms des membres de votre équipe du dimanche après-midi ? Nous aimerions interroger chacun d'entre eux, au cas où quelqu'un aurait vu ce qui est arrivé à ce sac.

— Pas de problème.

Duncan baissa les yeux alors que son bipeur sonnait.

— Je dois y aller.

Mark le suivit hors de la pièce et se dépêcha de le rattraper.

— Une dernière question, est-ce que c'était très occupé dimanche ?

— Très.

Le médecin jeta un coup d'œil le long du couloir alors qu'une autre équipe d'ambulanciers apparaissait avec un homme ensanglanté sur une civière qu'ils roulaient vers le service des urgences.

— Et comme si ça ne suffisait pas, quelqu'un a également décidé d'essayer de déclencher une bagarre ici.

— Désolé d'entendre ça.

— Eh bien, cela arrive bien trop souvent, malheureusement.

Duncan leva les mains.

— Et maintenant, je dois vraiment y aller.

— Merci pour votre temps.

West rangea son carnet alors que le médecin disparaissait dans une foule d'infirmiers, et elle regarda sa montre.

— Nous avons une heure avant le briefing. Qu'est-ce que tu veux faire ensuite ?

— Allons trouver le service où Windlesham a été transféré après avoir été soigné ici, dit Mark. Il faut bien que quelqu'un sache ce qui est arrivé à ce sac de vêtements.

Son téléphone commença à sonner alors que les portes de l'ascenseur s'ouvraient, et il se précipita dans un coin à l'écart.

— Turpin.

— Mark, c'est Jasper. Nous avons quelques éléments qui pourraient t'intéresser, à commencer par un téléphone portable qui était immergé dans l'eau près du pont.

— Vraiment ?

— Il était placé dans un sac à sandwich en plastique et suspendu sous la surface par un bout de ficelle. Celui qui l'a mis là l'avait calé en place en utilisant une vis en acier inoxydable enfoncée dans une fissure du mortier de la pile en béton.

— Est-ce qu'il fonctionne ?

— Non, mais il pourrait simplement être à plat. Je le fais livrer au laboratoire pour analyse. Même si le téléphone ne fonctionne pas, nous pourrions peut-être faire quelque chose avec la carte SIM.

— Les Middleton, les kayakistes qui ont secouru Windlesham, ont dit qu'ils l'avaient vu accroupi sur la berge alors qu'ils s'approchaient de lui dimanche. Il serait logique que le téléphone lui appartienne.

— L'hôpital n'a pas son téléphone ?

— Pas à ma connaissance.

Mark regarda sa montre.

— Je vais devoir y aller. Jan et moi allons monter au service où il se trouvait pour voir à qui nous pourrions parler.

— Avant que tu ne raccroches, il y a autre chose. Nous avons trouvé la balle.

— Vraiment ?

Il baissa un instant le téléphone et fit signe à West en baissant la voix.

— Ils ont trouvé la balle. Et un téléphone portable.

Elle haussa les sourcils.

— Vraiment ? Bon sang.

Il répondit à son check du poing avant de porter à nouveau le téléphone à son oreille.

— Jasper ? Où était la balle exactement ?

— Enfouie dans la berge à environ quinze mètres du pont.

Le spécialiste en criminalistique poussa un soupir de soulagement.

— On a eu de la chance, la vitesse a dû ralentir après avoir traversé la rambarde du pont, et les berges dans le coin sont molles grâce à toute la pluie qu'on a eue dernièrement. Si elle était tombée dans l'eau, je ne pense pas qu'on aurait eu autant de chance, pas avec le courant et la profondeur ici. Tel que c'était, le détecteur de métaux l'a repérée. Je l'ai fait transférer au labo pour traitement en urgence.

— Je suppose qu'il n'y a aucune chance que vous ayez trouvé l'arme ?

— Pas encore. Je dirais qu'il nous reste encore deux à trois heures de bonne lumière aujourd'hui, donc on va continuer à chercher. Comment ça avance de votre côté ?

— On essaie de trouver les vêtements que Windlesham portait quand il est tombé à l'eau. Si on peut les retrouver, on peut les faire analyser pour détecter des traces résiduelles liées à cette balle qui l'a éraflé, pour établir un lien entre les deux.

— Ils n'étaient pas conservés avec ses effets personnels ?

— Tout a disparu.

— Merde.

— Tiens-nous au courant dès que ton équipe trouve autre chose, d'accord ?

— Pas de problème.

Après avoir terminé l'appel, Mark gonfla ses joues avant d'expirer.

— C'est déjà quelque chose, au moins.

— Seulement si l'arme a été utilisée dans un autre crime répertorié dans notre base de données, dit West. Mais qu'est-ce que Windlesham foutait à cacher son téléphone dans la rivière ?

— Il y a autre chose que nous devons considérer.

— Quoi donc ?

— Ça pourrait ne pas être son propre téléphone.

CHAPITRE 11

Dès que Jan sortit de l'ascenseur et franchit une série de portes en bois vers le service animé du cinquième étage, elle fut enveloppée dans une oasis de calme organisé et d'efficacité.

Le service exclusivement masculin comprenait plusieurs lits, certains entourés de rideaux tirés, d'autres avec des patients qui lisaient des livres ou étaient absorbés par des tablettes ou des téléphones portables.

Des fenêtres à l'extrémité du service offraient une vue sur la ligne d'horizon du centre-ville d'Oxford, avec différentes flèches d'églises qui perçaient les espaces entre les établissements universitaires, les musées et les bâtiments commerciaux.

Le plafond bas compensait la dureté acoustique des carreaux polis sous les pieds et adoucissait les conversations avec une discrétion rassurante.

Les visiteurs étaient rares – un homme âgé dans un lit près des fenêtres divertissait un jeune couple, ses mains expressives et un sourire aux lèvres, tandis qu'un homme plus jeune, au milieu de la rangée de lits, serrait un petit garçon dans ses bras et parlait à voix basse à une femme au visage livide.

Deux infirmières se tenaient derrière un bureau à gauche des portes, l'une debout au-dessus de l'autre pendant qu'elles contemplaient un écran d'ordinateur et parlaient à voix basse.

La plus âgée des deux leva les yeux lorsque Jan et Turpin s'approchèrent, un sourire professionnel sur le visage.

— Je peux vous aider, détectives ?

— On est si reconnaissables que ça ?

Jan montra sa carte professionnelle et fit les présentations.

— Est-ce que nous pourrions parler à quelqu'un qui était de service dimanche jusqu'aux premières heures de lundi matin ?

— C'était moi.

Les yeux de la plus jeune infirmière s'écarquillèrent.

— Il y a un problème ?

— J'espère que non.

Jan lut le badge épinglé sur la chemise de la femme – Emily Crake – et lui adressa un sourire bienveillant.

— Nous espérions localiser un sac de vêtements qui a été apporté avec un patient des urgences. Barry Windlesham. Il est décédé cette nuit-là après être tombé dans la rivière à Culham.

— Je me souviens de lui.

Sa collègue s'éloigna du bureau.

— Si vous voulez discuter tranquillement, je peux surveiller ici, Em.

— Ce serait parfait, dit Jan. Merci. Est-ce qu'il y a un endroit où nous pourrions parler en privé ?

— Il y a un salon des visiteurs au bout du couloir,

répondit Emily en prenant un gilet accroché au dossier de la chaise. Je ne pense pas qu'il y ait quelqu'un en ce moment. C'est assez calme ici cet après-midi, la plupart des visiteurs arrivent après dix-sept heures.

— On vous suit.

Quelques instants plus tard, Jan et Turpin furent conduits dans un espace aéré meublé de huit fauteuils affaissés recouverts de divers tissus décolorés et d'une paire de tables d'appoint en bois couvertes de magazines people.

Il y avait un distributeur automatique dans le coin, à moitié rempli de barres chocolatées et de boissons non alcoolisées qu'Emily ignora consciencieusement, se dirigeant plutôt vers une chaise à côté d'une fenêtre en verre dépoli.

— J'ai reçu un appel d'Hilary Cottishall il y a environ vingt minutes, dit-elle. Elle était dans tous ses états parce que deux policiers posaient des questions sur un sac de vêtements qui avait disparu. Pour être très claire, je ne l'ai pas pris.

— Je n'allais pas suggérer une telle chose, dit Jan en prenant place à côté d'elle tandis que Turpin se tenait près de la porte. Mais j'aimerais savoir ce qui arrive habituellement aux effets personnels qui sont apportés avec un patient.

— Ah. D'accord.

Emily expira et détendit ses épaules. Elle s'enfonça dans le fauteuil usé.

— Normalement, tous les objets de valeur seraient étiquetés avec le nom du patient et placés dans le coffre-fort de l'hôpital.

Jan leva les yeux pour voir Turpin qui la fixait.

— La femme des services juridiques n'a pas mentionné d'objets de valeur, dit-il.

L'infirmière haussa les épaules.

— Peut-être qu'il n'en avait pas. Je l'ai mentionné au cas où il portait une montre ou autre chose quand il a été admis.

Jan mit à jour ses notes.

— Est-ce que le sac avec les vêtements aurait été mis dans le coffre-fort ?

— Pas s'ils étaient encore mouillés, non. Ils auraient probablement été mis dans le local de décontamination des urgences par le personnel. De là, les vêtements auraient dû être transférés ici avec M. Windlesham.

Turpin était déjà sorti avant même qu'Emily ait fini de parler.

— Qu'en est-il des visiteurs dans le service ce jour-là ? poursuivit Jan. Comment est-ce que ça fonctionne en temps normal ?

— Eh bien, nous limitons le nombre de visiteurs à deux à la fois, et ils ne sont autorisés qu'entre huit heures du matin et huit heures du soir. Nous essayons généralement de limiter les visites pendant les repas pour donner à tout le monde un peu de tranquillité, surtout le week-end. Vous pouvez imaginer à quel point cela peut devenir animé.

— Nous comprenons que la plus proche parente de M. Windlesham, une sœur, n'a pas pu venir, mais est-ce qu'il a reçu d'autres visiteurs ?

— Pas à ma connaissance, non, répondit Emily. Mais il y avait un flux constant de visiteurs à partir d'environ dix-sept heures jusqu'à vingt heures et nous étions occupés à les intégrer autour du repas du soir.

— Qui était de service avec vous ?

— Selina Gunnerston. Elle est en congé aujourd'hui.

— Vous travaillez souvent avec elle ?

— Oui, nous sommes toutes les deux dans ce service

depuis environ onze mois maintenant. Avant ça, je travaillais au service pédiatrique.

— Est-ce que vous avez remarqué quelqu'un qui se comportait de façon inhabituelle dimanche, avant le décès de M. Windlesham ?

— Non, je ne peux pas dire que j'ai remarqué quoi que ce soit, mais comme je l'ai dit, nous étions vraiment débordés.

Emily haussa les épaules.

— Les week-ends sont toujours comme ça, évidemment. Tout le monde ne peut pas venir pendant la semaine à cause du travail ou des obligations scolaires, je suppose. Nous avons rarement des problèmes ici, de toute façon. C'est pour ça que la plupart des agents de sécurité travaillent en bas aux urgences.

— Vous tenez un registre des noms des visiteurs ?

— Nous n'en tenons pas dans ce service. Nous veillons simplement à ce que le nombre de visiteurs ne dépasse pas deux à la fois, et que les conversations restent à un volume raisonnable pour ne pas déranger les patients qui pourraient se reposer.

— À quelle heure votre service a-t-il commencé ce jour-là ?

— Dix-neuf heures trente, le soir. J'ai terminé à huit heures le lendemain matin. J'étais en congé hier avant de passer au service de jour ce matin.

— Et quand se terminent les heures de visite ?

— À vingt heures.

Emily eut un sourire désabusé.

— Même si, souvent, il faut une demi-heure pour que tout le monde s'en aille.

— Combien de personnes rendaient visite aux patients ici dimanche ?

— Une douzaine, je suppose, mais je n'étais pas toujours à l'accueil. Il y a des contrôles de bien-être à faire auprès des patients, des rapports à envoyer par email, d'autres membres du personnel qui arrivent et qui ont besoin d'informations, ou de nouveaux patients admis, comme M. Windlesham, des appels téléphoniques… le temps passe vraiment vite les week-ends.

— Qui d'autre a été admis dans le service dimanche ?

— Je ne peux pas donner de noms, pas sans documents officiels, mais le monsieur âgé que vous avez probablement vu dans le service à l'instant est monté des urgences avant la fin des heures de visite.

— Est-ce qu'il va bien ?

— Il va se remettre. Merci de vous en inquiéter.

— Quelqu'un est-il venu voir M. Windlesham ?

— Pas pendant les heures de visite, non.

Emily fronça les sourcils.

— Il y a eu un type qui est venu vers vingt et une heures en demandant à le voir, mais bien sûr, nous avons dû le renvoyer.

— Oh ? Il a laissé un nom ? demanda Jan en réprimant son excitation et en gardant un visage impassible.

— Non. Il semblait un peu contrarié d'avoir manqué les heures de visite. Selina lui a dit de revenir à huit heures le lendemain matin, mais bien sûr, M. Windlesham est décédé dans la nuit…

Emily fit une pause.

— J'espère que nous n'avons pas fait d'erreur en ne le laissant pas entrer.

— Est-ce qu'il a dit s'il était de la famille ?

— Non, il ne l'était pas. Nous avons vérifié, car parfois nous pouvons faire une exception bien sûr. Quand Selina lui a demandé, il a dit qu'il était juste un ami de passage qui avait entendu parler de l'accident, alors évidemment nous avons dû lui demander de partir.

— À quoi ressemblait-il ?

— Euh, de taille moyenne, je suppose. Sweat-shirt bleu marine, jean noir.

Emily plissa les yeux.

— Il avait une cicatrice qui traversait sa lèvre supérieure et sa mâchoire.

— Un peu comme une cicatrice de fente palatine ?

— Non, c'était laid. Certainement pas une cicatrice chirurgicale. C'était plutôt comme s'il avait été attaqué au couteau.

CHAPITRE 12

Mark verrouilla la portière de la voiture et lança les clés à West avant qu'ils ne se précipitent à travers le parking du commissariat vers la porte de sécurité à l'arrière du bâtiment.

Il restait moins d'une heure de lumière du jour, et en jetant un œil à son téléphone, il ravala la frustration qui obscurcissait ses pensées.

Jasper et son équipe auraient déjà rangé leur matériel à présent, laissant la scène de crime sous la surveillance d'une petite équipe d'agents en uniforme pour la nuit, avant de revenir le matin pour reprendre leurs recherches.

Personne n'avait de nouvelles concernant l'arme utilisée dans la tentative de meurtre contre Barry Windlesham.

Et il n'y avait aucune trace non plus du sac de vêtements dans le local de décontamination des urgences.

Il passa sa carte sur le panneau de sécurité et ouvrit la porte pour West, puis il s'arrêta un instant pour contempler les teintes pourpres et jaunes qui striaient le ciel tandis que le soleil s'estompait, et il observa la brise fraîche qui agitait les arbres derrière la rangée de voitures la plus éloignée.

Une forte odeur de graisse et de glucides émanait du fast-food de l'autre côté du commissariat, accompagnée du grondement régulier de la circulation sur la route de Marcham devant le bâtiment, les deux disparaissant dès qu'il laissa la porte se refermer.

L'estomac grondant, il envoya un message à Lucy pour savoir si elle voulait qu'il achète un plat chinois à emporter sur le chemin du retour, puis il se dépêcha de monter l'escalier pour rattraper West.

La salle des opérations était encore animée lorsqu'ils entrèrent, malgré le départ de plusieurs membres du personnel administratif. Quatre agents en uniforme étaient assis, manches de chemise retroussées, le téléphone à l'oreille au fond de la pièce, et en passant, il surprit quelques bribes de conversations.

Il semblait que Kennedy avait retardé le briefing de l'après-midi pour attendre le retour de Mark et West. Entre-temps, il avait chargé la petite équipe d'examiner toutes les dépositions recueillies au cours de la journée lors des enquêtes de porte-à-porte dans les environs immédiats du pont et de retrouver les résidents qui étaient au travail.

L'inspecteur principal sortit de son bureau au moment où Mark atteignait le sien et il lui fit signe d'approcher.

— Alex et Caroline ont commencé à interroger les amis et collègues de Windlesham qu'ils ont pu retrouver via les réseaux sociaux, dit-il. Ils devraient être de retour d'une minute à l'autre, donc nous allons commencer le briefing dès leur arrivée. Je veux que l'équipe parte d'ici à dix-neuf heures trente pour qu'ils puissent être concentrés demain matin.

— Ça me semble bien, chef.

Mark regarda autour de la pièce.

— Vous avez réussi à trouver d'autres agents.

— Pas encore. Ceux-là ont été détachés d'une autre enquête que je gère, mais qui attend d'être examinée par le parquet, alors ils peuvent aussi bien nous aider avec celle-ci en attendant.

— Donc on pourrait les perdre.

— En effet.

Kennedy regarda par-dessus l'épaule de Mark en entendant la porte de la salle s'ouvrir.

— Alors profitons de la situation et faisons le point.

Mark se retourna pour voir Alex et Caroline qui parlaient avec West, et il leur fit signe d'approcher.

— On peut commencer le briefing tout de suite, ou vous avez besoin de cinq minutes ?

— On est prêts, répondit Caroline. On n'a pas grand-chose pour l'instant, mais c'est un début.

— Ok, trouvez une place et je vais rassembler les autres.

Kennedy émit un sifflement sonore et pointa vers le tableau blanc.

— Tout le monde, briefing. Maintenant. Pas d'exceptions, s'il vous plaît. Il y a beaucoup à couvrir avant que vous ne rentriez chez vous.

Il les conduisit vers l'autre côté de la pièce jusqu'à un tableau blanc déjà couvert de notes manuscrites et de photographies.

Jasper avait envoyé par email des images de la balle qui avait été trouvée, son étui en alliage métallique terni par la boue, ainsi que du téléphone portable.

Le téléphone apparaissait sur deux des photographies, la première prise alors qu'il était encore dans le sac plastique où il avait été trouvé, et la seconde montrant le téléphone une fois déballé.

Au-dessus de celles-ci, Kennedy avait épinglé une

photographie de Barry Windlesham qui semblait de nature formelle.

Il portait une chemise blanche avec une cravate à motifs bleus et une veste noire, et il arborait une expression de chaleur étudiée qui n'atteignait pas tout à fait ses yeux.

Mark supposa que la photographie datait de quelques années – le visage de l'homme était bronzé et il semblait porter moins de poids que sur les images prises lors de l'autopsie de Gillian.

Après avoir pris place à côté des autres détectives, il salua d'un signe de tête les deux sergents en uniforme qui avaient été affectés à l'enquête.

Peter Cosley avait déjà travaillé avec Mark, et il était assis avec son carnet ouvert tandis qu'il faisait tourner impatiemment ses lunettes entre ses doigts.

Michael Stanton se tenait près du photocopieur, affectant un air nonchalant contredit par son regard attentif fixé sur le tableau blanc.

Il y avait également douze agents en uniforme rassemblés dans la pièce, dont six que Mark reconnaissait d'affaires précédentes et il savait par expérience qu'ils seraient enthousiastes dans leurs contributions à l'enquête en cours.

— Bien, commença Kennedy. Pour ceux d'entre vous qui viennent de nous rejoindre aujourd'hui, cette enquête a commencé comme un incident de noyade différée qui s'est transformé en enquête pour homicide. Vous trouverez le résumé de l'affaire et les rapports à ce jour dans HOLMES2. Caroline, vous pourriez donner à l'équipe un aperçu de ce que vous avez découvert sur Barry Windlesham pour commencer ?

— Pas de problème, chef.

L'enquêteuse se déplaça à l'avant du groupe et s'éclaircit la gorge.

— Donc, pour confirmer les éléments de base, Windlesham avait cinquante-deux ans, divorcé depuis huit ans sans enfants, et il était l'unique directeur d'une entreprise de construction basée près de Chalgrove. Alex et moi avons fait une vérification des antécédents de l'entreprise, et ses derniers comptes déposés auprès du registre du commerce datent d'octobre. Les bilans semblent corrects, avec une marge bénéficiaire décente assez constante par rapport aux années précédentes. Il exerce sous ce nom d'entreprise depuis sept ans.

Elle s'arrêta pour feuilleter ses notes.

— Avant cela, son ex-femme était codirectrice, il semble donc qu'il ait liquidé cette entreprise après le divorce et qu'il l'ait rebaptisée avant d'enregistrer le nouveau nom quelques mois plus tard. Son siège social est celui de son comptable, à Didcot.

— Qu'en est-il de sa vie sociale ? demanda Kennedy.

— C'est moi qui m'en suis chargé, chef.

Alex rejoignit sa collègue.

— Les comptes de réseaux sociaux de Windlesham sont verrouillés en mode privé, mais nous avons quand même pu voir certains de ses abonnés et nous avons réussi à dresser une liste de quarante personnes à qui nous voulons parler. Ils semblent être un mélange d'amis, d'anciens étudiants universitaires et de collaborateurs professionnels, donc nous nous sommes concentrés sur les amis aujourd'hui, en recueillant des témoignages de neuf d'entre eux en personne. Les agents en uniforme ont mené les autres entretiens par téléphone, nous allons examiner ces informations demain matin avant de passer aux collègues de travail et aux anciens camarades d'université. Et un de ses voisins possède une clé de rechange pour la maison de Barry.

— Est-ce qu'il y a quoi que ce soit dans les affaires ou les avis sur les réseaux sociaux qui suggère qu'il avait des ennemis ? demanda Mark.

— Pas pour le moment.

Caroline observa Kennedy mettre à jour les notes sur le tableau blanc avant de continuer.

— J'ai examiné les projets actuels dans lesquels l'entreprise de Windlesham pourrait être impliquée, et à part le fait que la société apparaisse sur trois différentes listes d'appels d'offres municipales au cours des six derniers mois, le nom apparaît également en relation avec un nouveau lotissement résidentiel exclusif qui a été soumis à une demande de permis de construire à Ravenswood, un ancien aérodrome désaffecté.

— Il y a eu des menaces envers son entreprise ou envers lui personnellement ? demanda Kennedy.

— Il n'y a rien du tout à son sujet dans notre système, chef, répondit Alex. Aucune menace, ni contraventions pour excès de vitesse ou quoi que ce soit de ce genre. Il est clean de ce côté-là.

— Nous irons chez lui demain pour parler à ses voisins, dit Mark. Ce n'est pas parce qu'il n'y a rien dans le système qu'il n'a pas été menacé. Il a peut-être simplement choisi de ne pas le signaler.

— C'est vrai. Au moins, le voisin a une clé, ce qui nous évitera de faire venir un serrurier. Concernant le téléphone portable que l'équipe de plongée a trouvé sous le pont, vous pouvez organiser son transfert vers l'équipe d'analyse numérique demain matin ?

— Je m'en occupe, chef.

L'inspecteur principal ajouta la tâche aux notes sur le tableau.

— Quelqu'un a été en contact avec sa sœur aujourd'hui ?

— Je lui ai parlé ce matin pour l'informer que nous enquêtions sur la mort de son frère, répondit Caroline. Elle est naturellement sous le choc, mais elle n'a pu fournir aucune information sur qui aurait pu tenter de le tuer. Elle nous a donné la permission d'entrer dans sa maison cependant, et je lui ai donné mes coordonnées en attendant qu'un agent de liaison familiale leur soit assigné lorsqu'ils arriveront vendredi.

— Bon travail, merci. Espérons que nous aurons quelqu'un en place d'ici à ce qu'elle et son mari arrivent.

Kennedy finit d'écrire et fit face à l'équipe.

— Comme la plupart d'entre vous le savent, Jasper et son équipe ont réussi à trouver une balle dans la boue le long de la rivière cet après-midi. Il m'assure qu'un rapport balistique nous parviendra d'ici la fin de la semaine, mais en attendant, nous devons encore trouver une arme. Il retourne à la rivière demain matin, mais s'il ne trouve rien, nous allons devoir rester attentifs à tout signalement via Crimestoppers ou par d'autres moyens au cas où un membre du public la trouverait.

— Qu'en est-il d'un communiqué de presse ? demanda West. Est-ce que vous allez informer le public à ce sujet ?

— Oui, mais nous n'allons pas mentionner de tentative de meurtre. Nous allons simplement dire que nous la recherchons en lien avec un crime grave et que si quelqu'un la trouve, il doit nous appeler et ne pas la ramasser.

— Est-ce que les enquêtes de porte-à-porte ont donné quelque chose ? demanda Mark. Quelqu'un a entendu un coup de feu ?

— Non, mais étant donné que les deux kayakistes

affirment n'avoir rien entendu non plus, je suis enclin à penser que son agresseur a utilisé une arme de petit calibre, dit Kennedy. Et c'est inquiétant.

— Pourquoi ? demanda Alex, les yeux écarquillés.

— Parce que, dit Mark, cela signifie que nous avons potentiellement affaire à quelqu'un qui a accès à des armes à feu illégales.

CHAPITRE 13

Le lendemain matin, Mark enfonça ses mains dans ses poches et contempla les murs enduits d'une maison de deux étages faite de verre et de béton.

Elle ressemblait davantage à un bureau qu'à une habitation, avec ses vitres teintées pour préserver l'intimité et ses angles maladroits. L'enduit blanc cassé contrastait violemment avec les vieux frênes et hêtres qui encerclaient la pelouse impeccable, tandis que l'allée de gravier décoratif et le chemin menant à l'entrée ne présentaient aucune mauvaise herbe.

Une bordure composée de touffes d'herbes de différentes couleurs formait une haie d'honneur vers la porte d'entrée en chêne massif, installée sous un porche peu profond, et deux grands pots carrés encadraient l'entrée, chacun contenant un figuier miniature.

West enfila des gants de protection, fit tinter un trousseau de clés dans sa main, puis inséra une petite clé en laiton dans une serrure solide et la tourna.

La porte s'ouvrit sur des gonds bien huilés, révélant un

sol en marbre et quelques prospectus parmi le courrier déposé sur un paillasson en fibres de coco incrusté de boue séchée.

Une paire de chaussures de course usées avait été laissée du côté droit de la porte, accompagnée d'une paire de richelieus cirés et d'une sandale abandonnée.

Après avoir franchi le seuil, Mark enfila ses propres gants et examina le hall d'entrée. Les murs en plâtre avaient été peints de la même couleur que l'extérieur de la maison et étaient restés nus. Pas de photographies, pas d'œuvres d'art, et—

— Pas d'âme, dit West en fronçant le nez. Il vivait vraiment ici ?

— La clé a fonctionné.

— Très drôle.

Ses talons bas claquèrent sur le carrelage et le son résonna dans le large escalier à leur droite tandis qu'elle menait le chemin vers la première pièce donnant sur le couloir.

— Eh bien, au moins c'est un peu mieux ici.

Mark la suivit dans un salon qui s'étendait sur toute la longueur de la maison, avec une seule fenêtre sur l'allée, tandis que la baie vitrée du fond offrait une vue panoramique sur les bois au-delà.

Il y avait deux ensembles de canapés – deux canapés deux places disposés en L près de la porte et un second ensemble, un canapé six places, placé devant une grande télévision accrochée au mur près des portes-fenêtres.

Il parcourut du regard la table basse en verre et chrome à côté de lui, examinant les magazines laissés en pile désordonnée. Il y avait deux revues professionnelles, un magazine automobile populaire et un bulletin d'information local datant de deux semaines qui portait une tache de café sur la couverture et une page cornée au milieu.

Mark l'ouvrit à cette page et le montra à West.

— Il y a un article ici sur ce projet d'aménagement à Ravenswood dont Caroline nous a parlé. Il semble qu'une réunion de planification doive avoir lieu demain à la salle communale du village.

— On devrait probablement y aller, dit-elle en fouillant parmi les livres, disques vinyles et divers bibelots exposés sur deux étagères à côté du téléviseur. Ça pourrait nous aider à comprendre comment Windlesham était perçu dans le coin. Alex a dit qu'il avait téléphoné à son bureau hier et que la femme à qui il a parlé était une intérimaire à temps partiel qui travaille là-bas depuis début mars.

Mark fronça les sourcils.

— Elle ne s'est pas demandé où il était passé pendant tout ce temps ?

— Elle ne travaille que le mercredi après-midi, le jeudi et le vendredi matin, donc elle a simplement supposé qu'il était absent quand elle est arrivée hier. Apparemment, elle a sa propre clé.

— Ok. Il vaudrait mieux qu'on y passe quand on aura fini ici pour lui parler.

Il se dirigea vers les fenêtres donnant sur les bois et passa sa main sur une porte qui s'ouvrait sur une zone de barbecue pavée protégée des éléments par un grand treillis couvert de lierre.

— On dirait que personne n'a essayé d'entrer par effraction, au moins.

— L'endroit est impeccable.

West fit le tour du reste du salon avec un air émerveillé.

— Si mes deux enfants étaient ici, il y aurait des vêtements éparpillés partout et des restes de pizza écrasés sur les coussins.

— Je pense que ça ne va pas nous prendre longtemps. Tu veux terminer en bas pendant que je m'occupe de l'étage ?

— Vas-y. Je t'appelle si je trouve quelque chose.

— Pareil.

Mark enleva ses chaussures au bas de l'escalier moquetté et monta à l'étage en chaussettes. En regardant d'un air penaud un trou au gros orteil du pied droit, il se promit d'en commander d'autres en ligne dès qu'il aurait un moment libre – et qu'il y penserait.

La première pièce au sommet de l'escalier s'avéra être le bureau de Windlesham, un espace spartiate avec une table en verre et chrome similaire à la table basse du rez-de-chaussée, une chaise en cuir ajustable, et un écran d'ordinateur tout-en-un avec clavier. Les câbles de l'ordinateur étaient soigneusement rangés en un seul groupe de fils noirs qui descendait le long du mur derrière le bureau jusqu'à une multiprise. Une petite table à côté du bureau supportait une imprimante qui semblait également faire office de scanner.

Mark souleva le couvercle, mais il n'y avait aucun document abandonné sur la vitre du plateau.

La fenêtre aurait dû donner sur l'allée, mais les stores vénitiens en bois étaient baissés, masquant la vue et – supposait-il – empêchant la lumière du soleil de se refléter sur l'écran de l'ordinateur pendant que Windlesham travaillait.

Il y avait une unique bibliothèque en chêne contre le mur en face de la fenêtre, principalement occupée par des classeurs à levier. Chacun d'eux était étiqueté avec son contenu et, après avoir feuilleté rapidement trois ou quatre d'entre eux, Mark conclut qu'il s'agissait simplement de copies de contrats, de correspondances et de factures des sept dernières années.

Aussi moderne que fût la maison de Windlesham, il semblait qu'il préférait une méthode plus traditionnelle pour sa tenue de dossiers plutôt que de s'appuyer sur la technologie pour sauvegarder son travail.

Mark traversa le palier et entra dans une chambre d'amis meublée d'un lit fonctionnel en pin, de tables de chevet assorties et d'une commode. Une armoire intégrée s'étendait sur toute la longueur d'un mur, et le même style de stores vénitiens couvrait la fenêtre pour offrir plus d'intimité aux invités de Windlesham pendant la nuit.

La deuxième chambre qu'il découvrit était la principale, avec une salle de bain attenante de taille considérable qui ressemblait à celle d'un hôtel cinq étoiles. L'effet global était contrebalancé par une collection de produits de toilette de marque de supermarché qui encombraient le bac de douche et le rebord de la baignoire. Les robinets et le radiateur mural brillaient sous les spots LED encastrés dans le plafond et deux épaisses serviettes en coton bordeaux ornaient les crochets au dos de la porte.

Dans la chambre, un téléviseur était intégré dans un système de rangement comprenant des tiroirs, des espaces de penderie et une coiffeuse. Trois flacons différents d'après-rasage étaient regroupés dans un coin de celle-ci, avec un peigne et un billet de train froissé pour Paddington qui leur tenait compagnie.

Mark avança jusqu'à l'armoire intégrée et ouvrit les portes pour se retrouver face à une rangée de vestes et de pantalons de costume assortis, tous gris foncé. Il y avait un costume noir à l'extrémité avec une cravate noire drapée autour du crochet métallique du cintre. Sous les vestes et les pantalons se trouvait une deuxième tringle, cette fois abritant une collection de chemises blanches ou bleu pâle.

La porte opposée laissait apparaître une garde-robe plus décontractée – t-shirts, polos, shorts et jeans.

Des chaussures étaient alignées sur le sol moquetté.

Et un coffre-fort.

— Bingo, murmura Mark.

Il s'accroupit pour examiner la serrure. Plutôt qu'une combinaison numérique, elle exigeait une clé et il se releva tout en passant sa main autour du cadre intérieur de la porte de l'armoire.

Il n'y avait rien là, alors il retourna vers les tables de chevet et fouilla dans les tiroirs, écartant les détritus de la vie d'un homme d'un côté et jetant un bref coup d'œil à la deuxième table vide.

— Où est-ce tu as bien pu la cacher ? marmonna-t-il.

Debout au milieu de la pièce, il leva les yeux alors que West apparaissait à la porte.

— Tu as trouvé des clés en bas ?

Elle sourit et tendit la main. Une paire de clés en laiton pendait à son index.

— Comme celles-ci ? Je les ai trouvées parmi les sachets de thé.

— Bien joué. Voyons si elles conviennent.

Il prit les clés, retourna au coffre-fort et inséra la première.

Elle s'adaptait parfaitement.

Il ouvrit la lourde porte et sortit une liasse de documents de l'étagère supérieure des deux.

— Acte de naissance, testament, certificat de divorce… procuration durable…

Il l'ouvrit.

— Il désigne sa sœur.

Pendant qu'il parcourait les papiers, West s'accroupit à côté de lui et éclaira l'intérieur avec son téléphone.

— Eh bien, regarde un peu, dit-elle.

Il leva les yeux.

— Qu'est-ce que tu as trouvé ?

Elle tendit la main à l'intérieur, puis se tourna vers lui, son trésor serré entre ses doigts gantés.

— Des lettres concernant le développement de l'aérodrome, et certaines d'entre elles le menacent.

CHAPITRE 14

West tourna le volant d'un geste expert en faisant déraper les pneus de la voiture sur un passage canadien recouvert de mousse avant de se redresser pour atteindre la piste inégale à la lisière du terrain d'aviation.

Au loin, un ensemble délabré de bâtiments en briques rouge foncé et en béton se blottissaient comme pour se protéger de la démolition imminente.

Des fenêtres brisées béaient sur les hautes herbes qui recouvraient la majeure partie des voies de circulation criblées de nids-de-poule, et des tas de bois pourri, de poutres en acier tordues et de fil barbelé jonchaient l'étendue.

— Tu prends beaucoup trop de plaisir à conduire cette voiture, dit Mark en levant les yeux de son téléphone tandis que le paysage plat défilait par la fenêtre.

— Ce n'est pas possible d'en prendre trop, rétorqua-t-elle. Et puis, comment veux-tu que je dépasse les cent dix à l'heure si ce n'est pas sur une piste d'atterrissage abandonnée ?

— D'accord, mais rends-moi service et ralentis avant que

quelqu'un dans le coin ne nous signale à Kennedy... ou que tu ne heurtes l'un de ces nids-de-poule.

Elle soupira, mais fit ce qu'il suggérait, un léger sourire sur les lèvres.

Mark retourna à ses emails et passa à un nouveau message de l'inspecteur principal.

— Kennedy dit qu'il va faire traiter ces lettres par le même laboratoire qui analyse la balle trouvée par Jasper.

— Ok, mais je pense qu'on aura de la chance si on trouve des empreintes digitales sur les lettres.

West ralentit davantage à mesure que les bâtiments à l'extrémité nord du terrain d'aviation abandonné se rapprochaient, et elle pointa du doigt à travers le pare-brise.

— Je suppose que ce sont ceux tout à droite que Barry espérait faire démolir.

— Je ne sais pas si j'aurais envie d'acheter une maison par ici. C'est plutôt désolé, non ?

— Et exposé aux éléments.

Elle corrigea sa trajectoire alors qu'une rafale brutale secouait la voiture.

— Tu penses que le permis d'urbanisme sera toujours accordé ?

— Ça dépend des dispositions que Windlesham a mises en place pour liquider l'entreprise en cas de décès, je suppose.

West freina jusqu'à l'arrêt complet à côté d'une berline bleu foncé aux pneus usés, garée près de quatre conteneurs en tôle ondulée à gauche des bâtiments délabrés. Elle tendit le cou pour regarder l'ancienne tour de contrôle en béton qui projetait une ombre sur la voiture.

— Ce serait dommage de perdre toute cette histoire.

— Je suppose, même si ça ne sert plus à rien maintenant.

Ce n'est pas comme certains autres vieux terrains d'aviation de la Seconde Guerre mondiale dans le coin. Où est le bureau ?

— Dans l'un de ces conteneurs, apparemment.

Il descendit de voiture et la suivit de l'autre côté des conteneurs, puis il plissa les yeux face à la brise soutenue qui s'engouffrait entre eux.

Un panneau blanc avec le logo de l'entreprise de Windlesham était cloué sur le troisième conteneur et une porte-fenêtre à double vitrage d'aspect moderne avait été insérée sur le côté. Un climatiseur réversible à l'extérieur ronronnait doucement et une chaleur les enveloppa lorsque lui et West entrèrent.

L'agencement du bureau était plus encombré que celui de la maison de Windlesham, avec une table de réunion pour six personnes coincée dans l'espace directement devant les portes et un petit réfrigérateur sur le mur opposé qui servait également de comptoir de cuisine. Une bouilloire, un pot de café et une boîte de sachets de thé se disputaient l'espace parmi une collection hétéroclite de tasses en céramique ébréchées et tachées de tanin.

— Vous êtes de la police ?

Il se retourna pour voir une femme d'âge moyen se lever de derrière un bureau en bois à l'autre bout du conteneur. Elle se faufila entre le bureau et deux classeurs métalliques, une expression agitée dans les yeux.

— En effet.

Il montra sa carte professionnelle et présenta West.

— Et vous êtes… ?

— Belinda Masters.

Elle s'apprêta à tendre la main, puis changea d'avis, une légère rougeur sur les joues.

— Je ne suis ici qu'à temps partiel, donc je n'ai appris pour Barry que lorsque vos collègues ont téléphoné hier, et je me suis sentie vraiment mal parce que je n'ai pas signalé sa disparition ou quoi que ce soit, j'ai simplement supposé qu'il était allé sur un site sans réseau parce que ça arrive parfois, et…

Elle s'interrompit pour reprendre son souffle.

— Ça va aller.

Mark la guida vers l'une des chaises à la table de réunion.

— Prenez votre temps.

— Merci.

Elle resta assise un moment à regarder dans le vide par-dessus son épaule gauche, puis elle cligna des yeux.

— Je n'ai commencé à travailler ici que le mois dernier.

— Vous connaissiez Barry avant cela ?

— Non, le poste était proposé par une agence. Les horaires s'accordent bien avec les moments où mes enfants ne sont pas avec moi. Ils restent avec mon ex ou sa mère le reste du temps, nous avons la garde partagée.

— Où est-ce que vous travailliez avant ?

— Avec mon ex.

Les traits de Belinda passèrent de la défaite à la défiance.

— Nous dirigions un cabinet juridique ensemble, alors je l'ai forcé à me racheter ma part, ainsi que la maison. Je ne voulais plus rien avoir à faire avec l'un ou l'autre après qu'il a couché avec notre assistante juridique l'été dernier. Une fois que les enfants se sont habitués aux nouveaux arrangements, j'ai senti que j'avais besoin de changer d'air avant de me remettre au travail dans l'immobilier.

Mark sentit l'amertume de la femme le submerger et il se

pencha en arrière en prenant un moment pour regarder à nouveau autour du conteneur.

— C'est un aménagement plutôt inhabituel ici, non ?

— Ça fonctionne, et Barry estimait que ça réduisait les coûts. Je veux dire, il ne traitait qu'avec les entrepreneurs qui faisaient les études préliminaires du projet avant de commencer le processus d'appel d'offres. C'est à ça que servent les trois autres conteneurs. Les entrepreneurs y entreposent leur équipement.

— Barry était donc confiant que le permis d'aménagement allait être accordé ?

Belinda sourit avec bienveillance.

— Il était confiant à propos de tout.

— Des problèmes par ici ?

— Comme quoi ?

— Des choses comme un cambriolage ou du vandalisme ?

Mark inclina le menton vers les portes-fenêtres.

— J'ai remarqué que certains bâtiments ne sont ni clôturés ni condamnés. Ça ne pose pas de problèmes de sécurité ?

— On a eu quelques soucis avec des explorateurs urbains, ce genre de chose depuis que je suis ici, mais rien de trop gênant.

La femme fronça les sourcils.

— Même si Barry a dit l'autre semaine qu'il pensait que quelqu'un avait peut-être rôdé dans le coin.

— Qu'est-ce qui lui a fait penser ça ?

— La plupart des explorateurs urbains ne laissent pas de traces, ils ne veulent pas qu'on sache qu'ils sont venus, pour pouvoir revenir ou s'en vanter sur les réseaux sociaux et encourager d'autres à essayer. Barry disait souvent que la première fois qu'il apprenait leur venue, c'était en voyant l'aérodrome mentionné sur les réseaux sociaux quand ils téléchargeaient leurs photos.

Belinda frissonna.

— Cette fois c'était différent. Il est revenu d'une de ses rondes régulières et il semblait assez secoué. Quand je lui ai demandé ce qui n'allait pas, il a dit qu'il pensait que quelqu'un s'était introduit dans l'ancien mess des officiers.

— Il avait une idée de qui cela pouvait être ?

— Non, et puis il a dit… J'ai trouvé ça idiot quand il l'a mentionné, mais maintenant… Il a dit qu'il pensait que quelqu'un l'observait depuis les bois près de la clôture du périmètre.

— C'était il y a combien de temps ?

— Il y a environ deux ou trois semaines.

Elle se mordit la lèvre un instant.

— Oui, c'était il y a deux semaines, le jeudi, parce que j'étais arrivée une heure en retard ce jour-là après un rendez-vous chez le dentiste. Il semblait vraiment bouleversé à ce sujet.

— En colère ?

— Non, plutôt comme s'il était… effrayé.

CHAPITRE 15

— Par où est-ce que tu veux commencer ? demanda Jan en protégeant ses yeux du soleil tout en plissant le regard au-delà de la voiture garée vers un petit troupeau de moutons qui déambulait parmi les herbes couvrant les zones les plus éloignées de l'ancien terrain d'aviation.

Des corbeaux tournoyaient dans le ciel, virevoltant et plongeant entre la piste d'atterrissage délabrée et un groupe d'énormes chênes, tandis qu'un épervier solitaire chevauchait les courants d'air, son vol gracieux dessinant une courbe au-dessus du paysage plat.

— Autant commencer par vérifier la clôture près du bois, dit Turpin. Si ce que Belinda a dit est vrai, et que Windlesham était convaincu que quelqu'un était ici, je suppose que cette personne n'aurait pas risqué de passer par l'entrée principale comme nous l'avons fait, donc peut-être qu'elle a accédé au site par là.

— Elle semble trop haute pour être escaladée, vu d'ici.

Elle jeta un coup d'œil au coin du conteneur maritime

converti, puis aux bâtiments en briques rouges de chaque côté.

— Il a aussi installé des caméras de surveillance ici, regarde.

— Ok, avant de partir, nous allons demander à Belinda des copies des enregistrements. Espérons que ces caméras fonctionnent aussi la nuit.

Il commença à marcher vers le bois, ses longues jambes imposant un rythme rapide tandis qu'il scrutait son téléphone.

— Tu as du réseau ici ? Le mien a du mal.

— Un peu.

Elle inspira pour savourer la brise fraîche qui tirait sur ses cheveux. Elle se dépêcha de le rattraper en replaçant une mèche derrière son oreille.

— À ton avis, dans quoi Windlesham était-il impliqué, à part essayer de développer ce site ?

— Je ne suis pas sûr. Je veux dire, nous avons un homme d'affaires prospère avec sa propre entreprise de construction, qui semblait avoir une bonne réputation dans le secteur d'après les commentaires en ligne. L'équipe n'a rien trouvé qui suggère que quelqu'un l'attaquait sur les réseaux sociaux, et pourtant il y a des lettres de menaces dans son coffre-fort, et son commentaire aux ambulanciers qui l'ont emmené aux urgences suggère que sa vie avait déjà été menacée auparavant.

Il ralentit un peu pour s'adapter à son rythme.

— J'espère que sa sœur pourra nous éclairer quand nous lui parlerons demain matin.

Jan lui donna une légère poussée sur le côté.

— Attention aux crottes de mouton.

— Merci. Et toi ? Des théories jusqu'à présent ?

— Pas encore. Il était manifestement inquiet d'être surveillé, suffisamment pour que Belinda remarque son changement de comportement.

— Et au cours des quatre à six dernières semaines. Elle avait commencé à travailler pour lui seulement au début du mois dernier.

— Mais qui voudrait le voir mort ? Et pourquoi ? Je veux dire, Belinda n'a pas mentionné de menaces par courrier ou quoi que ce soit ici, n'est-ce pas ?

— Peut-être que les agents en uniforme trouveront quelque chose lors des enquêtes de porte-à-porte auprès de ses voisins.

— Je l'espère bien.

Elle soupira.

— Nous avons déjà perdu du temps sur cette affaire, étant donné que Windlesham a survécu à la tentative initiale sur sa vie dimanche et que tout le monde pensait qu'il était mort de causes naturelles. Jusqu'à ce que Gillian fasse l'autopsie, en tout cas.

— C'est vrai.

Turpin s'arrêta et inclina le menton vers le grillage à motif losange qui s'étendait autour du terrain d'aviation.

— Et voilà un début.

Elle regarda dans la direction qu'il fixait et cligna des yeux.

Il y avait une entaille en zigzag de haut en bas, d'environ un demi-mètre de longueur. Elle avait été grossièrement repoussée, dissimulant presque la coupure déchiquetée.

— Bon sang, bien vu, chef, dit-elle.

Turpin s'avança lentement en scrutant le sol.

— Je ne vois pas d'empreintes de pas, mais il a fait sec ces derniers jours et il y a du vent ici, donc je suppose qu'elles se sont déjà effacées. Garde l'œil ouvert quand même, au cas où.

— D'accord.

En examinant de plus près, elle pouvait voir que les fils avaient été coupés individuellement, les bords tranchants s'enroulant maintenant loin du trou qui avait été fait.

Il restait encore quelques centimètres intacts en haut et en bas de la clôture.

— Celui qui a fait ça ne voulait pas que les moutons s'échappent, dit-elle.

— C'est logique, ça aurait alerté Windlesham de l'effraction.

Il marcha quelques mètres de chaque côté, puis revint en secouant la tête.

— Je ne vois pas d'autres coupures, mais si nécessaire, nous ferons parcourir le périmètre par des agents en uniforme. Retournons jeter un coup d'œil à ce mess des officiers.

Elle fixait le sol devant elle tandis qu'ils retournaient vers les bâtiments abandonnés, son regard balayant les touffes d'herbe et la terre nue entre les endroits où les moutons avaient brouté.

Comme Turpin l'avait supposé, il n'y avait pas d'empreintes de pas indiquant où l'intrus s'était trouvé, et elle atteignit la zone fonctionnelle du terrain d'aviation avec un sentiment de malaise croissant.

— On se sent exposé ici, n'est-ce pas ? dit-elle. Celui qui le surveillait a pris un sacré risque.

— Oui, mais pourquoi ?

Elle haussa les épaules.

— Tu veux commencer où ?

— Celui là-bas. Je pense que ça devait être le mess des officiers.

Quelques instants plus tard, Jan scruta à travers la fissure dans la fine planche de bois qui recouvrait l'une des fenêtres du mess des officiers et elle plissa le nez.

Un amas épineux de ronces et d'orties à ses pieds s'efforçait de contrecarrer ses tentatives de protéger ses jambes avec une fine planche de contreplaqué qu'elle avait trouvée à côté d'une benne à ordures débordante à quelques mètres de là.

L'herbe humide enveloppait ses chaussures et les sous-bois détrempés dégageaient un arôme aigre qui n'était ni désagréable ni plaisant. De l'ail sauvage poussait quelque part parmi les mauvaises herbes florissantes, son odeur piquante lui parvenant par intermittence au gré de la brise.

Des excréments d'animaux étaient éparpillés partout où elle regardait, puis elle repéra une bande de lapins à quelques mètres, leurs oreilles frémissantes tandis qu'ils évaluaient cette intrusion dans leur routine avant de disparaître dans un tourbillon de queues blanches.

Des traces d'humidité striaient la maçonnerie qui s'effritait au-dessus du linteau de la fenêtre, leur chemin le long du mur étant souligné par une mousse verte luxuriante qui semblait s'épanouir dans l'ombre projetée sur le bâtiment par un hangar d'aviation voisin en tôle ondulée.

— Tu vois quelque chose ? lança Turpin.

— Non, trop sombre, répondit-elle en s'éloignant de la fenêtre avant de jurer à voix basse lorsqu'une des orties effleura le dos de sa main. Mais il y a un rai de lumière qui vient de l'autre côté, donc il y a peut-être une porte ou quelque chose.

— Ok, allons voir.

— Tu es sûr que c'est sans danger ?

En levant la tête pour regarder le hangar, elle observa les plaques de tôle ondulée qui se détachaient de la structure métallique et frissonna.

— Il aurait pu démolir tout ça depuis longtemps. Regarde l'état. Tout ça pourrait s'effondrer à tout moment.

— Je suppose qu'il avait les mains liées jusqu'à ce que le permis de construire soit accordé. Certains de ces vieux sites sont protégés, après tout.

— Même ainsi, la mairie devrait s'inquiéter de la sécurité, surtout si, comme l'a dit Belinda, des gens s'introduisent et fouinent.

— Il est plus probable qu'ils n'agiraient pas avant que quelqu'un ne se blesse, dit Turpin en ouvrant la voie le long du bâtiment, ses longues jambes fendant les mauvaises herbes tandis qu'il levait les mains pour éviter les ronces qui s'accrochaient à sa veste. Je suppose que Windlesham a installé cette clôture autant pour protéger les gens que la propriété.

L'herbe éparse laissa place à des morceaux de béton brisés lorsqu'ils atteignirent l'arrière des restes délabrés du mess des officiers, avec des pissenlits tenaces et du séneçon qui poussaient entre les fissures.

Et là, entre deux fenêtres aux vitres brisées recouvertes de planches entrecroisées, se trouvait une porte unique.

Elle aussi avait été condamnée à un moment donné pendant l'occupation du site par Windlesham, mais maintenant trois des planches avaient été arrachées, laissant une traînée d'éclats sur le sol.

Jan émit un léger sifflement tandis qu'ils s'en approchaient.

— Quelqu'un était déterminé à entrer.

— Regarde bien, dit Turpin, et fais attention où tu marches.

— Du verre ?

— Non, des preuves.

Elle fronça les sourcils en le rejoignant sur le côté gauche de l'entrée.

— Que quelqu'un est entré par effraction, tu veux dire ?

— Regarde.

Il désigna le bois éclaté, puis un morceau de tissu vert foncé qui s'était accroché aux bords dentelés des planches restantes avant de sortir un sachet à preuves de sa poche.

— Les éclats sont du mauvais côté de la porte si quelqu'un tentait d'entrer.

— Tu veux dire…

— Je pense que quelqu'un essayait de sortir.

CHAPITRE 16

Mark serrait une tasse de café fumant et parcourait du regard le tableau en liège usé à côté de la porte du bureau peu conventionnel de Windlesham.

Il y avait les habituelles notes de santé et de sécurité exigées par le droit du travail, et un prospectus au format A5 faisant la publicité du projet de développement de l'aérodrome, et à côté, diverses notes griffonnées d'une écriture légère sur des post-its jaunes. L'un contenait un mot de passe wifi, un autre indiquait le code d'alarme à utiliser en quittant le bureau, et le reste semblait être des rappels, dont des numéros de téléphone pour divers entrepreneurs locaux et un service de nettoyage à domicile.

Il se déplaça vers la droite pour contourner la table de conférence compacte qu'il supposait utilisée pour des réunions occasionnelles, et il examina les photographies encadrées et punaisées au mur. Elles illustraient l'histoire du site – de vieilles images en noir et blanc d'avions de chasse et de bombardiers de la Seconde Guerre mondiale, leurs fiers équipages posant à côté des appareils, bras croisés et larges sourires aux lèvres.

Mark réprima un soupir en se demandant combien de ces jeunes hommes avaient survécu aux années de guerre après la prise de ces photographies, et il se retourna pour voir Belinda Masters qui l'observait attentivement par-dessus une tasse de thé sucré.

— Vous pensez que Barry gardait quelqu'un ici ? dit-elle.

West leva les yeux de son carnet, un sourcil arqué.

— Et vous ?

— Je ne sais pas.

Belinda prit une gorgée de thé, puis plissa le nez.

— C'est horrible.

— Vous avez eu un choc, dit Mark. Le sucre vous fera du bien.

— Si vous le dites.

— Comment avez-vous postulé pour ce travail ici ?

Mark tira une chaise et s'y installa.

— Et quand ?

— C'était par l'intermédiaire d'une agence d'intérim à Abingdon, début février. Je n'ai pu commencer que la première semaine de mars parce que je réglais les derniers détails de mon divorce. J'étais déjà inscrite chez eux, alors ils m'ont téléphoné pour me demander si j'étais intéressée avant de mettre l'offre en ligne. J'ai dit oui, je voulais juste quelque chose pour me faire vivre pendant quelques mois jusqu'à ce que je recommence à exercer le droit, comme je l'ai dit tout à l'heure.

— Comment était Barry comme collègue ?

— Correct, je suppose. Je l'aimais bien. Il était direct, toujours occupé. Il ne travaillait pas uniquement sur ce projet, voyez-vous, il avait quelques autres sites récemment achevés qu'il allait contrôler régulièrement, juste pour des travaux mineurs de finition et ce genre de choses.

— Où se trouvent ces sites ?

— Il y a une ancienne fabrique de chaussures près de Farringdon, et un ensemble de six unités industrielles qu'il a rénovées puis vendues. La fabrique de chaussures a été transformée en maisons mitoyennes.

— Nous allons avoir besoin des adresses.

— Bien sûr.

Belinda donna rapidement les détails à West, puis s'adossa à sa chaise et fixa sa boisson.

— Mais c'est celui-ci qui l'enthousiasmait le plus. Il disait que ça allait financer sa retraite.

— Il allait prendre sa retraite ? s'étonna Mark. Et faire quoi ?

— Jouer au golf. Du moins, c'est ce qu'il disait chaque fois que je lui demandais.

Elle haussa les épaules.

— Je l'ai entendu dire à quelqu'un au téléphone qu'il cherchait une villa quelque part en Algarve.

— Quand ? Récemment ?

— Juste après mon arrivée. Je suppose que le temps est meilleur pour le golf là-bas.

— Vous a-t-il déjà donné des raisons de vous inquiéter concernant votre santé et votre sécurité ?

— Non, jamais. Il était vraiment décontracté. Sympathique dès le début, et…

Belinda expira, ses épaules s'affaissant tandis qu'elle regardait autour du bureau.

— Il semblait simplement reconnaissant d'avoir quelqu'un pour venir s'occuper de toute la paperasse. Cet endroit était un désastre quand j'ai commencé.

— Vous savez quelque chose de sa vie personnelle ? Est-ce qu'il voyait-il quelqu'un, ou… ?

— Il était divorcé, sans enfants. Sa femme l'avait trompé, donc il était assez compatissant vis-à-vis de ma situation. Il trouvait formidable que je fasse ça, il n'arrêtait pas de dire que je devrais peut-être me reconvertir et envisager le droit de la construction plutôt que les transactions immobilières.

— C'est ce que vous allez faire ?

Elle esquissa un petit sourire.

— Non. Je ne peux pas vraiment me permettre les frais pour être honnête. Pas avec deux enfants qui ont des ventres creux, vu la façon dont ils engloutissent la nourriture ces jours-ci.

— Je comprends tout à fait, compatit West.

— Alors, quel est le calendrier des travaux concernant cet endroit ? demanda Mark. Je veux dire, si Barry était encore parmi nous et en supposant que le permis de construire soit accordé.

Belinda se leva et se dirigea vers son bureau. Elle posa le thé à moitié bu à côté de son clavier d'ordinateur et prit un classeur à levier parmi une rangée de six avant de revenir avec.

— Tout est là-dedans, c'est mon exemplaire, donc vous pouvez l'avoir si vous voulez. Enfin, si vous en avez besoin et que vous pouvez me donner un reçu ?

— Merci, et oui, nous le ferons.

Elle acquiesça, puis feuilleta les pages perforées en se tournant finalement vers un document au format A3 qu'elle déplia avec soin.

— Voici le calendrier actuel. Je l'ai bien sûr en version électronique, mais j'aime avoir le document physique sous les yeux, ça me donne plus de clarté.

Mark jeta un coup d'œil aux lignes de texte et de couleurs qui s'étalaient sur la page, puis il fronça les sourcils.

— Vous pourriez m'expliquer tout cela ?

— Bien sûr. Alors, chaque ligne correspond à une étape du projet. En ligne, chacune de ces étapes se décompose en tâches progressives qui doivent être réalisées, mais pour gagner de la place lors de l'impression, j'utilise seulement les trois niveaux supérieurs. Puis, en haut, vous avez les dates. Là encore, pour économiser de l'espace, Barry a utilisé des semaines plutôt que des jours. Les couleurs correspondent à chaque plage de dates par tâche, vous pouvez donc voir que l'ensemble du projet s'étend sur environ trois ans, depuis les dessins conceptuels initiaux jusqu'à l'achèvement et les listes de réserves.

— Et il y a des entrepreneurs impliqués à chaque étape des travaux ?

Belinda acquiesça.

— À peu près. Même avant de déposer formellement sa demande de permis de construire, il aura dû faire réaliser des enquêtes et des sondages du sol, ce genre de choses, pour s'assurer que le sol n'est pas contaminé, etc. Ce dossier contient tous les documents de haut niveau comme les copies de demandes pour sites patrimoniaux, les ordonnances de préservation des arbres et ainsi de suite. Une partie de ce qui se trouve ici figure également dans l'ébauche de la demande de permis.

— Et vous dites que vous pouvez nous donner cette copie ?

— Bien sûr. Et je peux également vous l'envoyer par email si ça vous aide.

— Merci. Depuis combien de temps les bâtiments des environs étaient-ils condamnés ?

— Je n'en suis pas sûre. Ils étaient déjà comme ça quand je suis arrivée le mois dernier, et je pense que Barry aurait pu faire ce travail lui-même. Je peux vérifier s'il y a une facture pour ça, mais il y a suffisamment de bois qui traîne ici pour qu'il ait pu économiser de l'argent en le recyclant.

— Est-ce qu'il avait l'habitude de faire ce genre de travaux lui-même plutôt que de faire appel à quelqu'un d'autre ?

— C'est l'impression que j'ai eue. Il parlait avec affection de son temps comme ouvrier quand il était plus jeune. Je pense qu'il aimait toujours mettre la main à la pâte.

— Vous avez mentionné qu'il pensait que quelqu'un l'observait il y a deux semaines. À quelle fréquence vérifiait-il les bâtiments ?

— Une fois par semaine. À des jours différents cependant, il ne suivait pas vraiment de routine. J'ai eu l'impression que c'était simplement quand il avait du temps entre les réunions de chantier et autres.

— Quand est-ce qu'il a installé la vidéosurveillance ?

— Le mois dernier, environ une semaine après mon arrivée. Il a dit que cela le rassurait que ce soit en place parce que je serais souvent seule ici pendant plusieurs heures d'affilée. Je suis censée verrouiller la porte quand je suis seule, mais j'oublie.

— Où vont les enregistrements ?

Belinda pointa du doigt par-dessus son épaule.

— Ils sont sauvegardés sur l'ordinateur, mais il ne voulait pas payer pour le service premium, donc ils ne sont enregistrés sur un serveur cloud que pendant une semaine.

— Nous allons avoir besoin de télécharger ces fichiers pour les emporter avec nous dans ce cas. Est-ce que c'est quelque chose que vous pouvez faire ?

— Bien sûr.

Mark prit le classeur à levier qu'elle lui tendait avec un signe de tête reconnaissant.

— Qu'en est-il des visiteurs, plutôt que des intrus ? Vous en recevez beaucoup ici ?

— Pas vraiment. Il y a eu un homme de la mairie qui est passé il y a environ trois semaines. Barry et lui sont sortis pendant une demi-heure environ puis se sont assis là où vous êtes maintenant pour prendre un café. Ils parlaient du calendrier.

Belinda fronça les sourcils.

— J'ai eu l'impression qu'il n'était pas favorable au réaménagement du site. Il a dit que beaucoup d'histoire serait perdue, et qu'il y avait quelques personnes au comité d'urbanisme qui s'inquiétaient d'une augmentation de la circulation sur les routes des environs.

— Vous vous souvenez de son nom ?

— Non, mais ce sera sur le calendrier en ligne de Barry, et j'y ai accès.

Elle retourna à son ordinateur et cliqua avec sa souris à travers les onglets ouverts sur son écran.

— Voilà. Felix Darrow. Il est au conseil paroissial, plutôt qu'au conseil municipal.

— De quoi ont-ils parlé ?

— J'ai seulement entendu la première partie de la conversation quand ils étaient ici dans le bureau. Après cela, ils sont sortis. Barry a donné un casque de chantier à M. Darrow parce qu'ils allaient près de certains des bâtiments plus anciens qui vont être démolis.

— Et vous n'avez vraiment rien entendu d'autre de leur conversation ? Et quand ils sont revenus de la visite du site ?

— Ils ne sont pas revenus ici.

Belinda fit une pause, son expression pensive.

— Je les ai *vus* parler cependant, devant la porte là-bas. Je ne pouvais pas entendre ce qu'ils disaient mais leurs voix portaient à travers la porte.

— Qu'est-ce que vous voulez dire exactement ?

— Eh bien, maintenant que j'y pense, M. Darrow semblait assez en colère à propos de quelque chose. Il pointait Barry du doigt, qui semblait furieux à un moment donné. Puis il s'est calmé et ils étaient tout sourires. M. Darrow est parti après cela.

— Qu'a dit Barry quand il est revenu ici ?

— Rien. Même pas quand je lui ai demandé si tout allait bien.

Belinda haussa les épaules.

— Je n'ai pas revu M. Darrow depuis.

CHAPITRE 17

Mark se frotta les tempes et descendit de la voiture de service, les jambes raides et une migraine persistante lui vrillant le front.

West avait ramené la voiture à Abingdon avec son assurance habituelle pendant qu'il enchaînait les appels téléphoniques, en terminant par une coordination avec Jasper Smith. Il avait supplié le chef de la police scientifique d'envoyer une équipe sur le site de Barry Windlesham malgré la surcharge de travail qui submergeait les effectifs du département, une demande accueillie par un soupir mal dissimulé et une promesse de s'en occuper immédiatement.

Ils avaient laissé Belinda Masters entre les mains compétentes d'une paire d'agents en uniforme basés à Didcot qui étaient ravis d'échapper à la monotonie des contrôles routiers, et qui coordonnaient maintenant leur travail avec les techniciens de la scène de crime.

Il leva les yeux vers le ciel, reconnaissant qu'aucune pluie ne soit prévue pour les trois jours à venir afin que l'équipe de recherche puisse travailler sans entrave, puis il roula des épaules.

— Ça va ? demanda West en le remerciant d'un signe de tête lorsqu'il lui ouvrit la porte du commissariat, avant de prendre les devants dans l'escalier.

— Oui. J'essaie juste de comprendre ce qui s'est passé chez Windlesham. Ça fait quatre jours qu'on lui a tiré dessus, nous avons deux jours de retard sur toute preuve qui aurait pu être disponible, et nous n'avons aucune idée du mobile.

Il expira et la suivit dans la salle des opérations. On va passer des semaines difficiles si on n'y prend pas garde.

— Mmm. J'étais en train de penser exactement la même chose, répondit-elle. Peut-être que les autres ont eu plus de chance.

— Espérons-le.

Alex leva les yeux de son écran d'ordinateur quand il s'approcha, les yeux écarquillés.

— Bon sang, chef. Chaque fois que vous sortez tous les deux, vous donnez une crise cardiaque à Kennedy avec ce que vous faites à son budget. Combien de techniciens Jasper a-t-il envoyés à l'aérodrome ?

— Six, ce qui signifie que nous n'aurons probablement pas de nouvelles avant demain ou samedi, vu l'état des bâtiments et la taille du site.

Mark plissa les yeux face à la lumière du soleil de fin d'après-midi qui filtrait à travers les stores à côté du bureau de l'enquêteur.

— Comment diable peux-tu voir ton écran ?

— J'apprécie trop le soleil.

Alex contempla sa peau pâle et tachetée.

— Je pense que j'ai dû être un lézard dans une vie antérieure. Il a fait un froid de canard ici toute la journée.

— Où est Kennedy ?

— En réunion, à l'étage. Il a dit de vous prévenir, toi et Jan, de ne pas disparaître. Il veut faire le point avec nous et Caroline avant notre départ parce qu'il part pour Kidlington à la première heure demain.

— Ok. Tu veux quelque chose du distributeur ?

— Je ne dirais pas non à une boisson énergisante, chef. Merci.

— Jan ?

— Un soda s'il te plaît. Je crois que je suis composée à quatre-vingts pour cent de thé en ce moment.

En se dirigeant le long du couloir vers la petite kitchenette qui desservait les étages supérieurs, Mark essaya sans succès de ne pas froncer les sourcils alors que ses pensées s'entrechoquaient tandis qu'il sélectionnait les numéros sur le distributeur automatique.

— Tu vas te faire des rides, chef.

Il jeta un coup d'œil par-dessus son épaule à la voix de Caroline.

— Très drôle. Tu veux quelque chose ? Je fais une tournée.

— Oh, merci. Une de ces barres chocolatées fera l'affaire. J'espère aller nager quand on aura fini ici.

Mark choisit une bouteille de thé glacé pour l'inspecteur principal puis il suivit Caroline jusqu'à la salle des opérations, chargé de son butin.

Tout en distribuant les boissons, il leva les yeux au moment où Kennedy sortait de son bureau.

— Vous êtes prêt pour nous, chef ?

— Oui, allons-y.

L'inspecteur principal prit la boisson avec un signe de tête reconnaissant avant de se diriger vers le tableau blanc.

— Qu'est-ce que vous pensez du mess des officiers à l'aérodrome alors ? Jasper a mentionné que quelqu'un y aurait été retenu contre sa volonté ?

— C'est une théorie, répondit Mark. Quand nous avons examiné l'endroit, les planches de la porte arrière étaient brisées vers l'extérieur, et aucune de celles couvrant les fenêtres n'avait été touchée.

— Vous êtes entrés à l'intérieur ?

— Non, on a tout de suite appelé.

— Bien, donc nous dépendons des techniciens pour l'instant. Y a-t-il autre chose que nous devrions examiner concernant le site de Windlesham ?

— Jan et moi allons assister à la réunion du comité d'urbanisme demain soir. Nous avons pensé que ce serait bien de sentir comment la proposition de développement est reçue localement, étant donné les lettres que nous avons trouvées dans son coffre-fort, et ce qui pourrait se passer maintenant que Windlesham est mort.

Il fronça les sourcils.

— Je ne suis pas sûr de comment cela va se passer avec la planification successorale et les actifs commerciaux.

— J'ai un cousin qui est associé dans un cabinet spécialisé en planification successorale à Newbury, alors je vais l'appeler ce soir pour avoir son avis, dit Kennedy. Au moins, ça nous donnera une idée des questions que nous pourrions avoir à poser à la sœur demain.

— Ce serait bien, merci. Nous devons la rencontrer ici à neuf heures.

— Je vous appelle plus tard alors. Passons à autre chose, comment est-ce que vous avancez, Caroline ?

L'enquêteuse avala la dernière bouchée de sa barre chocolatée et froissa l'emballage.

— Nous avons cherché qui aurait pu être retenu là-bas contre sa volonté, si quelqu'un l'a été. Nous avons épluché les signalements locaux de personnes disparues ces six derniers mois, chef, mais il n'y a personne de ce secteur sur la liste. Il n'y a pas eu de menaces d'enlèvement dans la région non plus.

— Ok, mettons ça en pause pour l'instant, dit Kennedy en ajoutant cette mise à jour au tableau. Jusqu'à ce que nous ayons des nouvelles de l'équipe de Jasper sur ce qu'ils trouvent, si tant est qu'ils trouvent quelque chose, dans ce bâtiment, nous pourrions être en train d'explorer une fausse piste. Bon travail, tous les deux cependant, ça nous donne une longueur d'avance.

— Ce que je ne comprends pas, chef, c'est que s'il y avait quelqu'un retenu là-bas, pourquoi n'est-il pas venu nous voir après s'être échappé ?

West regarda ses collègues, l'expression perplexe.

— Je veux dire, ça n'a aucun sens, n'est-ce pas ?

— À moins que cette personne n'ait pas été tout à fait innocente non plus, dit Kennedy. Nous devons aussi garder à l'esprit que Windlesham lui-même aurait pu enfermer quelqu'un là-dedans.

— Mais Belinda a dit qu'il avait l'air effrayé le jour où il lui a dit qu'il pensait être surveillé.

— S'il avait enlevé quelqu'un, il aurait pu craindre qu'on prépare un sauvetage, dit Mark.

Il se tourna vers Alex.

— Ça t'ennuierait de jeter un œil aux détectives privés du secteur, ce genre de choses ? Nous devrions considérer que si quelqu'un *a été* kidnappé, sa famille pourrait ne pas vouloir impliquer la police.

— Vous voulez dire comme un incident lié à un gang ?

suggéra Kennedy, les sourcils levés.

— C'est possible.

— Très bien. Alex, occupez-vous de ça et tenez-moi au courant.

— Compris, chef.

— Nous avons également besoin que vous coordonniez avec les agents en uniforme pour examiner les fichiers de vidéosurveillance de l'ordinateur de Belinda Masters, ajouta Kennedy. Ces enregistrements ne remontent qu'à jeudi dernier, mais nous pourrions avoir de la chance.

— Pas de problème.

Kennedy sursauta quand son téléphone portable se mit à sonner et il le sortit de sa poche.

— Jasper ? Qu'est-ce que vous avez ?

Mark observa le visage de l'inspecteur principal passer de l'intérêt à l'inquiétude.

— Bien. Merci de me tenir informé. Appelez-moi si vous avez autre chose à communiquer.

Kennedy termina l'appel et leva les yeux.

— Il vient de confirmer que quelqu'un a bien été retenu là-bas contre sa volonté. Il y a des boulons dans le mur, et les restes d'une corde avec du sang dans les fibres. Il dit que celui qui était là a apparemment utilisé du verre brisé pour couper la corde, puis certaines des briques les plus grosses dans les décombres pour franchir la porte, même si ça a dû demander un certain effort.

— Si j'avais été enfermée dans ce bâtiment, j'aurais fait n'importe quoi pour m'échapper, dit West en frissonnant. Mais ça n'explique pas *où* cette personne est allée après s'être évadée.

— Je vais demander à Jasper d'étendre les recherches au

périmètre des bâtiments et au reste de l'aérodrome, même si cela signifie que son équipe y passe tout le week-end.

Les pouces de Kennedy s'activaient déjà sur son téléphone.

— Au cas où.

— Il y a une autre explication, intervint Mark en fixant le tapis des yeux. Et elle n'est pas bonne.

— Laquelle ?

— Que qui que ce soit n'ait pas pu aller bien loin après s'être échappé du bâtiment.

Il leva les yeux vers ses collègues.

— Je veux dire, ce n'est pas parce que la clôture a été coupée que la personne est sortie, n'est-ce pas ?

CHAPITRE 18

Le lendemain matin, Mark était assis à son bureau en train de faire tournoyer un stylo bille noir entre ses doigts tout en fixant la liste de questions dans son carnet.

Un soleil éclatant filtrait à travers les interstices des stores qui couvraient les fenêtres de la salle des opérations, pas encore assez fort pour atteindre son bureau mais réchauffant déjà la pièce avec la promesse d'un temps plus clément pour les semaines à venir.

Le ronronnement régulier de la circulation qui allait et venait de la zone industrielle de l'autre côté de la route parvenait jusqu'à lui malgré le double vitrage, tandis que l'imprimante s'animait à l'autre bout de la pièce avant de cracher un flux constant de paperasse.

Une odeur grasse persistante de sandwich au bacon qui avait à peine duré cinq bouchées émanait de la feuille d'aluminium froissée abandonnée à côté de son clavier d'ordinateur, la graisse encore tiède sur ses lèvres.

Ewan Kennedy l'avait appelé la veille à huit heures et demie du soir, le cousin de l'inspecteur lui avait fourni confidentiellement des réflexions supplémentaires sur l'enquête et lui avait donné son point de vue sur les implications possibles des actifs commerciaux non inclus dans la planification successorale de Barry Windlesham.

Les mots devant lui se brouillaient et il se frotta le visage avant de cligner des yeux quand un gobelet de café à emporter apparut à son coude.

— Bonjour, chef, dit West. Dis-moi que tu n'as pas passé toute la nuit ici.

Il sourit.

— Je tiens trop à ma vie. D'ailleurs, Lucy m'a rappelé que je devais bientôt vous inviter, toi et ta famille, à déjeuner. Et Hamish boudait aussi quand je suis rentré hier.

— Oh, le pauvre.

— Ne t'inquiète pas. Il s'est vite remis après une promenade de six kilomètres. Ensuite, il a passé le reste de la soirée à péter et à ronfler pendant qu'on essayait de regarder la télé.

West éclata de rire.

— Charmant.

— Heureusement qu'il est mignon.

Mark attendit qu'elle allume son ordinateur avant de lui passer son carnet.

— Tu as quelque chose à ajouter à ça ? On a quelques minutes avant l'arrivée de Gaynor Alton et son mari. Le cousin de Kennedy m'a fourni quelques informations générales hier soir qui pourraient nous aider, alors j'ai ajouté des questions en rapport avec ça.

Il but une gorgée de sa boisson chaude, grimaçant lorsqu'elle lui brûla la langue tandis que sa collègue enlevait son manteau.

Elle s'enfonça dans sa chaise au bureau en face du sien et

elle se mit à feuilleter les pages de son carnet d'avant en arrière, puis elle fit un signe de tête satisfait.

— Je pense que tu as tout couvert. Comment est-ce que tu veux gérer l'entretien ?

Il posa le carnet près de son clavier d'ordinateur et le fixa un moment.

— J'aimerais le diriger, mais comme d'habitude, interviens si tu entends quelque chose qu'on devrait approfondir. Je ne pense pas qu'on devrait mentionner ce qu'on a trouvé dans le mess des officiers, sauf si la conversation va dans cette direction. J'aimerais savoir si elle pensait que son frère s'inquiétait de quelque chose, et comment était sa personnalité de manière générale. À partir de là, on peut intégrer certaines de ces questions et voir où ça nous mène.

— Ça me paraît bien.

Elle regarda derrière lui vers la porte de la salle des opérations alors qu'il entendait ses gonds familiers grincer, et elle haussa un sourcil.

— Je suppose que Gaynor et Oliver Alton sont arrivés ?

— Exactement.

Mark se retourna pour voir Peter Cosley, la carrure massive du sergent en uniforme bien adaptée au quartier de détention, mais peut-être un peu intimidante pour l'accueil du public.

— Quelle est ta première impression d'eux ?

— Ils ont l'air épuisés, répondit-il. Ils sont arrivés tard hier soir du Pays de Galles, et apparemment la circulation sur la M4 près de Chippenham était épouvantable. Sans parler du fait que son frère est, eh bien…

— Où est-ce que tu les as installés ? demanda Jan avant de finir son café et de jeter le gobelet vide dans une poubelle près de son bureau. Quelque part de confortable, j'espère.

— Salle d'entretien numéro quatre, celle qu'on réserve habituellement aux mineurs.

— Parfait, merci Peter. On arrive tout de suite.

Mark rassembla son carnet, deux stylos et ajusta sa cravate avec une grimace.

— Espérons que la sœur de Barry Windlesham pourra nous éclairer sur ce qu'il a bien pu fabriquer depuis la dernière fois qu'elle l'a vu.

————

Peter Cosley avait raison quand il disait que les Alton semblaient fatigués après leur voyage de la veille vers l'Oxfordshire.

Les traits de Gaynor Alton étaient émaciés tandis qu'elle était assise à côté de son mari corpulent, dont les yeux troublés se levèrent lorsque Mark entra dans la salle d'entretien et fit les présentations.

— Je comprends que c'est un moment très difficile pour vous, et je vous présente mes condoléances pour votre perte, madame Alton, commença-t-il en joignant ses mains pendant que West installait l'équipement d'enregistrement au bout de la table métallique. D'après ce que m'a dit mon collègue, vous avez également eu un voyage éprouvant depuis le Pays de Galles hier.

— C'est vrai, et s'il vous plaît, appelez-moi Gaynor.

La sœur de Windlesham fit un geste vers son mari.

— Oliver et moi sommes désireux de faire tout notre possible pour vous aider à comprendre ce qui est arrivé à mon frère, et à découvrir qui l'a tué.

— Merci. Nous aimerions enregistrer cet entretien si cela vous convient. Nous allons vous lire vos droits à ce sujet, mais j'aimerais avoir la possibilité de l'écouter à nouveau, et cela m'aidera à clarifier certains points par la suite.

— Oui, d'accord.

Mark fit signe à West de démarrer l'enregistrement et attendit qu'elle récite les formalités, puis il ouvrit le dossier qu'elle lui tendit et le plaça à côté de son carnet.

— Est-ce que vous pouvez me parler un peu de votre relation avec votre frère pour commencer, Gaynor ?

La femme soupira, puis s'adossa dans la chaise au dossier en plastique et fixa une tache de graisse au milieu de la table.

— Nous étions proches quand nous étions enfants, mais nous nous sommes éloignés l'un de l'autre au moment où je suis partie à l'université. Barry a… avait deux ans de plus que moi et gagnait déjà bien sa vie comme ouvrier, donc nous avions de moins en moins de choses en commun.

— Qu'est-ce que vous avez étudié ?

— La littérature anglaise. J'ai fini par voyager pendant quelques années après l'obtention de mon diplôme, pour enseigner l'anglais dans différentes communautés pendant que je voyageais avec un sac à dos.

Elle réussit à esquisser un petit sourire.

— J'adorais ça.

— Qu'est-ce que vous faites maintenant ?

— Je suis administratrice dans une école privée locale.

Gaynor se redressa.

— C'est un établissement assez prestigieux, très exclusif.

— Et, Oliver, je peux vous demander ce que vous faites comme métier ?

L'homme se pencha en avant, imitant la posture de Mark, et il redressa les épaules.

— Je suis orthodontiste, basé à Cardiff.

— Vous vous entendiez bien avec Barry ?

— C'était un homme bien, oui.

Oliver hocha la tête, ses yeux bruns baissés.

— Nous ne le voyions pas aussi souvent que nous l'aurions souhaité, mais nous appréciions sa compagnie quand c'était le cas. J'en attribue la faute à mon travail. Je n'ai tout simplement pas la possibilité de prendre autant de temps libre que je le voudrais.

— Oliver est très demandé, ajouta Gaynor.

Elle tendit la main vers celle de son mari et la serra.

— Et il a été un véritable roc cette semaine.

— Vous avez mentionné à notre collègue lorsqu'elle vous a téléphoné plus tôt cette semaine que vous aviez vu votre frère pour la dernière fois en février, dit Mark. Est-ce qu'il semblait inquiet à propos de quoi que ce soit ?

— Pas que je me souvienne.

Gaynor renifla, puis prit un mouchoir en papier dans une boîte à côté de l'équipement d'enregistrement.

— J'aurais aimé prêter plus attention à son humeur maintenant, mais comme je l'ai dit au téléphone, c'était juste une visite rapide. Il revenait d'un autre site qu'il envisageait d'acquérir, et les prévisions météo n'étaient pas bonnes. Il est resté pour la nuit, puis le lendemain nous avons déjeuné chez nous vers treize heures. Il est parti vers quinze heures pour pouvoir atteindre l'autoroute avant la tombée de la nuit.

— Ça peut devenir assez dangereux là où nous vivons, ajouta Oliver. Et l'agence des autoroutes ne sale pas toujours.

— Comment était son humeur quand vous l'avez vu ? demanda Mark.

— Il semblait… normal.

Gaynor fronça les sourcils.

— Peut-être un peu préoccupé, mais j'ai mis ça sur le compte de tous ses déplacements cette semaine-là.

— Il vérifiait souvent son téléphone, dit Oliver. Mais là aussi, je me suis dit que c'était simplement parce qu'il jonglait avec toutes sortes d'affaires professionnelles. Il ne semblait pas particulièrement préoccupé par les messages qu'il recevait, c'est certain. Il a ri et plaisanté avec nous comme d'habitude pendant le déjeuner.

— Vous vous entendiez bien avec lui ?

— Oui, il était comme un frère pour moi.

Oliver déglutit.

— Je ne sais pas ce que nous allons faire sans lui.

Mark sortit une photographie du dossier et la fit glisser sur la table.

— Nous avons trouvé ces lettres dans le coffre-fort de la chambre principale. Vous a-t-il mentionné qu'il était menacé ?

Un hoquet de surprise échappa à Gaynor et son mari pâlit.

— Pourquoi est-ce que quelqu'un lui enverrait ça ? parvint-elle à articuler.

— Pour l'instant, nous considérons que ces lettres sont liées à son décès, dit Mark. Êtes-vous certains qu'il ne vous a jamais fait part de préoccupations concernant le projet ou quoi que ce soit d'autre dans sa vie ?

— Non…

Elle regarda son mari, qui affichait une expression tout aussi déconcertée, avant de se tourner vers Mark.

— Je n'ai aucune idée de ce qui s'est passé, détective. Et maintenant je me demande si je connaissais vraiment mon frère.

CHAPITRE 19

Mark recula du trottoir lorsqu'une camionnette de livraison blanche et crasseuse frôla le coin un peu trop près à son goût, et il lança un regard noir aux portes arrière maculées de saleté tandis que le conducteur filait.

L'air était frais pendant qu'il marchait le long d'Ock Street, et il releva le col de son manteau, son allure stimulée par les grondements qui provenaient de son estomac et par le sac en papier qu'il tenait à la main, contenant des sandwichs frais de l'un des cafés les plus fréquentés de la ville.

Une forte odeur d'eau croupie lui agressa alors les sens, et il regarda plus loin sur la route où une paire de camions d'une entreprise de services publics était garée. Une équipe de travail installait des cônes de signalisation et un système temporaire de feux de circulation, et il réprima un grognement intérieur à l'idée des embouteillages supplémentaires que cela allait provoquer.

Notant mentalement de dire à l'équipe de faire un détour depuis le commissariat pour les prochains jours, il jeta un coup d'œil à sa montre avant d'accélérer le pas.

Il y avait tellement de rapports à rédiger, tellement de pistes à suivre à partir des enquêtes de porte-à-porte et des caméras de surveillance que même West n'avait pas eu le temps d'organiser le ravitaillement.

Ils avaient convenu avec Gaynor et Oliver Alton de les tenir informés de l'enquête, et en retour, la sœur de Windlesham avait promis de les prévenir si elle se souvenait de quelque chose dans ses conversations avec son frère qui pourrait aider à expliquer qui le menaçait.

En raccompagnant le couple à leur voiture, il avait proposé d'aller en ville acheter un déjeuner décent pour West plutôt que de se rabattre sur le fast-food de l'autre côté de la route, et le regard de soulagement dans ses yeux lui avait rappelé qu'elle jonglait avec une vie familiale bien remplie en plus de sa charge de travail croissante.

Il était à cinquante mètres de l'entrée du commissariat lorsque son téléphone commença à sonner, et il fronça les sourcils en voyant le numéro inconnu à l'écran avant de répondre.

— Inspecteur Mark Turpin.

— Détective ? C'est Hilary Cottishall, de l'hôpital. Nous avons parlé l'autre jour d'un sac de vêtements qui avait disparu.

— Vous l'avez retrouvé ?

Mark se précipita dans le hall d'accueil du commissariat, puis adressa un regard reconnaissant à Peter Cosley qui sortit de derrière le comptoir et lui tint ouverte la porte de sécurité intérieure.

— Où est-ce qu'il était ?

— C'est un peu plus compliqué que ça, j'en ai peur.

La femme soupira.

— Il semblerait qu'il ait été volé.

— Volé ?

Mark s'introduisit dans la salle des opérations et se dirigea vers le bureau de West pour poser le sac en papier devant elle.

— Par qui ?

— Nous ne savons pas. Mais nous l'avons sur caméra.

Mark observa le sac de sandwichs tandis que West y plongeait la main et en sortait un épais sandwich au fromage et aux cornichons.

— Je croyais que vous n'aviez pas de caméras de surveillance dans les services ?

— En effet. Il y a eu une altercation aux urgences dimanche soir. Tous nos agents de sécurité là-bas portent des caméras corporelles, tout comme le personnel qui travaille dans cette zone pendant leur service. Les caméras restent éteintes sauf en cas d'incident, et si quelque chose justifie leur utilisation, la personne causant le problème est avertie qu'elle est filmée.

— Donc vous dites que la personne qui a volé les vêtements a déclenché une bagarre ?

— Non, pas du tout, l'homme qui l'a fait a été arrêté par la suite. Non, l'homme qui a volé le sac apparaît en arrière-plan de la vidéo. Je regarde l'enregistrement maintenant, et il porte définitivement quelque chose qui ressemble à ce que vous m'avez décrit comme un sac étanche.

— C'était à quelle heure ?

— L'enregistrement a commencé à neuf heures six. Il y apparaît à neuf heures sept.

— Vous pouvez nous envoyer une copie de cet enregistrement par email ?

— Oui, je peux faire ça.

— Merci, madame Cottishall. C'est vraiment utile.

— Attendez, détective, il y a autre chose.

— Qu'est-ce que c'est ?

— J'ai montré l'enregistrement à Selina Gunnerston, vous vous souvenez peut-être qu'Emily Crake et elle étaient d'astreinte dans le service de M. Windlesham dimanche soir. Je pensais qu'il s'agissait peut-être d'un parent, voyez-vous, ce qui expliquerait qu'il ait pris le sac de vêtements.

— Oui…

— Eh bien, Selina dit que l'homme en arrière-plan de cette vidéo est le même que celui qui a essayé de rendre visite à M. Windlesham ce soir-là, mais que lorsqu'elle a proposé de prendre ses coordonnées et de lui donner des nouvelles de l'état de notre patient, il a semblé en colère contre toute la situation et il s'est précipité dehors.

— Et Selena est sûre que c'est le même homme ?

Il y eut une pause, puis une conversation étouffée à l'autre bout avant qu'elle ne revienne au téléphone.

— Elle est ici en ce moment, en train de regarder l'écran avec moi, et elle dit que oui, c'est définitivement lui.

Mark examina le sac de nourriture, entendit son estomac gronder bruyamment, puis tendit la main et saisit les clés de voiture sur le bureau à côté de la tasse de café vide de West.

— Ne vous embêtez pas à envoyer l'enregistrement par email, madame Cottishall. Je suis en route pour l'hôpital.

CHAPITRE 20

West zigzaguait avec la voiture de service entre les feux de signalisation temporaires et marmonnait contre les ouvriers qui se prélassaient à côté d'une camionnette de services publics, les yeux rivés sur leurs écrans de téléphone, avant d'accélérer pour les dépasser.

Une légère bruine parsemait le pare-brise, les essuie-glaces grinçant contre sa surface avec acharnement malgré ses tentatives répétées de les faire taire à grand renfort de lave-glace.

— Il vaudrait mieux qu'il y ait une fichue place de parking, marmonna-t-elle.

Mark était assis côté passager, le téléphone à l'oreille, en train d'engouffrer les restes de son sandwich entre deux mises à jour pour Kennedy.

— Merci, chef, conclut-il, puis il leva les yeux alors qu'ils rejoignaient un flot de circulation en direction de l'A34. Il est coincé avec des réunions toute la journée, mais il dit qu'il va demander à Alex et Caroline de relancer l'hôpital pour obtenir des copies des images de surveillance du parking pendant qu'on interroge Selina et qu'on récupère les images de la caméra corporelle.

— Bonne idée, à condition que notre suspect soit venu à l'hôpital en voiture, dit-elle.

— Vois le verre à moitié plein, Jan. Le verre à moitié plein.

— Je sais.

Il consulta sa montre.

— Selena a terminé son service il y a une demi-heure, mais elle a accepté d'attendre avec Hilary jusqu'à notre arrivée pour qu'on puisse examiner cet enregistrement ensemble. Apparemment, elle n'est pas de service jusqu'à mardi.

— C'est gentil de sa part d'attendre, alors.

Elle changea de vitesse pour dépasser un camion articulé surdimensionné avant d'écraser l'accélérateur et de filer devant une voiture de sport classique rouillée.

Quand elle vérifia ses rétroviseurs, il la vit afficher un sourire satisfait tandis que les véhicules s'estompaient au loin, et il pouffa.

— Tu te rends compte qu'on doit la rendre lundi ?

— Le verre à moitié plein...

———

Hilary Cottishall et Selina Gunnerston les attendaient dans le bureau de l'administratrice juridique quand Mark et West entrèrent.

Hilary se leva de son bureau et leur fit signe d'entrer avant de fermer la porte d'un coup ferme.

L'infirmière était plus jeune qu'Emily Crake et ne semblait pas du tout fatiguée après un long service. Elle avait troqué son uniforme contre des chaussures de course, un sweat-shirt et un legging, et elle semblait désireuse d'aider, son regard attentif.

Hilary fit les présentations, puis tendit une clé USB à Mark.

— Voici une copie de l'enregistrement de la caméra de James Alperren. C'est l'agent de sécurité qui a intercepté l'homme qui a causé des troubles dimanche soir.

— Vous savez qui était son agresseur ?

Il mit la clé USB dans sa poche avant de tirer l'une des chaises pour visiteurs pour West, puis il s'appuya contre l'un des classeurs qui tapissaient le bureau.

— Non, désolée. Après que James lui a parlé, l'homme est parti sans que nous ayons à appeler la police.

— Pas de problème. Une idée de ce qui a provoqué l'altercation ?

— James nous a dit que l'homme interrogeait l'une des infirmières de l'accueil au sujet de quelqu'un qui avait été admis aux urgences ce jour-là, mais il restait très vague et il ne voulait pas donner de nom. Il répétait simplement « mon frère ». Il a commencé à élever la voix contre l'infirmière, alors James est intervenu et a dirigé l'homme loin de l'accueil vers le couloir principal.

Hilary soupira.

— Et puis l'homme a apparemment décidé de bousculer James et il est devenu assez agressif, jusqu'à menacer de retourner dans le service pour trouver son frère, puis il a renversé un chariot d'équipement. À ce moment-là, James a réussi à le maîtriser et l'a conduit de force jusqu'à la sortie. L'homme n'est pas revenu, donc il n'a pas jugé nécessaire de déranger la police. Je suis satisfaite que James ait fait tout son possible dans ces circonstances pour contenir l'incident.

Mark agita la clé USB vers elle.

— Et vous dites que pendant tout cela, quelqu'un a enlevé le sac étanche de la salle de décontamination ?

— Oui, c'est exact. Je n'étais pas sûre au début, j'ai dû chercher à quoi ressemblait un sac étanche, pour être honnête, après votre dernière visite, mais quand je l'ai remarqué par hasard, j'ai appelé Selena ici pour qu'elle vienne voir.

— C'est définitivement le même type qui est venu au service dimanche soir, dit l'infirmière. Je l'ai reconnu tout de suite, à cause de la cicatrice sur son visage.

— Et il n'a pas laissé de coordonnées ce soir-là ?

— Absolument pas. Il a juste trouvé des excuses, il a dit qu'il reviendrait le lendemain matin et il est parti.

— Est-ce qu'il a eu accès à l'espace du service ou est-ce qu'il s'est approché du lit de Barry Windlesham à un moment donné ?

— Non. Certainement pas.

— Je peux jeter un œil à cet enregistrement maintenant ?

— Bien sûr. J'ai toujours le fichier sur mon ordinateur.

Hilary orienta l'écran vers eux, cliqua plusieurs fois avant qu'un fichier média ne s'ouvre, et elle appuya sur le bouton « lecture ».

— L'enregistrement commence dès que James a remarqué ce qui se passait. J'ai également mis l'enregistrement de la caméra corporelle de l'infirmière de l'accueil sur cette clé USB pour vous, même si je n'ai pas pu y voir votre homme avec le sac. Je pensais simplement que vous pourriez en avoir besoin pour avoir une vue globale.

— Merci.

Mark retint son souffle tandis que l'enregistrement démarrait, et à côté de lui, West se pencha en avant sur son siège.

L'enregistrement était de bonne qualité, clair et avec du son également, et bien qu'il s'émerveillât de la technologie et de la percée qu'elle pourrait représenter, une colère montante lui serrait la poitrine face à l'indignité que le personnel hospitalier doive porter des caméras corporelles.

Comme Hilary l'avait indiqué, l'homme qui avait déclenché l'altercation fut bientôt vu via la caméra de l'agent de sécurité en train de réprimander une des infirmières, sa posture agressive tandis qu'il la pointait du doigt à plusieurs reprises, son visage beaucoup trop près du sien.

La caméra s'approcha lorsque l'agent de sécurité intervint, sa voix calme ne parvenant guère à apaiser l'homme.

Par-dessus l'épaule de l'homme, Mark pouvait voir un ou deux jeunes membres du personnel médical qui regardaient la scène d'un air perplexe en passant, et une paire d'ambulanciers en train de pousser un brancard vide en contournant largement la scène.

Et puis, à gauche de l'agent de sécurité, un autre homme apparut, tournant le dos à la caméra tandis qu'il marchait calmement vers une porte fermée du côté opposé de l'endroit où se déroulait la dispute.

Mark se rendit compte qu'il serrait la mâchoire et il se força à se détendre pendant qu'il regardait.

— Allez, retourne-toi, murmura West à côté de lui. Montre-nous ton visage.

Au lieu de cela, l'homme jeta un coup d'œil à sa droite comme pour vérifier si quelqu'un regardait de ce côté, puis il poussa la porte et disparut.

Il réapparut quelques secondes plus tard avec un sac orange vif, la tête baissée pendant qu'il regardait à l'intérieur.

Et puis il regarda en direction de l'agent de sécurité qui

guidait maintenant son agresseur vers le couloir principal, et à ce moment-là, Mark vit son visage pour la première fois.

— Et vous êtes sûre que c'est le même homme qui a essayé d'accéder à Barry pendant qu'il était dans votre service ? dit-il en se tournant vers l'infirmière qui fixait l'écran.

— C'est définitivement lui, répondit Selina.

Elle frissonna.

— Je ne l'oublierai jamais maintenant. Ses yeux étaient froids, comme s'il n'avait aucun sentiment, aucune émotion, ce que j'ai trouvé étrange étant donné qu'il disait que M. Windlesham était un parent. Il n'avait pas du tout l'air inquiet pour lui.

———

Il pleuvait lorsque Mark et West quittèrent le bâtiment administratif du complexe hospitalier, et il jura entre ses dents en poussant la porte de sortie.

Un porche peu profond offrait un minimum de protection et West s'enveloppa dans sa veste alors qu'un air vif s'enroulait autour du bâtiment.

— Autant attendre ici cinq minutes et voir si ça passe, dit Mark en plissant le visage alors qu'il observait la couverture nuageuse agitée. Pas la peine d'être trempés avant de devoir aller à cette réunion de planification.

West consulta sa montre.

— Elle commence à seize heures, c'est ça ?

— Il sera seize heures trente quand ils auront fini les préliminaires, mais ça ne me dérangerait pas d'y arriver avant le début si on peut, pour observer les gens à leur arrivée.

— Bonne idée.

Elle tapota du pied contre les dalles de béton.

— Donc, on a un visage mais pas de nom pour celui qui a volé les vêtements de Barry. Tu penses qu'il est d'abord monté au service pour voir s'il pouvait trouver le sac là-bas, ou tu penses qu'il lui aurait fait du mal s'il était entré dans le service ?

— Je ne sais pas. Mais si c'était la même personne qui a essayé de lui tirer dessus, alors je pense qu'on doit supposer qu'il n'était pas là pour lui souhaiter un prompt rétablissement.

— Il faut avoir un sacré culot pour faire ça, chef. Comment diable pensait-il s'en tirer ?

— Et avant toute chose, qu'est-ce que Barry Windlesham avait de si particulier pour que quelqu'un veuille sa mort à ce point ?

— Et ses vêtements étaient…

West pivota pour faire face à Mark.

— Attends. On cherchait les vêtements pour voir s'il restait des preuves dessus montrant qu'on lui avait tiré dessus avant qu'il ne tombe dans la rivière. Pourquoi celui qui lui a tiré dessus voudrait-il faire la même chose ?

— Effacer les traces après coup.

— Ça semble extrême, et comme on l'a dit, risqué.

Elle pointa du pouce par-dessus son épaule.

— Tout ce tracas, utiliser des tactiques de diversion pour entrer dans le local de décontamination…

— Alors, il s'est passé quoi selon toi ?

— Et si c'était quelque chose dans les poches de Barry qu'il cherchait, plutôt que les vêtements eux-mêmes ?

Mark cligna des yeux, puis sortit de l'abri des portes et se dirigea vers le parking.

West le suivit précipitamment et l'observa s'arrêter et

utiliser la pointe de sa chaussure pour écarter les feuilles des arbustes qui entouraient les places de stationnement.

— Qu'est-ce que tu fais ? Je croyais qu'on attendait que la pluie se calme ?

— Tu penses qu'il cherchait quelque chose *dans* les vêtements, n'est-ce pas ?

— Exact.

— Donc, je me dis que peut-être que le sac étanche n'était pas sa priorité.

— Oh. Je comprends.

Elle jeta un coup d'œil par-dessus son épaule pour surveiller la circulation.

— Ok, tu prends ce côté, je prends l'autre.

Cela ne prit pas longtemps. À deux cents mètres des portes principales de l'hôpital, Mark aperçut un éclair de couleur du coin de l'œil et appela West.

Pendant qu'elle attendait que la circulation du parking se dégage, il enfila une paire de gants de protection qu'il avait dans sa poche avant de s'avancer entre deux sorbiers bien taillés et de plonger la main dans un buisson de laurier-rose.

Il réapparut avec un sourire aux lèvres en brandissant un sac imperméable orange vif, sa surface écorchée et maculée de saleté.

— Bingo, dit-il tandis qu'elle le rejoignait en sortant un nouveau sac à preuves de son sac à main.

Après l'avoir scellé, il indiqua la voiture d'un mouvement du menton.

— Si on se dépêche, on peut rapporter ça au commissariat avant la réunion de planification.

Elle avait déjà les clés en main, souriante.

— C'était un défi, chef ?

CHAPITRE 21

Jan enfila sa veste de tailleur, rejeta ses cheveux par-dessus son col et glissa les clés de voiture dans sa poche avant de traverser rapidement l'étroite rue pour rejoindre Turpin.

En face de l'endroit où elle s'était garée se trouvait une petite épicerie de proximité appartenant à une chaîne de franchise bien connue, et son logo familier était accompagné de celui de la poste sur son enseigne. Un mélange de maisons mitoyennes et individuelles se disputait l'espace le long de cette portion de route, leurs portes d'entrée séparées du trottoir par de petites marches, leur pierre inégale et usée par des siècles d'utilisation.

Au centre du village, la rue principale cédait la place à divers commerces indépendants qui avaient été installés dans d'anciennes maisonnettes mitoyennes reconverties. Un cabinet vétérinaire jouxtait une friperie florissante, et de l'autre côté de la rue, un petit magasin de cadeaux côtoyait un institut de beauté proposant épilations, manucures et autres services.

À côté d'un abribus se trouvait une cabine téléphonique

rouge abandonnée qui avait été réquisitionnée pour y installer un défibrillateur sponsorisé, la signalétique verte de sécurité contrastant étrangement avec le combiné téléphonique d'origine qui s'y trouvait encore.

Les bordures étaient occupées par des véhicules de tailles, marques et modèles variés, garés les uns contre les autres, et tandis que les deux détectives marchaient sur le trottoir, une procession régulière de voitures descendait lentement la rue du village pendant que leurs conducteurs cherchaient où se garer.

La salle des fêtes de Ravenswood était nichée le long d'un chemin de pierre défoncé qui avait été aménagé entre un joli pub aux murs couverts de lierre et au toit de chaume, et une rangée de quatre cottages en pierre avec des jardins minuscules au-delà d'un muret de silex partagé.

Il y avait un parking devant le lieu de réunion victorien, mais Jan remarqua qu'aucune place n'était disponible.

Le patron du pub était manifestement un homme entreprenant, car il avait délimité son propre parking à l'aide de ruban et placé un panneau-sandwich à côté, offrant un stationnement gratuit à quiconque réservait une table pour le dîner ce soir-là.

Jan sourit à la vue d'un couple élégant qui sortait du pub, maugréant contre cette tactique audacieuse tout en se hâtant pour rattraper la file régulière de personnes attendant d'entrer dans la salle des fêtes.

— Belle affluence, dit-elle.

— J'imagine que la nouvelle de la mort de Windlesham s'est répandue, alors je me demande combien parmi eux s'intéressent réellement au processus de demande d'urbanisme ou sont juste là par curiosité.

Turpin désigna du menton un grand pin qui surplombait l'avant-cour en gravier de la salle.

— Mettons-nous là-bas jusqu'à ce que tout le monde soit entré. Je suis curieux de voir qui va se présenter.

Ils s'y dirigèrent tranquillement et Jan donna des coups de pied dans les pommes de pin racornies sur son passage.

Cela lui rappela les promenades dans les bois de Bagley près d'Oxford avec Scott et les jumeaux, et elle réalisa avec surprise qu'ils n'y étaient pas encore allés cette année. Elle sourit, se faisant une note mentale de le suggérer dès que cette affaire serait close afin que les garçons puissent courir à leur guise parmi les arbres centenaires et s'occuper à construire des barrages sur les ruisseaux qui sillonnaient les sentiers.

Elle se retourna vers la salle des fêtes et elle observa un autre couple – un homme et sa compagne d'une soixantaine d'années – rejoindre la fin de la file et saluer certaines des personnes déjà en ligne.

— Principalement des gens du coin, à ce qu'il semble, dit-elle.

— Pour l'instant.

Turpin sortit son téléphone et s'approcha pour qu'elle puisse voir l'écran, puis il fit défiler les pages du site web qu'il avait enregistrées.

— Voici l'annonce sur le site du conseil paroissial pour la réunion de ce soir. Et voici les trois conseillers qui siègent au comité. Felix Darrow, le type que la secrétaire de Windlesham a mentionné comme l'ayant rencontré l'autre semaine, c'est celui-là.

Jan examina les larges épaules et le front bas de l'homme sur la photo.

— Qu'est-ce qu'il fait dans la vie ?

— D'après sa biographie, il dirige une entreprise de granulats de l'autre côté de Wallingford. J'ai jeté un œil à son site web en venant, c'est une entreprise familiale, son père a fondé la société, et Felix a pris la relève quand il a pris sa retraite il y a quinze ans.

— Qu'est-ce qu'il faisait avant cela ?

— Du conseil en entreprise, selon les pages professionnelles des réseaux sociaux que j'ai trouvées.

Jan leva les yeux à l'arrivée d'un nouveau venu, cette fois un homme seul avec une veste sur un jean et une mallette dans la main qui passait en hâte.

— Je me demande qui c'est.

— Nous le saurons bientôt. Regarde, ils ont commencé à laisser entrer les gens.

Ils attendirent que la file ait disparu à l'intérieur, puis ils entrèrent dans le bâtiment par une paire de lourdes portes en chêne qui avaient été calées en position ouverte.

Jan pénétra dans un hall d'accueil spacieux avec un plafond voûté exposant des poutres séculaires et un large escalier sur sa droite. Au-delà, elle pouvait voir une porte ouverte sur une cuisine avec des comptoirs modernes en acier inoxydable.

À sa gauche, des panneaux indiquaient les toilettes, ainsi qu'une autre porte ouverte vers ce qui semblait être une antichambre utilisée essentiellement pour le stockage. Un fouillis de chaises en plastique empilées, de tables pliantes et de cartons débordant de décorations de Noël était éparpillé sur tout l'espace disponible.

Elle porta son attention sur la deuxième paire de doubles portes en chêne qui menait à la salle principale, d'où provenait un brouhaha de voix.

Turpin ouvrit la marche et trouva deux chaises au dernier rang qui leur offraient une vue sur l'estrade surélevée.

Celle-ci avait de longs rideaux de velours tirés de chaque côté, et au milieu se trouvait une longue table sur tréteaux recouverte d'une nappe en coton bleu marine qui masquait les jambes des intervenants.

Un panel de six personnes était assis derrière et elle aperçut Felix Darrow tout à gauche en conversation avec une femme à l'expression pincée qui observait la foule tout en écoutant.

Au milieu se trouvaient deux hommes en costume et Jan plissa les yeux pour examiner les plaques nominatives devant eux, identifiant rapidement deux conseillers supplémentaires.

Un autre homme et une femme occupaient le côté droit de la table et s'ignoraient studieusement, la femme s'affairant avec les documents qu'elle avait devant elle alors qu'elle agitait furieusement un stylo sur les pages.

Finalement, après cinq minutes supplémentaires, Felix Darrow se pencha vers le petit microphone posé sur la table devant lui, fit un signe de tête à une femme à gauche de la scène qui surveillait un système sonore, puis grimaça face à un sifflement aigu de larsen.

Il se reprit, s'éclaircit la gorge et s'adressa à la foule.

— Mesdames et messieurs, nous sommes réunis aujourd'hui pour discuter de la proposition d'aménagement imminente concernant l'aérodrome de Ravenswood, à savoir une restauration partielle et un développement de nouveaux bâtiments proposé par M. Barry Windlesham. On nous a demandé d'aborder les préoccupations soulevées par plusieurs parties intéressées avant le dépôt de toute demande officielle.

Darrow balaya la salle du regard en parlant.

— En raison de circonstances malheureuses, cependant, le comité est dans l'obligation d'examiner si une demande devrait être poursuivie, étant donné le récent décès de M. Windlesham.

Un silence suivit ses paroles et Jan jeta un coup d'œil le long de la rangée de chaises pour voir une file de visages captivés tous tournés vers le conseiller.

— Par conséquent, poursuivit-il, nous sommes enclins à retarder la procédure jusqu'à ce que nous puissions déterminer la légalité d'une future demande d'aménagement, et—

— Excusez-moi.

Une main se leva brusquement au milieu de la dernière rangée et Jan se pencha pour voir l'homme en costume avec la mallette qu'elle et Turpin avaient remarqué dehors quelques instants plus tôt.

Il se leva de son siège et boutonna sa veste.

— Il ne sera pas nécessaire de retarder la procédure.

— Je vous demande pardon…

Darrow regarda ses collègues, puis revint à l'homme.

— Je ne comprends pas.

— Je suis le représentant légal de Mme Gaynor Alton, la sœur de M. Windlesham. Mme Alton souhaite poursuivre le processus d'aménagement dès que possible. Nous allons déposer un amendement aux documents officiels lundi matin à la première heure, mais elle voulait que ses souhaits soient consignés lors de cette réunion.

— Je… je ne vois pas comment c'est possible, dit Darrow. M. Windlesham était l'unique directeur de l'entreprise.

— C'est inexact. Les documents pour ajouter Mme Alton comme directrice de l'entreprise ont été déposés auprès du registre des sociétés vendredi dernier, dit l'homme. De plus, elle est l'exécutrice testamentaire légale de la succession de M. Windlesham, y compris pour l'entreprise et tous ses biens mobiliers.

— Je suis désolé, monsieur, mais vous êtes… ?

— L'avocat de Mme Alton. J'agis en son nom dans cette affaire avec le soutien total du représentant légal désigné de M. Windlesham.

— Eh bien, je…

Darrow couvrit son microphone de sa main et se pencha en arrière pour se concerter avec la femme à sa gauche.

— On aurait dû amener quelqu'un qui sait lire sur les lèvres, marmonna Turpin.

— Je ne m'attendais pas à ça, pas toi ? chuchota Jan.

Elle observa les deux membres du panel qui gesticulaient furieusement l'un vers l'autre, puis elle jeta un coup d'œil à son collègue.

— Et Mme Alton n'a rien dit non plus quand nous lui avons parlé.

— Il y a de quoi se demander pourquoi elle a décidé d'aller de l'avant. J'aurais pensé qu'elle aurait assez à gérer en ce moment.

Ils se retournèrent vers la scène lorsque Darrow s'éclaircit à nouveau la gorge.

— Mesdames et messieurs, à la lumière de ces nouvelles récentes, cette audience préalable à l'approbation est ajournée. Nous annoncerons une nouvelle date lorsque toutes les questions seront réglées et que nous pourrons procéder.

Sur ce, l'audience explosa.

Plusieurs participants se précipitèrent vers la porte, téléphones portables à l'oreille pendant qu'ils racontaient les événements.

— Des journalistes, dit Turpin. Ce sera sur tous les sites d'information locaux d'ici une heure.

— Moins, si on compte leurs réseaux sociaux. Tu veux que je file attraper l'avocat de Gaynor avant qu'il ne disparaisse après la réunion ? demanda Jan en rangeant déjà son carnet dans son sac.

— Vas-y. Je vais dire un mot à Darrow dès qu'il aura terminé ici. On se retrouve à la voiture.

CHAPITRE 22

Mark se fraya un chemin à travers une foule déterminée à atteindre les portes d'entrée de la salle communale aussi vite que possible.

Se tournant de côté pour traverser le flot de corps, il retint sa respiration en passant à côté d'un homme d'une trentaine d'années à l'odeur corporelle désagréable, puis d'une femme au parfum entêtant.

Il essuya la sueur de son front et maudit la veste de costume qu'il portait alors qu'il avançait péniblement, déterminé à atteindre Felix Darrow avant que le conseiller ne soit davantage distrait.

Les conversations environnantes atteignirent un crescendo quand il s'approcha de la scène, les voix de la foule empreintes d'indignation et de confusion.

Il contourna une femme qui envoyait furieusement des messages sur son téléphone tout en parlant à sa compagne, une autre femme qui semblait à moitié intéressée par ce qu'elle disait et qui était occupée à faire défiler l'écran de son propre téléphone.

Mark grimaça lorsqu'un homme corpulent d'une soixante-dizaine d'années lui marcha sur le pied, et il reprit son observation des membres du comité d'urbanisme qui se tenaient d'un côté de la scène. Darrow essayait d'apaiser l'un des autres hommes qui était devenu rouge comme une betterave suite à l'interruption de l'avocat de Gaynor.

— Je suis désolé, mais les règles sont très claires. Je ne peux pas reprendre la réunion tant que les aspects juridiques n'auront pas été explorés et expliqués.

— C'est ridicule, rétorqua l'homme en projetant des postillons. En tant que président, vous avez le droit d'outrepasser les règles, non ?

— Non, je n'en ai pas le droit, désolé. Et c'est la fin de cette discussion.

Felix tripotait les manches de sa chemise, tirant sur des boutons de manchette imaginaires, tout en maintenant une expression bienveillante jusqu'à ce qu'une des femmes du panel commence à le réprimander d'une voix aiguë qui domina le bruit de la foule.

— À mon avis, cette réunion aurait dû être annulée, couina-t-elle. Il était évident il y a quarante-huit heures que les affaires de M. Windlesham seraient bloquées par la succession, et pourtant nous voilà. Une perte de temps complète.

— Au contraire, Charmaine, entonna un autre homme à la droite de Darrow tout en observant la foule d'un œil vif. Cela nous a permis d'évaluer l'intérêt pour le projet, un projet, je m'empresse d'ajouter, que certains d'entre nous au sein de la communauté étaient impatients de voir aboutir, étant donné le temps que ce site est resté abandonné.

— Abandonné ?

Le visage de la femme vira au pourpre.

— Je vous ferai savoir qu'au moins trois groupes de défense de la faune ont soulevé des objections concernant le projet de développement, dont deux bénéficient d'un soutien national de nombreux donateurs importants.

— Et ces donateurs soutiennent-ils votre campagne de réélection ? ricana l'homme.

Darrow leva les mains.

— S'il vous plaît, tous les deux, baissez la voix. Ce comité est censé présenter une voix de raison au grand public, et pourtant nous voilà à nous chamailler comme des enfants de maternelle.

— Parlez pour vous-même.

Charmaine renifla dédaigneusement, avant de leur tourner le dos et d'avancer jusqu'à l'endroit où l'autre femme du comité se tenait à côté du rideau de scène.

Darrow et l'homme leur tournèrent le dos, baissant la tête tandis que leurs voix se réduisaient à de faibles murmures.

— Excusez-moi, monsieur Darrow ?

Mark présenta discrètement sa carte de police, espérant qu'aucun membre du public en train de partir ne la verrait.

— Je peux vous dire un mot ?

Felix Darrow fronça les sourcils.

— La police ?

— Nous enquêtons sur la mort de Barry Windlesham.

Les sourcils de l'homme se haussèrent.

— Il s'est noyé, n'est-ce pas ?

— Comme je l'ai dit, si je pouvais vous parler ?

— Très bien.

Darrow se tourna vers l'homme à côté de lui.

— Damien, cela vous dérangerait-il de me laisser une minute ?

— Bien sûr que non.

L'homme lança à Mark un regard qui laissait entendre le contraire, puis il joignit les mains derrière son dos et descendit les marches de la scène pour rejoindre un groupe de huit personnes qui s'attardaient.

— Bien, dit Felix. Comment puis-je vous aider ?

— Vous avez rencontré Barry Windlesham il y a trois semaines. Pourquoi ?

— J'étais préoccupé par certains des bâtiments historiques sur le site, et je voulais savoir si la demande d'aménagement de M. Windlesham les traiterait avec le respect qu'ils méritent.

Darrow avança son menton.

— L'aérodrome était essentiel à la défense stratégique de ce pays pendant la Seconde Guerre mondiale, vous voyez.

— Et vous avez un intérêt particulier pour cette période ?

— Mon grand-père était posté à Ravenswood comme mécanicien à partir de 1941. Il était trop malade pour voler, mais il a beaucoup contribué aux avions et à l'équipage basés ici.

Mark mit à jour ses notes, puis jeta un coup d'œil par-dessus son épaule en entendant un éclat de rire en provenance de la salle pour voir un homme robuste serrer la main de Charmaine, qui se pavanait visiblement sous son attention. Il se retourna vers Felix pour le voir observer le couple avec un intérêt de rapace.

— J'avais cru comprendre que la préservation des bâtiments faisait partie intégrante des plans pour l'aérodrome.

— Pas la tour de contrôle, ni les hangars.

— C'était la seule raison de votre objection à la demande d'aménagement lors de cette réunion, ou… ?

— Je ne me suis pas opposé aux plans, le site a besoin d'être rénové. C'est dangereux. Je voulais simplement des assurances de la part de Barry qu'il essaierait de préserver certains aspects historiques du site pour les générations futures, ou au moins qu'il envisagerait de construire un petit mémorial. Et cette réunion n'était pas une approbation de permis de construire, dit Felix. Nous n'en sommes pas encore là, Dieu merci. Cette réunion a été convoquée dans le cadre du processus de demande *préalable* au permis.

— C'est quoi ça ?

— Avant que M. Windlesham ne puisse procéder à sa demande, nous lui avons conseillé de travailler avec nous pour s'assurer que toutes les parties concernées étaient d'accord sur la façon dont l'ancien aérodrome allait être développé. Le processus préalable prend en considération le point de vue des résidents locaux, les plans du conseil et autres, afin que la demande puisse être mieux présentée au comité. De cette façon, il aurait eu plus de chances qu'elle soit approuvée.

Mark fronça les sourcils.

— Je ne comprends pas, monsieur Darrow. Pourquoi aurait-il acheté un site alors qu'il ne savait même pas s'il serait autorisé à y construire ?

— Je présume qu'il pensait obtenir l'approbation finale.

Le conseiller baissa la voix.

— Le site est à l'abandon depuis près d'une décennie, l'aménagement de friches industrielles n'est pas à la portée de tous. Il y a beaucoup de risques liés aux bâtiments anciens.

— Comme quoi ?

— Écoutez, c'est une affaire assez délicate, détective, dit-il, le regard furtif en observant la foule qui circulait. Et il y a trop d'oreilles ici. Peut-être que nous pourrions en discuter chez moi demain ?

— Compris, monsieur Darrow.

Mark nota l'adresse de l'homme.

— Neuf heures, ça vous convient ?

CHAPITRE 23

Mark écoutait le moteur de la voiture tourner au ralenti et contemplait à travers le pare-brise la prairie luxuriante qui s'étendait au-delà d'une barrière métallique à cinq barreaux.

Une lueur dorée et rosée s'accrochait à l'horizon, et un mince croissant de lune s'étalait paresseusement au-dessus de la Tamise.

La voiture dégageait un arôme de café froid, avec deux gobelets vides enfoncés dans la console centrale et des traces de condensation sur la vitre près de son coude.

Il frappait doucement du poing contre la vitre tout en fixant l'horizon, la frustration lui rongeant les nerfs.

— Il n'a rien voulu te dire d'autre ? demanda West.

— Pas sur le moment, non. Je veux dire, il semblait désireux que le site soit réaménagé d'une façon ou d'une autre.

— Il est peut-être simplement attaché à l'aspect historique à cause de son grand-père, comme il l'a dit.

— Ils ne peuvent sûrement pas conserver tous les

bâtiments, peu importe qui le réaménage. Tu as dit toi-même à quel point ce hangar semblait dangereux.

— C'est vrai.

Il se tourna vers elle.

— Qu'est-ce que l'avocat de Gaynor avait à dire ?

La bouche de West esquissa un sourire.

— Très peu au début. Il était un peu méfiant, jusqu'à ce que je lui fasse remarquer que nous essayions de découvrir qui avait assassiné le frère de sa cliente, et que tant que nous n'aurions pas appréhendé quelqu'un, il était peu probable que quiconque approuve un projet.

— Pourquoi a-t-elle accepté la prise en charge de l'entreprise ?

— Selon M. Swift, l'avocat, elle n'a pas eu le choix. Barry lui a légué le site dans son testament. Swift a dit qu'ils avaient décidé d'annoncer son implication ce soir seulement parce qu'ils craignaient qu'elle se retrouve sinon avec un terrain sans valeur. Je veux dire, si on ne peut pas le réaménager, elle ne peut pas le vendre, n'est-ce pas ?

— Donc elle ne va pas gérer le projet elle-même ?

West secoua la tête.

— Non. Apparemment, elle a hâte de s'en débarrasser. Elle n'a absolument aucun intérêt à diriger cette entreprise.

— Alors pourquoi est-ce qu'elle a accepté d'en devenir directrice ?

— Je lui ai posé cette question, et c'est là qu'il est devenu mal à l'aise. Il s'avère que Gaynor ne lui a pas dit pourquoi, juste que Barry le lui avait demandé, qu'elle avait dit oui, et que les documents avaient été soumis au registre des sociétés vendredi dernier.

Mark cessa de frapper la vitre du poing.

— C'était il y a deux semaines que Belinda pensait que Windlesham se croyait surveillé sur le site, non ?

— En effet.

— On peut se demander si faire entrer Gaynor au conseil était une façon d'assurer l'entreprise contre toute éventualité qui pourrait lui arriver.

— Le prochain briefing de Kennedy a lieu demain après-midi. D'ici là, Alex et Caroline auront peut-être trouvé quelque chose dans les emails de Barry pour nous aider.

— Espérons que l'équipe de la police scientifique ait réussi à débloquer ce téléphone portable qu'ils ont trouvé aussi.

— Eh bien, si tout échoue, on pourrait toujours simplement demander à Gaynor quelles sont ses intentions. Swift a dit qu'elle et son mari séjournent dans la maison de Barry pendant qu'ils sont ici, plutôt que de payer pour un hôtel. Nous sommes débordés demain, mais je pourrais l'appeler pour voir si elle est disponible dimanche.

— Bonne idée.

Il soupira et ouvrit la portière.

— Merci pour le trajet. On se voit vers huit heures demain ?

— Ça me va. Je dépose les garçons et Scott à l'entraînement de foot au coin de la rue et je viens te chercher après ça.

— Super, merci.

Tandis qu'elle s'éloignait avec la voiture, il traversa jusqu'à la barrière puis s'arrêta et appuya ses bras dessus pour profiter un peu de l'air frais.

De l'autre côté de la prairie, une rangée de péniches étroites et larges s'alignait le long de la berge, une ou deux portant les marques d'une société de location locale, et les autres un mélange de bateaux de croisière continue et d'amarrages de longue durée.

Les épaules de Mark se détendirent alors qu'il contemplait l'embarcation aux trois quarts de la ligne, admirant ses lignes fines et sa peinture subtile, avant de repérer le petit chien noir qui se tenait sur le toit.

Un aboiement enthousiaste traversa l'air jusqu'à l'endroit où il se trouvait, et il sourit avant de s'engager sur un sentier qui longeait l'arrière d'une rangée de cottages pour rejoindre le chemin de halage.

Le chien sauta du toit au pont puis par-dessus le plat-bord avant de traverser l'herbe en courant pour le rejoindre, la langue pendante et la queue frétillante.

— Salut mon grand, quel bon chien, mon Hamish.

Mark se pencha pour gratter le chien entre les oreilles.

— Allez viens, on rentre. Et si on faisait un barbecue ce soir ?

Hamish renifla l'herbe à ses pieds pendant un moment, puis leva les yeux à la mention de la cuisine et émit un gémissement.

— Oui, tu pourras en avoir un peu. Juste un peu, attention. On ne marche pas autant qu'on le devrait, ni toi ni moi.

Le chien fila devant lui et alors que Mark approchait de la péniche, Lucy apparut de l'intérieur, ajustant un sweat-shirt en le tirant sur un jean délavé et usé.

— Je me doutais que c'était toi, sourit-elle, puis elle l'embrassa quand il la rejoignit. Tu veux une bière avant qu'on commence à cuisiner ?

— Ce serait parfait.

Il la suivit dans la cuisine, déposa son sac à dos sur le sol près d'une table intégrée et retira ses chaussures.

— Je vais juste me changer. Ça te dit un barbecue ce soir ?

— Ça me va. J'ai acheté du pain frais et des ingrédients pour la salade plus tôt, et il y a des saucisses dans le frigo.

— Parfait. Monte, je te rejoins dans un instant.

Il troqua sa chemise et son pantalon contre un short et un vieux sweat bordeaux, il mit une charge de linge sale dans la machine à laver en repassant par la cuisine, puis il grimpa les marches jusqu'au petit pont à l'arrière du bateau.

Une légère brise ébouriffait les cheveux sur sa nuque et il se retourna pour voir Lucy et Hamish à mi-chemin sur le toit. Sa compagne souriait tandis que le chien feignait l'indifférence en voyant un autre chien courir sans laisse dans les jardins de l'abbaye de l'autre côté de la rivière, jusqu'à ce que l'autre chien aboie.

Hamish laissa échapper un jappement bref et sec, puis tapota des pattes avant de poser son arrière-train sur le toit et de lancer un regard noir au propriétaire du chien.

— Tu ne possèdes pas toutes les terres par ici, mon grand, dit Mark en riant alors qu'il s'asseyait à côté de Lucy et prenait la bouteille de bière fraîche qu'elle lui tendait. À la tienne.

— À la tienne.

Elle inclina sa bouteille vers la péniche voisine.

— Julie et Steve nous ont demandé si nous voulions passer demain soir pour l'apéro. Je leur ai dit que ça dépendrait du travail.

— Désolé.

Il avala une gorgée de bière, fit claquer ses lèvres, puis prit sa main dans la sienne.

— Vas-y toi si je ne peux pas être là. J'espère rentrer à temps, mais Kennedy a organisé un briefing en fin d'après-midi et vu comment s'est déroulée cette semaine, je pense que ça va finir tard.

Elle fronça les sourcils.

— C'est si terrible que ça ?

— Sacrément frustrant.

Il baissa la voix pour ne pas être entendu par les autres propriétaires de bateaux.

— Nous n'avons pas encore eu la moindre avancée, juste plus de questions.

— Ça se passe comme ça parfois, non ?

Elle lui serra la main.

— Et vous n'avez pas encore toutes les informations des perquisitions de cette semaine, si ?

— J'espère que c'est ce que nous allons passer en revue lors du briefing. Il y a tellement d'informations à trier. C'est dans ces moments-là que j'ai toujours peur qu'on laisse passer quelque chose.

Il regarda Hamish se lever puis se précipiter à l'autre bout de la péniche, la queue frétillante alors qu'une paire de cyclistes passait à toute vitesse. Puis le petit chien se retourna et fixa l'eau, hypnotisé par les ondulations qui brisaient la surface lorsque les truites happaient les insectes.

Mark fronça les sourcils tandis qu'il rejouait dans son esprit sa conversation avec Darrow pendant que Lucy appelait Hamish, puis il se remémora les informations que West avait rapportées de son entretien avec l'avocat de Gaynor.

Il s'étouffa avec la gorgée de bière suivante et se frappa la poitrine.

Lucy se tourna vers lui, les yeux pleins d'inquiétude.

— Ça va, mon amour ?

Il avait déjà le téléphone à l'oreille et il croisait les doigts pour que Kennedy ne s'oppose pas à une nouvelle augmentation du budget de l'équipe.

— Je me trompe peut-être complètement, mais je vais demander si nous pouvons obtenir une patrouille régulière pour passer devant la maison de Windlesham pendant que sa sœur y est.

Ses sourcils se haussèrent.

— Tu penses qu'elle est en danger ?

— Je ne sais pas quoi penser pour le moment. Mais je ne veux pas prendre de risque, étant donné que Barry avait des lettres de menace cachées dans son coffre-fort et des caméras de surveillance installées sur le site de l'aérodrome. Il était évidemment inquiet à propos de quelque chose. Ou de quelqu'un.

CHAPITRE 24

Jan remua ses orteils, ajusta le coussin moelleux derrière ses omoplates et ferma les yeux avec un soupir.

À l'étage, les garçons jouaient avec un vieux jeu de Lego que Scott avait trouvé dans le grenier ce matin, la voix de Luke descendant les escaliers de temps à autre pour donner des instructions de construction à son frère Harry. Il avait fallu un peu de persuasion pour les éloigner de leurs écrans d'ordinateur, mais maintenant ils semblaient avoir trouvé une nouvelle occupation pour la soirée.

Le bruit d'une canette qu'on ouvrait et qui pétillait lui parvint depuis la cuisine, et elle sourit à la pensée du repas chinois qui serait livré d'ici une heure.

Un bâillement l'engloutit, le réveil matinal et la longue journée de travail ne se laissaient pas oublier.

— Tiens.

Elle ouvrit les yeux pour voir Scott lui tendre un verre de bière, un sourire aux lèvres.

— Tu avais l'air d'en avoir besoin.

— Merci, chéri.

Il s'effondra sur le canapé à côté d'elle et fit tinter son verre contre le sien.

— Journée chargée, hein ?

— Ouais. Désolée.

— Ne t'excuse pas. Après leur retour de l'école, les garçons m'ont aidé à retourner la terre de cette bordure de jardin au fond, celle qu'on voulait faire depuis un moment.

Il but bruyamment avec satisfaction.

— Encore une séance comme celle-là et ce sera prêt pour que tu puisses planter avant qu'il ne soit trop tard. Elles débordent déjà de leurs pots.

Elle appuya sa tête contre son épaule.

— Tu es trop gentil avec moi.

— Je sais.

Il rit, puis embrassa ses cheveux.

— Comment ça s'est passé aujourd'hui, sinon ? Des progrès ?

— Pas vraiment. Une semaine sacrément frustrante, pour être honnête.

Elle bâilla à nouveau.

— Et dire que quand Kennedy nous a confié cette affaire, on pensait que ce serait juste une formalité administrative pour une noyade différée.

— Définitivement pas un accident alors ?

— Non, il n'y a aucun doute possible.

— Ils n'en disent pas grand-chose aux infos. J'avais la radio allumée pendant que je travaillais sur cette extension de maison près de Garford, et ils n'en ont pas parlé une seule fois.

— C'est parce que Kennedy et l'équipe médiatique n'ont rien à leur dire.

Elle se redressa, pressa sa cuisse et prit une autre gorgée de sa bière avant de se réinstaller parmi les coussins.

— Et personne, à part nous et le médecin de l'hôpital, ne connaît les autres détails. On garde tout ça confidentiel jusqu'à ce qu'on en sache plus.

Scott sourit.

— Ne t'inquiète pas, je sais qu'il vaut mieux ne pas poser de questions.

— Au fait, pendant que j'y pense, tu joues toujours au foot la semaine prochaine ? Vu comment ça se présente, je ne pourrai peut-être pas venir.

— Pas de problème. C'est juste un match pères contre enfants parce qu'il n'y a pas de matchs de championnat la semaine prochaine. Certains de leurs amis des équipes juniors seront là de toute façon.

— Oh, ok. Très bien.

Jan entendit une portière de voiture claquer dehors, puis le portail d'entrée grinça sur ses gonds.

— Ça doit être la nourriture. Tu veux appeler les garçons pendant que je sers ?

Elle le suivit hors du salon, puis paya le livreur pendant que Scott montait à l'étage en courant, sa voix portant jusqu'en bas tandis qu'elle emportait le sac de nourriture dans la cuisine.

Ça sentait divinement bon, et son estomac gargouilla à la pensée d'une assiette fumante de nouilles, d'algues croustillantes et de rouleaux de printemps.

Après avoir réparti le butin entre quatre assiettes, elle leva les yeux quand Luke et Harry apparurent.

— Vous vous amusez bien, tous les deux ?

— Ouais, répondit Luke en passant devant elle pour se diriger droit vers l'évier.

Il se lava les mains et laissa couler l'eau pour son frère, puis il s'approcha.

— Laquelle est la mienne, celle-là ?

— Non, petit malin. C'est celle de ton père. La tienne est là. Tu veux un autre rouleau de printemps ?

— Oui, s'il te plaît.

— Harry, voilà pour toi. Celle-ci est la tienne. Tu peux apporter des couverts pour tout le monde ?

— Pas de problème, Maman.

Jan sourit quand Scott réapparut.

— C'était vraiment une bonne idée. Je n'avais pas envie de cuisiner ce soir, et toi ?

— Non, et on va devoir faire une commande au supermarché si tu travailles aussi ce week-end. Je travaille demain aussi.

— Ne t'inquiète pas, je vais m'en occuper après le repas.

Elle prit son assiette, puis s'arrêta quand son téléphone portable commença à sonner, là où elle l'avait branché pour le charger à côté du micro-ondes.

Scott se figea et regarda par-dessus son épaule.

— Tu dois répondre ?

Elle vit le numéro d'Alex et retourna à pas feutrés vers la cuisine.

— Malheureusement, oui. Allô, Alex ?

— Désolé, Jan, dit le jeune détective. C'est juste que Becky est partie pour un long week-end avec des amis et aucun de mes potes n'est disponible, alors j'ai pensé travailler tard ce soir.

— D'accord…

— Et donc j'ai décidé de continuer à examiner les images LAPI qu'on nous a données. Tu sais, celles du parking de l'hôpital dimanche soir.

Elle posa son assiette sur la table de la cuisine et prit un nem en regardant le reste du repas avec une expression affligée.

— Tu as besoin que je vienne ?

— S'il te plaît. Je viens de faire une demande d'interrogatoire pour l'homme qui apparaît dans les images de la caméra corporelle de l'agent de sécurité.

— Quoi ?

Le nem resta figé à mi-chemin de sa bouche et elle le laissa retomber dans l'assiette.

— Comment est-ce que tu l'as trouvé ?

— Il pensait être malin, il avait essayé de cacher son visage avec une casquette de baseball en sortant du parking de l'hôpital, mais la barrière a mis du temps à se lever alors il a tendu le cou vers le haut pour voir ce qui se passait.

— Est-ce que Mark est au courant ?

— Je l'ai déjà appelé et il est en route. Un de leurs voisins se rendait en ville pour dîner et lui a proposé de l'emmener, donc il a dit de ne pas t'inquiéter pour venir le chercher.

— Ok, j'arrive tout de suite.

Elle croisa le regard de Scott en baissant son téléphone et il leva un sourcil.

— Tu as eu cette percée que tu attendais ?

— Je l'espère vraiment, chéri. Je l'espère vraiment.

CHAPITRE 25

Le couloir des salles d'interrogatoire empestait le désinfectant et la sueur, malgré tous les efforts des agents d'entretien.

Peu importe qu'ils soient innocents ou coupables, Mark remarqua que la marche depuis l'accueil et le passage par la porte de sécurité créait de l'anxiété chez quiconque n'était pas employé ou contractuel de la police de la vallée de la Tamise.

Les murs de briques peints de chaque côté étaient tachés par le temps, parsemés d'affiches de santé et de sécurité décolorées qui s'affaissaient aux coins, et la peinture à l'émulsion s'écaillait et s'usait là où elle rencontrait les dalles de moquette effilochées.

L'éclairage avait une teinte étrange qui jaunissait la peau, donnant à tout le monde l'air de combattre une grippe, et aucun son ne portait d'un bout à l'autre du passage, si bien qu'il était impossible de savoir si les autres salles étaient occupées ou vides.

Il passa devant la salle d'observation et vit que West était déjà installée devant deux écrans d'ordinateur reliés aux caméras de la salle d'interrogatoire, prête à prendre des notes, puis il s'arrêta et se tourna vers Alex.

— Dis-moi ce que tu as découvert jusqu'à présent.

Le jeune enquêteur s'arrêta, la main sur la poignée de la salle d'interrogatoire numéro cinq, puis il recula de quelques pas pour le rejoindre.

— Il se fait appeler Lloyd Derrie. Il a été interpellé par l'équipe de St Aldate's à quelques reprises' pour coups et blessures aggravés, et son ex-femme a dû obtenir une ordonnance restrictive contre lui il y a trois ans. Il vit avec sa mère du côté de Cowley Road et travaille parfois comme ouvrier. Des petits boulots payés en espèces, ce genre de choses.

— Réseaux sociaux ? Amis ?

— Juste les canaux habituels, et nous n'avons rien trouvé parmi ses followers qui nous donnerait une piste sérieuse sur la façon dont il pourrait être lié à l'autre type qu'on voit sur les images jusqu'à présent.

— Dis-leur de continuer à chercher. C'est du bon travail, au fait, Alex. Sacrée percée.

Les épaules du jeune détective se redressèrent légèrement.

— Merci. C'était un coup de chance, cependant. S'il avait levé les yeux une fraction de seconde de moins, je l'aurais manqué.

— Mais tu ne l'as pas manqué.

Mark ferma le dossier qu'il lisait et le tendit à Alex.

— Donc tu peux mener celui-là.

— Vraiment ?

Alex prit le dossier comme s'il était doublé d'or.

— Merci.

En poussant la porte de la salle numéro cinq, il ne fallut à

Mark que quelques secondes et plus d'une décennie d'expérience pour déduire que l'homme assis d'un côté de la table allait mentir pour protéger l'autre homme aperçu dans la vidéo de l'hôpital.

Ses yeux étaient d'un gris terne, comme la mer après une bourrasque, et il avait l'air effrayé, moins assuré que quelqu'un qui aurait l'audace de tirer sur un homme puis de disparaître de la scène d'une manière si rodée que personne ne le remarquerait.

Le jeune protégé de Mark semblait être arrivé à la même conclusion. Il s'éclaircit la gorge après avoir lu la mise en garde formelle, prit la carte de visite de l'avocat de Lloyd avec un dégoût à peine dissimulé, et porta son attention sur l'homme en face de lui qui tripotait nerveusement une peau morte autour de son ongle.

— Monsieur Derrie, qui vous a demandé de déclencher une dispute aux urgences de l'hôpital John Radcliffe dimanche soir ?

La pomme d'Adam de Lloyd tressauta dans sa gorge avant qu'il ne réponde.

— Personne.

Alex sortit une des photographies du dossier, une image capturée par la caméra corporelle de l'agent de sécurité qui montrait clairement le voleur avec le sac de vêtements en arrière-plan. Il la poussa de l'autre côté de la table vers Lloyd.

— Combien vous a-t-il payé ?

Les yeux de l'homme oscillèrent vers l'image, puis revinrent sur Alex.

— Je ne le connais pas.

Le jeune détective croisa les mains et se pencha en avant.

— Pourquoi étiez-vous à l'hôpital ?

— Quoi ?

— Qui est-ce que vous alliez voir ?

— Je… je… un ami.

— Qui ? Nous allons avoir besoin d'un nom.

— Je ne peux pas le dire.

— Ok, essayons autre chose, monsieur Derrie. Nous enquêtons sur la tentative de meurtre d'un homme qui était patient dans cet hôpital.

Alex fit une pause pour tapoter la photographie de son index.

— Sur cette image que je vous montre, cet homme ici prend les vêtements de la victime dans une zone de stockage sécurisée au sein des urgences, une zone de stockage à laquelle un membre du public aurait difficilement accès, à moins que l'équipe de sécurité et le personnel ne soient distraits suffisamment longtemps pour lui permettre de le faire. À l'heure actuelle, monsieur Derrie, vous êtes notre seul suspect.

Il laissa ses mots faire leur effet et Mark observa avec satisfaction Lloyd pâlir, avant de se pencher vers son avocat en baissant la voix.

Le représentant légal garda les yeux baissés pendant qu'il écoutait, puis il hocha la tête une fois et regarda Mark.

— Mon client souhaite qu'il soit noté dans le procès-verbal qu'il n'a rien à voir avec le coup de feu.

— Intéressant, dit Mark. Je ne crois pas que mon collègue ait mentionné un coup de feu, seulement que nous poursuivions ce suspect pour tentative de meurtre.

Lloyd Derrie semblait sur le point d'être malade. Il avala sa salive, s'éclaircit la gorge, puis s'agita sur son siège.

— Je ne connais pas son nom.

— Comment vous a-t-il contacté ? demanda Alex.

— Par l'intermédiaire d'une connaissance. Quelqu'un du pub.

Lloyd regarda Alex puis Mark avant de revenir à Alex.

— Je devais une faveur à quelqu'un. De l'argent. On m'a dit que si je créais juste une distraction pour lui, ils réduiraient ma dette de cinq mille livres.

Il haussa les épaules.

— Je n'avais pas vraiment le choix. Il a menacé ma petite fille, en disant qu'il l'enlèverait à son école si je ne faisais pas ce qu'on me disait.

— Qui vous a dit ça ?

— Lui. Le type sur la photo.

— Est-ce qu'il a expliqué pourquoi il avait besoin que vous lui serviez de distraction ?

— Non. Et je n'ai pas demandé. Je ne savais même pas ce qu'il manigançait jusqu'à ce que vous me montriez ça. Qu'est-ce qu'il y a dans le sac ?

Alex ignora la question.

— Où est-ce que vous l'avez rencontré ?

— J'ai reçu un appel téléphonique environ une heure avant, me disant d'aller à l'hôpital et d'attendre sur le parking jusqu'à ce que je reçoive un autre appel. Quand mon téléphone a sonné, c'était quelqu'un d'autre, ce type sur la photo, je suppose. Il m'a dit d'aller jusqu'au service des urgences, il m'a décrit ce qu'il portait et il m'a dit que je devais passer devant lui en l'ignorant, puis déclencher une dispute avec l'un des agents de sécurité, en m'assurant qu'il tourne le dos à cette porte.

— Qu'est-il arrivé après cette altercation ? Où est allé cet homme ?

— Je n'en sais rien. Quand je me suis retourné, il avait

disparu. De toute façon, dès qu'ils m'ont mis dehors, je suis parti en voiture, comme on me l'avait dit.

— Est-ce que quelqu'un vous a contacté après ça ?

— Le type du pub qui m'avait mis en contact avec lui. Il a dit que les cinq mille livres avaient été effacées de ma dette, mais si je disais à quiconque ce qui s'était passé, ma petite fille aurait des ennuis.

Lloyd essuya sa bouche d'une main tremblante.

— Et puis vos collègues m'arrêtent devant le pub, sous les yeux de tout le monde.

— Où est votre fille maintenant ? demanda Mark.

— Chez sa mère, à Newbury.

— Elles peuvent aller ailleurs pour le week-end ?

— Je comptais dire à mon ex d'aller chez sa tante près de Reading.

— Bien, nous allons nous assurer que cela se fasse.

Mark nota les coordonnées de la femme, sortit de la pièce et les confia à un jeune agent qui passait.

— Envoyez une patrouille à Newbury maintenant, et ne traînez pas.

— Oui, chef.

De retour dans la salle d'interrogatoire, Mark consulta ses notes.

— Monsieur Derrie, êtes-vous absolument sûr de ne pas connaître cet homme, ni son nom ? Nous mentir à ce sujet aurait des conséquences très graves pour vous.

— Je dis la vérité. Je ne vais pas risquer la vie de ma fille, n'est-ce pas ? dit Lloyd les dents serrées.

Il fit glisser la photographie à travers la table.

— Plus vite vous attraperez ce salaud, plus vite je saurai qu'elle est hors de danger.

Cinq minutes plus tard, l'entretien terminé, Mark

conduisit Alex dans la salle d'observation pendant que Lloyd Derrie était libéré à condition qu'il reste disponible pour d'autres interrogatoires. L'homme jeta un regard maussade à travers la porte ouverte alors qu'on le faisait passer et que son avocat lui murmurait quelque chose tandis qu'ils disparaissaient de vue.

Mark les regarda partir, puis se tourna vers West.

— Qu'est-ce que tu en penses ?

— Je pense qu'il est terrifié, dit-elle. Ça, c'est certain.

— Quelqu'un a été envoyé chez l'ex-femme ?

— Oui.

Elle sauvegarda l'enregistrement, puis les suivit le long du couloir vers la porte de sécurité du quartier de détention.

— Et je vais contacter le commissariat de St Aldate's une fois que nous serons en haut pour leur demander dans quel pub Lloyd a été arrêté. Avec un peu de chance, ils pourront envoyer une équipe quand il ouvrira demain et interroger le patron et les habitués pour voir à qui il a parlé ces dernières semaines.

Mark passa la porte et laissa Alex et West passer devant lui.

Lloyd Derrie avait fini de récupérer ses effets personnels auprès du sergent de permanence et jeta un regard par-dessus son épaule alors qu'il se dirigeait vers la sortie donnant sur Marcham Road. Il tenta de ricaner, mais les rides d'inquiétude qui plissaient son front racontaient une autre histoire.

Alex attendit que la porte d'entrée se referme en sifflant, puis il se tourna vers eux.

— Je vais m'occuper du pub, Jan. Tu parles à ce conseiller paroissial demain matin, n'est-ce pas ?

— En effet, merci.

— Quand tu parleras à St Aldate's, demande-leur d'interroger le patron sur les caméras de vidéosurveillance, mais aussi s'il sait quelque chose sur cette dette dont Lloyd nous a parlé, dit Mark. Si quelqu'un prête de l'argent aux alentours, il pourrait connaître d'autres personnes dans la même situation que Lloyd qui pourraient nous éclairer sur ce qui se passe. Nous n'avons rien qui indique que Barry Windlesham était endetté, n'est-ce pas ?

West secoua la tête.

— Caroline a examiné les bilans de l'entreprise, et il n'y a rien qui suggère qu'il avait des problèmes financiers.

— D'accord, dans ce cas—

Un coup de klaxon strident suivi d'un crissement de freins traversa le verre renforcé des portes d'entrée.

Mark était déjà en mouvement, en train de courir.

Il franchit les portes en trombe, descendit les marches peu profondes menant au trottoir et se figea un instant.

Un des bus à impériale en direction d'Oxford était arrêté en travers de la route à une centaine de mètres, ses feux de détresse allumés.

— Non…

Il entendait Alex et West dans son sillage, leurs pas martelant la route tandis qu'ils zigzaguaient entre les véhicules immobilisés, contournant les automobilistes qui sortaient de leurs voitures, le cou tendu pour voir ce qui se passait.

— Restez dans votre véhicule, monsieur. Excusez-moi, écartez-vous s'il vous plaît.

Il savait déjà ce qu'il allait trouver avant même d'atteindre l'avant du bus.

La conductrice se tenait dans le faisceau spectral des phares, le visage blême.

— Il est apparu de nulle part. Je n'ai pas eu le temps de m'arrêter. Je…

— Ça va aller, dit Mark en posant une main sur l'épaule de la femme pour la détourner doucement et la conduire vers West qui, à son honneur, se contenta de lui faire un signe de tête avant de guider la conductrice vers l'intimité relative du poste de police.

Puis il retourna à l'avant du bus.

Le visage de Lloyd Derrie avait été anéanti par l'impact. Son corps brisé gisait étalé sur l'asphalte, ses membres tordus dans des angles impossibles.

— Putain, murmura-t-il, puis il se retourna au son d'une respiration laborieuse pour voir son jeune collègue, les yeux écarquillés.

Alex déglutit en contemplant cette destruction totale, puis parvint à croasser.

— C'est à cause de ce que j'ai dit ?

CHAPITRE 26

Mark glissa une tasse de café sous le nez d'Alex et posa une main sur son épaule.

— Tiens, bois ça. Bien sucré.

Le jeune enquêteur renifla, puis fit ce qu'on lui disait et grimaça.

— Tu n'exagérais pas. Que s'est-il passé, chef ? Qu'est-ce que j'ai fait de mal ?

— Rien, répondit Kennedy d'une voix bourrue. J'ai revu l'enregistrement de l'entretien, et c'était impeccable. Tout comme vous. Ce qui s'est passé ce soir n'avait *rien* à voir avec ce que vous avez dit ou fait, c'est compris ?

Alex hocha la tête, l'air maussade.

— Ça ne change pas le fait qu'on a perdu notre seule piste valable, n'est-ce pas, chef ?

— En effet, répondit l'inspecteur principal. Alors espérons que l'équipe de St Aldate's obtiendra des résultats en parlant au patron du pub et à sa clientèle demain matin.

Mark s'approcha de la fenêtre qui donnait sur Marcham Road et glissa ses doigts entre les lamelles du store vénitien en prenant soin de ne pas exposer son visage pendant qu'il regardait à travers.

Le corps de Lloyd Derrie avait été enlevé vingt minutes plus tôt, après que Gillian Appleworth s'était rendue sur les lieux de l'accident et avait signé les documents nécessaires, le visage sombre.

Maintenant, une déviation temporaire était mise en place à l'extérieur pendant qu'une équipe d'enquêteurs examinait la zone en préparation du rapport qui devrait être déposé.

Les gyrophares bleus d'une voiture de patrouille perçaient la nuit et projetaient un reflet stroboscopique sur les vitres de la concession automobile de l'autre côté de la route tout en illuminant les visages de la douzaine de personnes qui s'affairaient à recueillir autant de preuves que possible pour que la route puisse rouvrir avant l'aube.

Mark ne voulait pas imaginer les réprimandes qui viendraient du quartier général si leur enquête était responsable de la fermeture de l'une des routes de banlieue les plus fréquentées de la ville, étant donné que jusqu'à présent, ils avaient peu à montrer pour toutes leurs investigations.

Il regarda un sergent en uniforme accompagner la conductrice du bus, encore sous le choc, vers une voiture de patrouille qui l'emmènerait chez elle, loin des regards indiscrets de la foule qui avait émergé du fast-food et de la station-service pour voir ce qui se passait.

Un communiqué de presse avait été envoyé cinq minutes plus tôt et circulait sur les réseaux sociaux quelques secondes après sa diffusion. Mark avait téléphoné à Lucy pour lui dire qu'il n'avait aucune idée de l'heure à laquelle il rentrerait ce soir-là.

Mark se dirigea vers une chaise proche et s'y laissa

tomber, les jambes lourdes et les yeux embués de fatigue, tandis que Kennedy s'arrêtait devant le tableau blanc.

L'inspecteur principal desserra les poignets de sa chemise et réprima un bâillement.

— Bon, les plans pour demain, qu'est-ce que vous suggérez, Mark ?

— On va continuer avec notre entretien prévu avec Felix Darrow à neuf heures pour voir ce qui en ressort.

Mark fit pivoter sa chaise d'avant en arrière tout en contemplant les dalles de moquette.

— Je pense qu'ensuite, nous devrions interroger les autres membres de ce comité de planification préliminaire, particulièrement ceux qui se sont opposés à l'idée de développer le site, et pourquoi. Alex, tu en étais où avec les fichiers de vidéosurveillance que l'assistante administrative de Windlesham a envoyés ?

Le jeune détective prit une autre gorgée de café, cligna des yeux sous l'effet du sucre, puis redressa les épaules.

— Il en reste une douzaine à examiner mais je vais terminer ça demain… aujourd'hui, dit-il en jetant un coup d'œil à sa montre. Si on ne trouve rien, j'irai parler à la station-service qui se trouve près du terrain d'aviation. C'est à plus de trois kilomètres, mais il y a une petite supérette attenante, alors je me suis dit que c'était une chance comme une autre.

— Bonne idée, dit Kennedy. Interrogez aussi le personnel, au cas où ils auraient remarqué quelqu'un de suspect ou de trop curieux concernant Windlesham ces dernières semaines.

— Je n'y manquerai pas, chef.

— Et vous, Mark, des réflexions sur les événements de ce soir, et comment ils pourraient être liés à la mort de Windlesham ?

Mark examina un moment les notes qui s'entrecroisaient sur le tableau blanc et il soupira.

— Je n'ai rien, chef. Désolé. Je veux dire, rien dans ce que nous avons trouvé sur le passé de Derrie ne le relie à Windlesham, à part cette prétendue personne qui lui aurait dit de se rendre à l'hôpital.

— Qu'en est-il de cette « connaissance » qu'il a mentionnée pendant l'entretien, le type qui les aurait mis en contact ?

— Nous n'en saurons pas plus avant que l'équipe de St Aldate's nous contacte demain matin, chef. Leur cellule de garde à vue est trop occupée ce soir pour nous aider, répondit West. Je vais demander à Caroline de faire la liaison avec eux pour qu'on soit informés dès qu'ils trouvent quelque chose qui pourrait nous être utile.

— Est-ce que l'ex-femme de Derrie sait quelque chose ?

— Non, elle a coupé tous les ponts avec lui trois mois avant que l'ordonnance restrictive ne soit mise en place. Il ne voit sa fille que dans des conditions supervisées, une fois toutes les deux semaines pendant quelques heures.

L'inspecteur principal fixa le tableau blanc d'un air sévère, puis se retourna vers eux.

— Barry Windlesham est-il une victime dans toute cette histoire, ou fait-il partie de ce qui se passe ?

— Je n'écarterais aucune possibilité pour le moment, dit Mark. Caroline et son équipe poursuivent leurs investigations auprès de ses associés professionnels connus et de ses cercles sociaux, y compris ses voisins. Quelque chose pourrait en ressortir.

— Il faudrait bien, nom de Dieu.

CHAPITRE 27

La voiture de service empestait le déodorant en spray quand Mark ouvrit la portière le lendemain matin.

Il recula en titubant et se couvrit le visage avec son avant-bras.

West se pencha par-dessus la console centrale et le regarda.

— Ce n'est pas si terrible. Monte, sinon on va être en retard.

— Bon sang, on se croirait dans un rayon de parfumerie.

Il ajusta son siège tandis qu'elle dirigeait la voiture vers Wallingford.

— Les enfants ont renversé quelque chose ?

— Non, ils ont oublié de mettre du déodorant avant de monter dans la voiture, et Scott a eu la brillante idée de leur prêter le sien pendant le trajet. Si on avait attendu qu'ils retournent dans la maison, on n'aurait jamais été à l'heure pour l'entraînement de foot.

Elle toussa, puis baissa un peu plus sa vitre.

— Mais le bon côté, c'est qu'on sentira bon quand on interrogera Felix Darrow.

— Oui, ou on va l'assommer.

Vingt minutes plus tard, West tourna à droite et passa entre deux piliers en béton qui avaient été enduits de gris foncé.

Un portail en aluminium à revêtement noir en poudre avait été fixé en position ouverte sur une allée en asphalte bordée de gravier pâle et de graminées ornementales.

L'allée était courte et large, et elle s'arrêta devant une maison à deux étages partiellement enfoncée dans une cuvette naturelle créée par le flanc de colline dans lequel elle était nichée.

Mark sortit de la voiture et traversa jusqu'à l'extrême gauche du bâtiment où une pelouse s'étendait au-delà des graminées ornementales et cédait place à une vue panoramique sur une vallée peu profonde. Une épaisse ligne de chênes et de frênes traçait le parcours de la rivière, la lumière du soleil captant l'eau par endroits, qui scintillait tandis qu'elle se frayait un chemin vers le sud-est.

— Joli, si on peut se le permettre, murmura West à son coude. Le commerce des agrégats doit bien marcher.

— En effet.

Mark inclina le menton alors que Felix Darrow regardait par une fenêtre à l'étage et levait la main en signe de salut avant de disparaître.

— Tu veux mener cet entretien ?

— Ok.

Elle prit les devants vers la porte d'entrée.

— À quoi tu penses ?

— J'aimerais en savoir plus sur les autres membres du comité de planification qui étaient présents hier soir.

— Je vais voir ce que je peux faire.

Elle lui fit un clin d'œil avant que Darrow n'ouvre la porte, puis elle afficha un sourire professionnel.

— Bonjour, monsieur Darrow. Enquêteuse Jan West. Je crois que vous connaissez déjà mon collègue, l'inspecteur Mark Turpin.

— En effet. Suivez-moi. Nous pouvons nous installer dans la véranda, à l'écart. Ma femme a eu la folie d'accepter d'aider pour la fête de Pâques du village, alors la cuisine ressemble actuellement à une zone sinistrée.

Il parlait sans rancune tandis qu'ils frottaient leurs chaussures sur un épais paillasson en coir, puis il les guida le long d'un large couloir.

— Je lui répète chaque année qu'elle devrait leur dire qu'elle est trop occupée et laisser quelqu'un d'autre s'en charger, mais elle ne veut pas en entendre parler.

— C'est parce que c'est amusant, lança une voix légère depuis une porte ouverte.

Darrow s'arrêta à la porte et désigna la petite brune qui se tenait devant un plan de travail central en granit, entourée de banderoles jaunes.

— Ma femme, Alicia.

— Bonjour, messieurs-dames. Je vous offrirais bien un café, mais…

Elle leva des mains couvertes de colle à papier mâché.

— Je suis à un moment critique de mes préparatifs.

— Pas de problème, merci, dit Mark. On vous laisse continuer.

— Vous voyez ce que je veux dire ?

Darrow poursuivit le long du couloir, puis les fit entrer dans un grand salon en forme de boîte qui s'ouvrait sur une grande véranda surplombant la vallée.

— Je vous en prie, asseyez-vous.

Mark choisit un fauteuil en rotin à gauche de l'endroit où Darrow s'enfonça dans un canapé assorti et observa l'homme pendant que West s'installait dans un autre fauteuil en face du conseiller paroissial et sortait son carnet.

— Merci d'avoir accepté de nous recevoir un samedi, monsieur Darrow, commença-t-elle. À quel point connaissiez-vous Barry Windlesham ?

— Assez bien, je suppose.

Il se renversa sur le canapé et croisa les jambes, son pied en chaussette montant et descendant au rythme de ses paroles.

— Je dirige une entreprise d'agrégats rentable, et Barry était évidemment impliqué dans des projets de développement, donc nos chemins se croisaient de temps en temps. Pas toujours en personne, j'ai des gens qui gèrent le processus d'appel d'offres pour les nouveaux contrats, bien sûr, mais parfois nous nous rencontrions lors de fonctions locales, ce genre de choses.

— Quel genre de fonctions ?

— Des réunions de la Chambre de commerce par le passé. Je n'y suis pas allé depuis des années, mais c'est là que je l'ai rencontré pour la première fois.

Il afficha un sourire bienveillant.

— Nous ne nous fréquentions pas ou quoi que ce soit de ce genre.

— Y a-t-il des problèmes majeurs avec ce qu'il proposait pour le terrain d'aviation ?

— Il y avait quelques obstacles potentiels qui devaient être résolus avant de demander le permis d'urbanisme.

— Comme ?

— Eh bien, le site n'a pas été étudié depuis plus de vingt

ans pour commencer. Barry a bien sûr demandé aux propriétaires précédents d'effectuer deux ou trois tests ponctuels avant d'acheter le terrain, juste pour vérifier la présence d'éventuels produits chimiques nocifs dans le sol, mais rien de comparable au type de recherche qui devait être entreprise avant la demande.

— Pourquoi est-ce qu'il attendait ?

— Je suppose qu'il voulait économiser son argent jusqu'à ce qu'il connaisse les attentes du conseil suite au processus de pré-planification, dit Darrow, puis il fronça les sourcils. Je veux dire, il est important pour la demande que nous sachions que le terrain convient au type de développement qu'il allait proposer. Les études préliminaires ne comprenaient que quelques sondages du sol autour des bâtiments existants, car il espérait les réaménager. C'est ce qui faisait partie intégrante de son projet préliminaire : utiliser un site industriel désaffecté et l'importance historique de certains bâtiments, puis développer l'aérodrome environnant avec de nouvelles habitations.

— Est-ce que les études préliminaires ont mis en évidence des problèmes ?

— Pas à ma connaissance. Je ne pense pas qu'il aurait poursuivi l'achat si cela avait été le cas. Barry était un opérateur très avisé avec des années d'expérience dans la réalisation de ce genre de projet.

West hocha la tête, fit une pause pour mettre à jour ses notes, puis simula un froncement de sourcils.

— Si le projet devait intégrer les bâtiments plus anciens, quelles étaient les objections à ce sujet ? Pourquoi M. Windlesham devait-il passer par le processus de demande préalable ?

— Ah, c'est là que les choses deviennent un peu

politiques, répondit Darrow, sa voix joyeuse malgré l'expression sobre qu'il essayait de maintenir.

Il se pencha en avant.

— Vous voyez, certains ici pensent que l'endroit devrait être conservé comme projet environnemental, une sorte de refuge pour la faune sauvage. Après tout, l'endroit est plus ou moins désert depuis plus de soixante-dix ans, à l'exception de quelques petites entreprises manufacturières qui s'y sont installées après la fin de la guerre. Il est certain qu'il y a eu très peu d'intérêt pour le site depuis la fin des années quatre-vingt, c'est pourquoi de nombreux hangars sont tombés en ruine.

— Qui a soulevé ces objections ?

— Eh bien, vous en avez vu deux hier soir, bien que brièvement étant donné que j'ai dû ajourner la réunion après l'interruption de M. Swift.

Darrow essaya, sans succès, de dissimuler l'agacement dans sa voix.

— Charmaine Abbott est une conseillère départementale locale qui est en lice pour être réélue plus tard cette année. Elle est sous une énorme pression de la part de son parti pour atteindre des objectifs écologiques afin de contrer la menace de certains indépendants dans la région. Ne vous méprenez pas, elle a fait un travail incroyable dans la région, notamment en encourageant les dons aux banques alimentaires et aux refuges, mais elle a réussi à s'immiscer dans certains groupes d'action locaux pour la protection de la faune, en particulier ceux ayant une démographie plus jeune, dans le but de présenter un front uni. Bien sûr, l'un de ces fronts est l'objection au développement de l'aérodrome.

— C'est une accusation assez forte, monsieur Darrow.

Il haussa les épaules.

— C'est ce que c'est. Tout le monde ici sait à quel point Charmaine peut avoir une vision étroite quand elle a quelque chose en tête. Elle dira et fera n'importe quoi pour garder son poste, croyez-moi.

— Et qui d'autre au sein du comité a soulevé une objection ?

— Un homme du nom d'Adrian Mackleton.

Darrow leva les mains.

— Ne vous méprenez pas, j'aime bien Adrian, mais je pense qu'il se trompe dans son opinion selon laquelle le site de l'aérodrome doit être préservé tant du point de vue historique qu'environnemental.

— Que fait M. Mackleton quand il ne s'oppose pas aux projets de construction ?

— Il est médecin dans une petite clinique à Ravenswood. Il est très respecté au sein de la communauté ici.

— Est-ce qu'il a été très vocal dans ses objections ?

— Non, mais très persuasif.

Darrow étendit ses jambes.

— J'ai dit à Barry qu'il aurait du pain sur la planche pour élaborer la demande d'une manière qu'Adrian approuverait. Adrian est un type charmant, vraiment, mais il est très vocal quand il s'agit de monuments historiques et anciens et de s'assurer que les générations futures puissent y accéder.

— Vous étiez favorable à la poursuite du projet ?

— Absolument.

Il hocha vigoureusement la tête.

— Ce terrain est gaspillé, et comme vous le savez, nous manquons de logements dans la région. Nous devons être conscients des recommandations actuelles du gouvernement concernant la mise à disposition de logements abordables. Le projet de Barry aurait grandement contribué à cela pour la région, tout en créant de nouveaux emplois pendant la phase de construction.

— On nous a rapporté que vous avez été observé en train d'avoir une discussion plutôt animée avec M. Windlesham il y a trois semaines, dit West. De quoi s'agissait-il ?

Mark observa avec intérêt Darrow qui se tortillait sur son siège, l'homme grimaçant au souvenir.

— Oh, ça. C'est sa secrétaire qui vous l'a dit, c'est ça ?

— Je ne peux pas commenter.

— C'était plus passionné qu'animé, je dirais, même si je peux comprendre pourquoi elle pourrait penser différemment étant donné qu'elle ne pouvait qu'observer, et non entendre ce qui se disait.

Darrow soupira.

— J'essayais de convaincre Barry qu'il devrait peut-être prendre en compte certains des retours que nous recevions via le processus de pré-planification concernant le projet. J'ai fait l'erreur de suggérer qu'il pourrait peut-être modifier la conception d'une manière ou d'une autre pour intégrer davantage les aspects environnementaux qui revenaient constamment dans les objections. Il pouvait être drôlement têtu parfois, je peux vous le dire. Quoi qu'il en soit, je suppose que nous sommes devenus un peu argumentatifs, mais comme je l'ai dit, c'est uniquement parce que je pense que nous sommes… nous étions si passionnés par l'idée de faire *bien* les choses pour toutes les personnes impliquées, vous voyez ? De toute façon, le temps que nous retournions à ma voiture, je m'étais calmé et Barry m'avait assuré qu'il prendrait en compte certaines des préoccupations avant que la demande définitive ne soit soumise.

— C'était la dernière fois que vous avez parlé à M. Windlesham ?

— Oui, en effet.

West jeta un coup d'œil à Mark, mais il secoua la tête. Elle rangea son carnet dans son sac et se leva.

— Eh bien, merci pour votre temps, monsieur Darrow. Nous vous en sommes reconnaissants.

Il bondit sur ses pieds.

— Oh, je vous en prie. Et j'espère que mes commentaires concernant Charmaine et Adrian ne sortiront pas de ces quatre murs. Vous comprenez pourquoi je ne pouvais pas dire grand-chose hier soir. Le projet, même si, comme je l'ai dit, il est très nécessaire pour la région, il a provoqué quelques divisions au niveau local.

Mark s'arrêta à mi-chemin de la porte et se retourna.

— De quelle manière ?

— Oh, rien de trop grave.

Darrow émit un léger rire.

— Juste quelques frictions, vous savez, des pancartes dans les jardins, des prises de bec au pub local parfois quand les gens commencent à en parler après quelques verres. C'est tout.

Cinq minutes plus tard, West manœuvra la voiture hors de l'allée et mit en marche les essuie-glaces alors que de grosses gouttes de pluie commençaient à parsemer le pare-brise.

— Qu'est-ce que tu en penses ? demanda-t-elle.

— Je pense que nous allons devoir parler à Charmaine Abbott et Adrian Mackleton pour boucler cette piste.

Mark regardait le paysage défiler tandis qu'il parlait.

— Particulièrement Charmaine, juste au cas où certains des groupes environnementaux avec lesquels elle a été impliquée auraient des fauteurs de troubles dans leurs rangs.

— Et si—

West fut interrompue lorsque le téléphone de Mark

commença à sonner, et il baissa les yeux pour voir le numéro de Kennedy s'afficher à l'écran.

— Chef.

— Vous avez terminé l'entretien avec Felix Darrow ?

— Nous venons de quitter son domicile.

— Bien. Rendez-vous immédiatement à l'aérodrome. Tout de suite.

— Quel est le problème ?

Un frisson lui parcourut les épaules aux mots suivants de Kennedy.

— Ils ont trouvé des corps, Mark. Beaucoup de corps.

CHAPITRE 28

Jan tira le frein à main et consulta sa montre.

Il lui avait fallu plus de temps qu'elle ne l'aurait souhaité pour atteindre l'aérodrome, et bien qu'elle essayât de calmer les battements effrénés de son cœur, elle savait que le temps était plus que jamais un facteur crucial.

Cela faisait presque une semaine que Barry Windlesham avait essuyé un coup de feu avant de faire cette chute fatale dans la rivière, et pourtant ils n'étaient pas plus près de découvrir qui avait tenté de le tuer ce jour-là, ni pourquoi, ce qui laissait une famille endeuillée sans réponses ni sentiment de justice concernant sa mort.

Elle vit un groupe de tentes blanches en polyester à quelques centaines de mètres devant elle. Elles étaient positionnées selon des angles étranges, certaines perpendiculaires aux autres, et çà et là elle pouvait voir un pan s'ouvrir sur le côté de l'une d'elles avant qu'une silhouette vêtue d'une combinaison de protection n'en émerge.

Des nuages gris filaient dans un ciel terne, ajoutant à une

vue déjà sinistre. Même les moutons gardaient leurs distances, regroupés dans un coin à l'extrémité opposée de l'aérodrome.

Turpin marmonnait entre ses dents, puis soupira.

— Onze.

— Bon sang.

Elle ouvrit la portière.

— Allons voir ce qu'ils ont trouvé.

Le vent lui envoya ses cheveux dans le visage dès qu'elle sortit, et elle les repoussa tout en observant l'ensemble des véhicules de patrouille en livrée, des camionnettes de la police scientifique et – un peu à l'écart, discrets, gris foncé – trois fourgons de la morgue.

Les chauffeurs se tenaient devant celui du milieu, à fumer stoïquement des cigarettes tout en observant les nouveaux arrivants d'un air ennuyé.

Le responsable de la police scientifique attendait déjà Jan et Turpin au niveau d'un large cordon délimité par des piquets métalliques enfoncés dans le sol meuble, son visage grave tandis qu'ils griffonnaient leurs signatures sur une feuille de présence gérée par un agent en uniforme.

Jasper leur tendit des surchaussures protectrices, puis souleva la bande pour qu'ils puissent passer dessous.

— Kennedy va faire une crise cardiaque à ce rythme. J'ai dû faire venir toute une nouvelle équipe pour nous aider avec ça.

— Il va s'en remettre, dit Turpin. Il y arrive toujours. Quelles sont les dernières nouvelles ?

— Eh bien, nous n'avancions pas avec l'élargissement de la recherche de preuves autour des bâtiments, et l'un des radars à pénétration de sol fonctionnait mal, alors l'opérateur s'est éloigné de la zone délimitée là-bas pour le tester sur un terrain dégagé.

Jasper repoussa la capuche protectrice de sa combinaison et se gratta le cuir chevelu.

— Il a détecté un signal sur le radar dans l'herbe à moins de cinquante mètres de l'ancien mess des officiers, pensant que c'était toujours une erreur, et il a demandé à l'un des autres de faire la même chose avec le leur. C'est là qu'ils ont trouvé la deuxième tombe, juste là, à côté de l'ancienne piste.

Jan regarda dans la direction qu'il indiquait tandis qu'ils le suivaient le long d'un chemin créé avec du ruban supplémentaire.

— Est-ce qu'il y a une chance que ce soient des restes historiques ? Nous avons déjà eu ce problème.

— Pas une seule chance.

Jasper regarda par-dessus son épaule, puis continua à marcher.

— Tu vas comprendre pourquoi dans une minute.

Elle lui emboîta le pas en jetant un regard au-delà du ruban vers l'endroit où la tente la plus proche avait été dressée. Une équipe de trois agents de la police scientifique entrait et sortait par l'ouverture, le rabat retombant en place et masquant ce qui se trouvait à l'intérieur avant qu'elle ne puisse apercevoir ce qu'il y avait au-delà.

— Ici. Le responsable de la police scientifique s'était arrêté près de la troisième tente et la tenait ouverte. Celle-ci est plus récente que les autres, donc ce sera plus facile de vous montrer à quoi nous avons affaire.

Le cœur de Jan s'accéléra encore d'un cran avant qu'elle ne s'approche et ne regarde par-dessus l'épaule de Turpin.

— Bon sang.

L'équipe de Jasper avait dégagé une tombe peu profonde qui avait visiblement été creusée à la hâte.

Les bords étaient irréguliers, les marques de la lame d'une pelle encore évidentes parmi la terre meuble qui s'accrochait aux racines épaisses et enchevêtrées de l'herbe.

Le corps nu à l'intérieur avait d'une façon ou d'une autre survécu au piétinement des sabots de moutons, mais avait cédé à l'activité des insectes et à la décomposition.

C'était un homme et elle estimait qu'il n'aurait pas eu plus de trente ans au moment de sa mort, même si elle s'en remettrait à l'avis expert de Gillian Appleworth une fois que l'autopsie aurait été effectuée. Son cou était tordu de telle sorte que son menton tombait derrière son épaule gauche et elle pouvait voir que ses yeux manquaient, les orbites vides la fixant d'un air accusateur.

Et alors qu'elle faisait le tour de la tombe dans le sillage de Turpin, elle vit que son abdomen avait été ouvert, exposant la cavité intérieure. Ses côtes inférieures avaient été brisées, laissant des moignons irréguliers qui dépassaient de ce qui restait des muscles et du tissu adipeux.

Turpin sortit de la tente en tête et se tourna vers Jasper.

— C'est quoi ce bordel ?

— Je t'avais dit que c'était différent.

L'estomac de Jan menaça de se liquéfier et elle déglutit en observant les autres tentes dispersées à proximité.

— Et les autres ?

— Nous sommes en train d'examiner celles-là, donc je ne peux pas encore vous les montrer, mais celle-ci est l'inhumation la plus récente, dit Jasper en faisant un geste vers les autres tentes. C'est difficile à dire avec les restes plus anciens, trois d'entre eux sont trop décomposés pour que nous puissions déterminer ce qui s'est passé avant l'autopsie, mais il y a une femme dans la tente trois qui pourrait fournir quelques indices utiles, et un autre homme dans la tente sept qui ne peut avoir été dans le sol que depuis quelques mois.

— Et celui-ci ?

— On va l'emmener à la morgue tout de suite, et j'ai demandé à Gillian si elle pouvait faire l'autopsie ce week-end étant donné l'état de décomposition déjà avancé, dit l'expert. Elle est venue ici pour l'examiner et effectuer les formalités, donc elle l'attend. Nous lui enverrons les autres au fur et à mesure que nous aurons terminé nos évaluations ici.

— Quelle a été la première impression de Gillian ? demanda Jan. Elle a des théories sur la cause du décès ?

— Oh oui, répondit Jasper.

Il jeta un coup d'œil par-dessus son épaule vers le rabat fermé de la tente.

— C'était relativement évident. Elle pense qu'il lui manquait ses deux reins ainsi que ses yeux avant d'être enterré.

CHAPITRE 29

Trois heures plus tard, Mark fixait le liquide visqueux qui jaillissait du bec du distributeur automatique. Il jeta un coup d'œil au résultat final et le laissa promptement tomber dans la poubelle, l'estomac retourné.

La zone d'accueil sentait l'eau de Javel fraîche. Un jeune agent utilisait une serpillière et un seau pour nettoyer le vomi laissé par un homme qui avait commencé à boire chez lui à six heures ce matin-là avant de déclencher une bagarre dans une boutique locale de souvenirs – qu'il disait appartenir à son ex-femme – à onze heures.

L'homme se trouvait maintenant dans l'une des cellules de détention, à tenter de cuver ce qui serait une gueule de bois monstrueuse et plusieurs semaines de regrets, et l'agent sifflotait sans mélodie pendant qu'il travaillait, s'arrêtant uniquement pour adresser un bref signe de tête à Mark lorsqu'il passa.

Un silence stupéfait régnait dans la salle des opérations quand il remonta, un calme réservé qui en disait long et provoqua la chair de poule sur ses avant-bras.

Quand les gens parlaient, c'était avec une révérence sombre, l'onde de choc des découvertes de Jasper étendant son filet au-delà de l'équipe et dans tout le bâtiment.

Caroline se tenait à côté d'un groupe de bureaux dans le coin le plus éloigné, en train de parler à quatre assistants administratifs qu'elle avait réussi à détacher d'une autre équipe d'enquête dont l'inspecteur avait volontiers dit à Kennedy qu'il pouvait prendre qui il voulait. Leurs visages étaient troublés pendant qu'ils l'écoutaient, leurs voix n'étant guère plus qu'un murmure quand ils s'adressaient à l'enquêteuse. Son visage à elle était pourtant marqué par une détermination renouvelée, et elle lui adressa un léger signe de tête quand elle le vit observer.

Il passa devant Alex qui fixait les images de vidéosurveillance sur son écran d'ordinateur et il tapota l'épaule du jeune détective sans dire un mot avant de rejoindre West près du tableau blanc.

Elle feuilletait un document agrafé avant de lever les yeux vers lui.

— Jasper nous a envoyé ses notes par email pour nous donner une longueur d'avance. Les onze sites d'inhumation sont notés ici avec un croquis approximatif qu'il a fourni concernant les emplacements par rapport aux bâtiments de l'aérodrome.

— Caroline ? Tu peux agrandir ça en format A3 et l'épingler au tableau ? appela Mark en regardant par-dessus l'épaule de West. Et ajoute l'emplacement du bureau de Barry et du mess des officiers. Il semble qu'il aurait pu avoir raison de sentir qu'il était surveillé. Ceux qui sont responsables de tout ça ont dû changer leurs plans une fois qu'il a commencé à faire du bruit au sujet du lancement du processus de demande de permis d'aménagement et de la réalisation d'études de site.

— Pas de problème.

Kennedy fit signe au reste de l'équipe de les rejoindre avant de s'approcher, le visage harassé.

— Alors, nous sommes passés d'une noyade accidentelle à un trafic illégal d'organes qui a réussi à opérer sous notre nez pendant… selon Jasper, quel âge pourrait avoir le site d'inhumation le plus ancien ?

— Il ne dit rien pour le moment, chef, répondit West. Et Gillian non plus, pas avant que les autopsies ne soient terminées.

— À propos de celles-ci, dit Alex en se précipitant avec son téléphone à la main. Elle dit qu'elle va commencer la première plus tard aujourd'hui, ce sera pour la tombe la plus récente, et ensuite elle s'occupera de la victime la plus ancienne, ou de ce qu'ils pensent être la victime la plus ancienne, dès que Jasper l'aura libérée du site.

— Bien, donc nous pourrions avoir une idée approximative de l'échelle de temps d'ici lundi, c'est déjà quelque chose au moins, dit Kennedy.

— J'ai aussi jeté un coup d'œil rapide aux chiffres concernant le trafic illégal d'organes au Royaume-Uni, dit le jeune détective. Beaucoup d'hôpitaux ont renforcé leurs processus de protection après quelques cas médiatisés ces dernières années, mais il y a toujours une pénurie d'organes…

— Et les gens sont désespérés, dit West. S'ils ont l'argent, ils paieront n'importe quoi pour sauver un membre de leur famille, n'est-ce pas ?

— Exactement, et ces poursuites judiciaires n'ont fait

qu'enfoncer ce commerce encore plus profondément dans la clandestinité, ajouta Alex.

— Sans mentionner que ces individus réduisent leur risque en s'assurant qu'aucun des donneurs ne survit pour raconter l'histoire, dit Kennedy, le regard sombre. Sans parler du fait qu'ils n'ont pas à les payer, eux ou leurs familles. Vous pouvez passer en revue le registre des donneurs d'organes et les listes d'attente et signaler tout ce qui vous semble préoccupant également ?

— Je m'en occupe.

— Voilà, chef.

Caroline ajouta le croquis A3 de l'aérodrome aux notes et photographies sur le tableau blanc. Elle avait utilisé un marqueur rouge pour ajouter des croix là où se trouvaient le bureau du site et le mess des officiers, et elle frappa du poing contre le diagramme.

— J'ai vérifié l'angle des bâtiments par rapport aux tombes. Windlesham n'aurait pu voir l'aérodrome qu'une fois bien éloigné du conteneur d'expédition converti. Il aurait dû se tenir à côté de ce vieux hangar pour voir quoi que ce soit.

— Et qu'en est-il du mess des officiers ? demanda Kennedy.

— Il ne pouvait pas le voir depuis le bureau du site, mais on peut voir le site des tombes depuis les fenêtres avant du mess, répondit Caroline.

— Comme le pourrait toute personne détenue contre sa volonté, dit Mark. Ils auraient su ce qui allait leur arriver.

Un silence suivit ses paroles, jusqu'à ce que Kennedy s'éclaircisse la gorge.

— Bon, continuons avec le reste du briefing d'aujourd'hui. Nous avons une patrouille programmée pour passer devant la maison de Windlesham toutes les deux à trois heures pour le moment. Je ne peux pas obtenir plus en raison de contraintes de personnel plutôt que des problèmes habituels de budget, mais je veux que Gaynor Alton et son mari soient amenés pour un interrogatoire formel à la lumière des découvertes de ce matin, et qu'une nouvelle fouille de la maison et du bureau de Windlesham soit effectuée.

— Est-ce que Gaynor et son mari sont suspects maintenant ? demanda Caroline, stylo en suspens au-dessus de son carnet.

— Pas encore, mais évaluez cela pendant l'entretien et procédez comme vous le jugerez approprié.

Kennedy mettait à jour les notes sur le tableau tout en parlant.

— Et demandez-lui pourquoi elle a décidé de s'occuper du projet sans nous en informer la semaine dernière. Vous pouvez lui faire savoir de ma part que nous n'avons pas apprécié l'annonce surprise d'hier.

— Je m'en occupe, chef. Combien de temps est-ce qu'on peut espérer que les patrouilles restent en place ?

— Jusqu'à ce que nous déterminions s'ils sont impliqués, s'ils sont en danger à cause de ceux qui le *sont*, ou jusqu'à ce que nous arrêtions quelqu'un.

Kennedy se tourna vers Caroline.

— Et vous pouvez leur dire que je leur recommande vivement de retourner au Pays de Galles s'ils ne sont pas impliqués, ne serait-ce que pour mettre de la distance entre eux et ce site.

— Compris.

— Ensuite, nous allons devoir faire le suivi des entretiens de la réunion de pré-planification d'hier et de votre discussion avec Felix Darrow, Mark. Quelle est votre suggestion ?

— Je pense que nous devons commencer par Adrian

Mackleton, chef. C'est un médecin généraliste, donc à mon avis, cela le place en tête de liste des suspects potentiels pour le moment.

— Tout à fait. Vous voulez que je demande à une patrouille de le faire venir ?

— Je préférerais l'interroger chez lui, mais sans lui donner la chance de se préparer.

Mark jeta un coup d'œil à West.

— Je pense que nous devrions nous rendre chez lui dès que nous aurons terminé ici, et voir quelle sera sa réaction.

— Étant donné que ces personnes ont peut-être travaillé sans être détectées pendant plusieurs années, nous pouvons supposer en toute sécurité qu'elles ont une stratégie de sortie au cas où quelque chose comme cela se produirait, dit Kennedy en arpentant la moquette. Mackleton pourrait être tenté de fuir, alors gardez cela à l'esprit.

— Entendu.

— Bien, passons aux tâches de suivi de cette semaine, poursuivit Kennedy. Est-ce que nous avons la liste complète des objections formelles au processus de pré-planification ?

— Je l'ai ici, répondit Caroline. Belinda l'a envoyée du site avant de partir hier. À part Adrian Mackleton, il y a une certaine Charmaine Abbott et trois autres personnes qui ont soulevé des préoccupations. Barry travaillait apparemment sur ces objections et était en train d'organiser des réunions avec ces personnes pour discuter de ce qui pourrait être fait.

— Nous pouvons interroger Charmaine demain matin à la première heure, dit West. Elle faisait partie du panel hier soir, donc c'est une priorité.

— Je suis d'accord, dit l'inspecteur principal. Bien, où en sommes-nous avec les analyses de laboratoire sur le sac étanche qui a été trouvé ?

— Tous les tests sont terminés, mais il n'y avait pas d'empreintes digitales dans le système correspondant à celles sur le sac, répondit Alex. Je prévois également de demander au laboratoire d'effectuer des tests par rapport à de l'ADN qui a été trouvé dans le mess des officiers par l'équipe de Jasper. Il y avait des échantillons de cheveux et de vêtements dans le bois éclaté de la porte qui pourraient nous fournir quelque chose d'utile.

— Qu'en est-il du téléphone qui a été repêché de la rivière ?

— C'est toujours en cours, chef.

— Tenez-moi informé dès qu'ils trouvent quelque chose.

Kennedy s'arrêta dans son va-et-vient et fit face à l'équipe.

— Eh bien, qu'est-ce que vous attendez ? Allez, allez, allez.

CHAPITRE 30

Une brise violente soufflait dans l'air tandis que Mark et West quittaient précipitamment la salle des opérations.

Le vent s'engouffrait dans la cravate bleu marine que Mark ajustait sous son menton, la faisant claquer par-dessus son épaule et gonflant sa veste de costume avant qu'il ne monte dans la voiture de service qui sentait la graisse et le café éventé. En baissant les yeux, il aperçut plusieurs boules de papiers d'emballage de fast-food chiffonnés éparpillés sur le plancher, et un gobelet de la même provenance abandonné dans le vide-poche de la portière.

West marmonnait entre ses dents tout en conduisant la berline à quatre portes sous la barrière de sécurité levée et hors du parking.

Mark leva les yeux de ses notes lorsqu'elle freina à un rond-point puis qu'elle écrasa l'accélérateur pour devancer une camionnette crasseuse qui évitait la déviation dirigeant toujours la circulation loin de l'entrée du commissariat. Deux jeunes agents avaient reçu l'ordre de tenir les piétons à distance, et l'équipe scientifique de la division de la circulation travaillait derrière un écran qui les protégeait des regards indiscrets, surtout compte tenu du nombre d'équipes de télévision et de vautours des médias sociaux rassemblés de l'autre côté de la route.

Sa collègue souffla pour chasser sa frange de ses yeux et jura lorsqu'une voiture les dépassa dès qu'elle eut rejoint l'A34, puis elle s'affaissa dans son siège.

— Tu devais rendre les clés de l'autre ce matin de toute façon, dit-il. Autant accepter les faits.

— Celle-ci n'a aucune reprise, grommela-t-elle. Et je n'arrive pas à croire que quelqu'un de Kidlington a maintenant l'autre voiture. On ne la reverra jamais.

Il rit.

— Tu as l'air désespérée.

— Je le suis.

Sa bouche esquissa un sourire avant qu'elle ne redevienne sérieuse.

— Bon, comment est-ce que tu veux mener cet entretien avec Adrian Mackleton ?

— Avec précaution.

Il feuilleta les notes que Caroline avait compilées.

— Étant donné qu'il s'est opposé au projet de Windlesham dès le début, et qu'en tant que médecin, il a largement accès au genre de médicaments et de matériel chirurgical qui pourrait être utilisé pour prélever des organes.

— C'est un grand pas entre être médecin généraliste et le type de chirurgie dont nous parlons pour une transplantation d'organe humain, dit West. Même si les donneurs n'étaient pas censés survivre. Il devrait quand même s'assurer que le receveur vive et ne rejette pas le nouveau rein.

— Je sais, alors voyons ce qu'il a à dire.

— Tu vas lui parler des découvertes de l'aérodrome ?

— Pas tout de suite, et tant que Jasper et son équipe pourront garder le lieu verrouillé, nous continuerons ainsi. J'ai convenu avec Kennedy hier soir, et nous avons confirmé auprès de l'agence de Belinda Masters que ses services ne sont plus requis, ce qui fait une personne de moins à faire des allers-retours sur ce site.

— Et les hélicoptères, ou les drones ?

West vérifia ses rétroviseurs avant de dépasser un camion articulé qu'elle laissa derrière elle, le visage déterminé.

— J'ai parlé avec Alex avant de quitter le commissariat, il a organisé la mise en place d'une zone temporaire d'interdiction de survol et il a également prévenu le club de planeurs local. Je suis sûr que nous allons avoir des plaintes. Quant aux drones, on a demandé à l'équipe sur place de signaler toute observation et Kennedy a réussi à obtenir des effectifs supplémentaires pour patrouiller le périmètre de l'aérodrome, les bois et les sentiers environnants afin d'empêcher quiconque de s'approcher trop près. Jasper pense qu'il aura bientôt terminé là-bas.

Il se tut tandis qu'elle s'engageait dans une étroite allée bordée d'arbres qui serpentait à travers des bois vallonnés, les branches épaisses des chênes et des frênes se refermant au-dessus de leurs têtes pour former un tunnel vert avant de céder la place à une petite ferme d'élevage d'un côté et à une grande maison en briques de l'autre. Un panneau sur l'accotement gauche annonçait leur arrivée dans le village de Ravenswood et la route se rétrécissait tandis que des bâtiments plus anciens se disputaient l'espace le long de la rue principale.

— Par là-bas, dit-il en désignant une place de stationnement derrière un Land Rover éclaboussé de boue.

Pendant que West manœuvrait la voiture pour s'y garer, il

jeta un dernier coup d'œil à son carnet, puis le glissa dans sa poche. Il tendit le cou pour repérer le cabinet du médecin plus loin dans la rue et il consulta sa montre.

— Ok, selon le site web, c'est ouvert jusqu'à midi. Il est moins dix, donc il doit en être à son dernier rendez-vous. Le timing est parfait.

En s'approchant du cabinet, il remarqua que la baie vitrée de la façade avait un verre dépoli pour empêcher quiconque de regarder à l'intérieur, et que la porte d'entrée était en chêne massif, très semblable aux propriétés voisines. À un moment donné, pensa-t-il, le bâtiment avait dû être la maison de quelqu'un, et il leva les yeux pour voir une date gravée dans le linteau de pierre qui datait de plusieurs siècles.

Après avoir poussé la porte, il entra dans une large salle d'accueil avec un bureau bas en bois sur le côté droit, et six chaises en tissu le long des autres murs, au-dessus desquelles se trouvaient des affiches de santé présentant divers messages, des meilleures pratiques pour se laver les mains aux dernières avancées en matière de médicaments contre l'asthme.

Une femme à l'air harassé, dans la vingtaine, leva les yeux d'un écran d'ordinateur de l'autre côté du bureau et fronça les sourcils.

— Je crains que nous ne prenions plus de rendez-vous pour aujourd'hui, sauf en cas d'urgence.

Mark montra sa carte de police.

— Nous cherchons Adrian Mackleton. Il est dans les parages ?

— Il est avec son dernier patient.

Les yeux de la femme s'écarquillèrent.

— Est-ce que tout va bien ?

— Comment vous appelez-vous ?

— Sally Abordale.

— Ok, Sally, est-ce que vous pourriez informer le Dr Mackleton que nous aimerions lui parler ?

— Quoi, maintenant ?

— Maintenant, oui.

Le regard de Sally se dirigea vers la fenêtre givrée, puis revint vers eux.

— Vous voulez me suivre jusqu'à son bureau ? C'est plus…

— Pratique ?

— J'allais dire confortable. Je vais fermer dès que son rendez-vous actuel sera parti, et nous avons tendance à éteindre les radiateurs ici pour économiser de l'argent quand il n'y a pas de patients. Ces vieux bâtiments se refroidissent très rapidement, même à cette période de l'année. Surtout ceux de ce côté de la rue, nous ne recevons pas de lumière du soleil avant plus tard dans la journée.

— On vous suit, dit Mark.

Ils suivirent Sally à travers une porte étroite et le long d'un couloir court bordé de cartons de différentes tailles. Certains avaient été ouverts et, en passant, Mark aperçut des paquets de tampons antiseptiques, des flacons distributeurs en plastique et divers sachets scellés avec des avertissements de santé et de sécurité.

Sally s'arrêta près d'une porte ouverte au bout du couloir et elle leur fit signe d'entrer.

— Prenez un siège. Je vais l'informer de votre présence dès qu'il aura terminé.

Mark la regarda se précipiter vers la zone d'accueil, puis se tourna vers West.

— Ça te dérange si je mène cet interrogatoire ?

— Pas de problème.

Elle se dirigea vers une étagère encombrée de classeurs à levier et de revues, certains avec des notes autocollantes qui dépassaient des pages.

Mark jeta un coup d'œil par-dessus son épaule avant de s'avancer vers le bureau pour parcourir du regard les papiers éparpillés dessus. Il remarqua les diverses factures et bons de livraison associés à la gestion d'une entreprise locale populaire. Il se détourna au bruit de pas.

— C'est vraiment inopportun.

Adrian Mackleton entra dans la pièce d'un pas vif en retirant une blouse de protection qui révéla un t-shirt à manches longues avec un logo de chat de dessin animé sur le devant. Il jeta la blouse dans une poubelle pour déchets biologiques à côté de la porte et leur lança un regard noir.

— J'ai un agenda complet de visites à domicile cet après-midi, et je suis déjà en retard.

— Nous avons quelques questions à vous poser concernant l'aérodrome de Ravenswood, dit Mark. Que ce soit inopportun ou non, nous ne partirons pas avant d'avoir obtenu des réponses.

Le médecin généraliste fronça les sourcils.

— Quel genre de questions ?

— Avant de commencer, nous aimerions rendre ceci officiel vu les circonstances, dit Mark.

— Les circonstances ? Qu'est-ce que vous voulez dire exactement ?

Mark l'ignora, puis récita l'avertissement formel de mémoire. Il observa le regard du médecin passer de la confusion à l'intrigue.

— Monsieur Mackleton, nous aimerions vous poser quelques questions concernant la mort de Barry Windlesham et les découvertes récentes à l'aérodrome de Ravenswood, propriété de M. Windlesham.

— Ok…

Adrian contourna le bureau et s'installa dans le fauteuil en cuir usé.

— Continuez.

— Quelle était votre relation avec M. Windlesham ?

— Euh, il n'y *avait* aucune relation, détective. Je siège au comité d'urbanisme du conseil local en raison de mes intérêts locaux et j'étais l'un des membres du comité chargés d'évaluer la demande préalable de Barry pour l'aérodrome.

— À laquelle vous vous êtes opposé, c'est exact ?

— Oui.

— Pourquoi ?

— Pardon ?

— Pourquoi vous êtes-vous opposé au développement de l'aérodrome ?

— Parce qu'il y a des bâtiments d'un intérêt historique considérable qui allaient être démolis, plutôt que préservés, répondit Adrian d'un ton indigné.

— Des bâtiments en particulier ?

— Le mess des officiers, pour commencer. Et la tour de contrôle. Et puis il y a les hangars… vous saviez qu'ils faisaient voler des Hurricanes depuis cet endroit pendant la guerre ? Imaginez les histoires que ce lieu pourrait raconter…

— Ces hangars me semblaient sur le point de s'effondrer, répliqua West. Est-ce qu'il ne serait pas préférable de les démanteler ?

Adrian soupira.

— Ils sont là depuis plus de soixante-dix ans, détective. Quelques années de plus ne feraient pas de mal le temps qu'ils soient sécurisés, et ils pourraient ensuite être utilisés pendant des années. Il y a quelques clubs d'aviation locaux qui sont intéressés à louer l'espace, et nous pourrions y organiser toutes sortes de reconstitutions historiques étant donné l'ampleur des découvertes archéologiques qui ont été faites au cours des quatre dernières décennies. On a même trouvé des pièces romaines grâce à un historien amateur qui utilise un détecteur de métaux. Elles sont dans l'un des musées locaux, vous devriez y jeter un coup d'œil. C'est fascinant, vous savez.

— J'avais cru comprendre que la demande de M. Windlesham allait inclure la rénovation de la tour de contrôle et du mess des officiers en tant qu'éléments du développement, dit Mark.

— Exactement. Toute cette histoire perdue, étouffée sous le plâtre et Dieu sait quoi d'autre. Saviez-vous qu'il est censé y avoir un site de l'âge du fer quelque part sur ce terrain également ? Et ne me lancez pas sur l'impact environnemental.

Adrian se cala dans son siège.

— Donc, je devais m'y opposer. Je n'avais pas le choix.

— Est-ce que vous avez déjà menacé M. Windlesham à propos du développement ?

— Le menacer ? Bon sang, mais bien sûr que non. Pourquoi est-ce que j'aurais fait ça ?

— Est-ce que vous connaissez quelqu'un qui pourrait l'avoir fait ?

— Je ne crois pas, non.

Adrian fronça les sourcils.

— Écoutez, que se passe-t-il ?

— Monsieur Mackleton, une tentative a été perpétrée contre la vie de M. Windlesham dimanche dernier. On lui a tiré dessus, et même s'il semblerait qu'il n'ait pas été tué par le tir, cela l'a fait tomber dans la rivière, dit Mark. Il est décédé plus tard des complications liées à son immersion dans l'eau pendant un certain temps avant de pouvoir être secouru.

— Mon Dieu. Vraiment ?

Les sourcils d'Adrian se haussèrent brusquement.

— Le pauvre homme.

— En plus de ça, lors de l'enquête sur le site de l'aérodrome, plusieurs tombes ont été découvertes au cours des dernières vingt-quatre heures, dit Mark. Des tombes humaines, monsieur Mackleton.

Adrian déglutit.

— Quel rapport avec moi ?

— Étant donné vos objections au développement du site et votre facilité d'accès au type de médicaments et d'instruments chirurgicaux qui pourraient tuer quelqu'un, j'ai besoin de savoir où vous étiez dimanche dernier au matin, et avec qui vous étiez.

Mark observa l'homme dont la mâchoire travaillait silencieusement, avant qu'un soupir étranglé ne précède les prochains mots du médecin.

— Je crois que j'aimerais appeler mon avocat.

CHAPITRE 31

C'était en fin d'après-midi lorsque Mark et West descendirent aux salles d'interrogatoire du commissariat d'Abingdon.

Une teinte rousse profonde traçait des stries dans la lumière dorée qui embrassait l'horizon à travers les portes vitrées de l'accueil et Mark plissa les yeux lorsqu'elle frappa son visage en atteignant le bas des escaliers.

Les portes s'ouvrirent en glissant tandis qu'un agent en uniforme se précipitait à l'intérieur, la main sur sa radio, avant d'adresser un signe de tête à Mark et de murmurer un remerciement à West qui s'écartait pour le laisser passer.

Une bouffée d'air chargée de nicotine s'engouffra par la porte d'entrée dans son sillage, et Mark pouvait voir Adrian Mackleton à travers les portes qui se refermaient, en train de terminer hâtivement une cigarette. Il écoutait un autre homme d'une soixantaine d'années qui baissait le menton pour lui parler, leurs paroles perdues derrière les vitres à double vitrage.

— C'est son avocat, dit le sergent Peter Cosley en levant les yeux de son écran d'ordinateur derrière le comptoir de la réception. Il vient d'arriver et Mackleton voulait fumer une cigarette.

— C'est ironique, vu sa profession.

Mark sourit, puis se dirigea vers l'endroit où West attendait.

— Tu peux mener celui-ci ? Je veux observer ses réactions pendant que tu l'interroges.

— Bien sûr.

Elle se redressa.

— Tu as des questions particulières en tête ?

— Non, suis juste ton intuition. Si je pense à quelque chose que tu ne couvres pas, j'interviendrai.

Il jeta un coup d'œil par-dessus son épaule alors que la porte d'entrée s'ouvrait.

— Dr Mackleton, si vous voulez bien nous suivre. Vous avez besoin d'un verre d'eau ?

— S'il vous plaît. Désolé, je ne fume pas habituellement. Mes patients ne seraient pas contents.

Adrian s'éclaircit la gorge en semblant lutter contre la bile ainsi que les dernières traces de sa cigarette. Il fit un geste vers l'homme plus âgé.

— Voici mon avocat, William Hawsey.

— Nous nous sommes déjà rencontrés, dit Mark en prenant la carte de visite de l'homme. On y va ?

Il fit un geste vers West, qui tenait la porte de sécurité ouverte pour Adrian vers les salles d'interrogatoire, et il emboîta le pas au petit groupe tandis qu'elle les guidait dans le couloir.

L'avocat marchait d'une démarche raide et s'arrêta pour vérifier sa montre avant d'entrer dans la pièce et de prendre place à côté de son client. Il ouvrit sa serviette en cuir usé de couleur fauve, en sortit un nouveau bloc juridique et des stylos, puis il joignit ses mains sur la table, le regard empli de questions.

Mark alluma l'équipement d'enregistrement et observa Adrian tandis que West commençait en rappelant à l'homme qu'il était toujours sous mise en garde suite à leur entretien précédent à son domicile.

Le médecin généraliste confirma à nouveau son nom et autres détails, et tenta d'adopter une pose détendue qui semblait maladroite et ne trompa aucun des deux détectives.

— Dr Mackleton, nous vous avons demandé plus tôt de fournir un alibi pour votre emploi du temps dimanche matin, ce que vous avez refusé de faire lorsque nous étions chez vous. Souhaitez-vous modifier votre déclaration de ce moment-là ? dit West.

— Oui, je le souhaite.

Adrian jeta un regard en biais à Hawsey, qui fit le plus bref des hochements de tête.

— J'ai passé la nuit dans un hôtel près de Henley avec une femme qui est encore mariée, elle attend que son divorce soit prononcé, mais d'ici là, elle ne veut pas que son mari le découvre. Elle craint qu'il n'essaie d'utiliser cela pour avoir plus de contrôle sur leurs deux enfants.

— Nous allons avoir besoin d'un nom, dit West d'un ton impassible.

— C'est Marie. Mais si vous pouviez être discrets et ne pas laisser de messages sur son téléphone, nous vous en serions tous les deux reconnaissants, dit Adrian, avant de sortir son téléphone de sa poche et de le poser sur la table.

Il le déverrouilla d'un geste, puis lut le numéro de portable dans sa liste de contacts.

— J'étais avec elle jusqu'à onze heures dimanche, puis j'ai pris la voiture pour rentrer chez moi.

West finit d'écrire, puis se dirigea vers la porte et remit la page à l'agent en uniforme qui attendait dehors. Elle fixa le médecin du regard en revenant à sa place.

— Quels ont été vos déplacements pour le reste de cette journée ?

— J'ai rattrapé quelques lectures après un déjeuner léger, puis je suis allé faire du vélo dans l'après-midi.

— Avec qui ?

— Personne. Le groupe habituel avec lequel je fais du vélo sort le matin et va généralement jusqu'à un café quelque part, alors j'ai juste fait une boucle de quarante kilomètres pour me dégourdir les jambes.

Adrian se pencha en arrière sur sa chaise.

— Et je me suis couché tôt parce que je devais me lever à cinq heures du matin pour me préparer à conduire jusqu'à l'un des établissements de formation à Oxford pour donner une conférence à la première heure, alors une fois que j'ai dîné, je suis monté me coucher vers neuf heures et j'ai lu un moment. Ah, et j'ai envoyé un message à Marie. Tenez.

Il fit pivoter le téléphone vers Mark et West et fit défiler un service de messagerie cryptée jusqu'à ce qu'il trouve celui qu'il voulait.

— Vous voyez ?

Mark réprima la déception qui montait dans sa poitrine, mais garda un visage impassible tandis que West notait l'heure à laquelle le message avait été envoyé.

— Quand est-ce que vous vous êtes rendu sur le site de l'aérodrome pour la dernière fois ? demanda-t-elle.

— En février. À peu près à cette période. J'avais entendu dire que quelqu'un avait acheté le site et je voulais voir si des changements immédiats étaient visibles. Barry avait déjà installé ce conteneur maritime qu'il utilisait comme bureau, mais il n'était pas là. Son numéro de portable était affiché sur la porte, alors je l'ai appelé directement. Il était sorti rencontrer un géomètre au sujet du projet, mais il m'a dit que je pouvais jeter un coup d'œil si je le souhaitais.

— Et c'est ce que vous avez fait ?

— Oui, en effet, seulement autour de l'extérieur de l'ancien mess des officiers et de la tour de contrôle. Barry avait déjà condamné l'ancienne entrée de celle-ci. On pouvait y entrer avant, mais je suppose que ses assureurs lui ont probablement conseillé de la bloquer au cas où quelqu'un tomberait du sommet.

— Depuis combien de temps êtes-vous médecin généraliste ?

— Plus de vingt ans maintenant.

— Des problèmes pendant cette période ?

— Qu'est-ce que vous voulez dire ?

West le regarda patiemment.

— Des plaintes concernant votre travail ?

— Non, pas du tout. Le cabinet est très respecté dans la région.

On frappa à la porte et West l'ouvrit, sa réponse murmurée à l'agent inaudible pour Mark. Elle lui fit un léger signe de tête en revenant.

Mark l'observa un moment, puis ouvrit le dossier et croisa les mains sur les documents à l'intérieur.

— Dr Mackleton, il semblerait que votre alibi se confirme, donc je tiens à vous remercier pour votre patience. Est-ce que je peux me permettre de faire appel à vos connaissances professionnelles pour nous aider davantage ?

— De quelle façon ?

— Alors…

Mark sortit un croquis du site de l'aérodrome du dossier et le fit glisser à travers la table.

Adrian rapprocha le croquis et fronça les sourcils.

— C'est l'aérodrome de Ravenswood, n'est-ce pas ? À quoi correspondent ces marques au-delà de l'ancienne piste ?

— Ceci, Dr Mackleton, est notre scène de crime, répondit Mark. Et jusqu'à présent, nous avons onze victimes qui, selon nous, ont été retenues contre leur gré dans l'un de ces bâtiments de l'aérodrome avant d'être assassinées.

Adrian pâlit.

— Onze ? Même une seule victime est impensable.

— Je suis d'accord, dit Mark. C'est pour ça que je demande votre aide pour découvrir où ces meurtres ont pu avoir lieu.

— Comment ?

— Je comprends qu'opérer des patients est très différent de les traiter, mais je me demande si vous pourriez me dire ce que nous devrions rechercher concernant le type d'endroit où des opérations illégales pourraient avoir lieu ?

— Des opérations illégales ?

Adrian fronça les sourcils.

— Quel rapport avec—

— Si vous pouviez simplement répondre à la question, s'il vous plaît.

Adrian se renversa dans son siège et fixa la table un moment en tambourinant des doigts sur la surface. Il leva finalement les yeux et sa main s'immobilisa.

— Euh, eh bien. Vous auriez besoin d'instruments chirurgicaux stériles, évidemment, et d'un endroit où le patient pourrait récupérer, et ils auraient besoin d'accès à des soins continus. Je ne suis pas expert, donc ce sont les exigences minimales. Vous devriez parler à un chirurgien pour comprendre les détails.

— Qu'en est-il de—

— Excusez-moi, chef.

L'agent Peter Cosley passa la tête par la porte de la salle d'interrogatoire, son entrée précédée d'un bref coup.

— Désolé de vous interrompre, mais l'inspecteur principal Kennedy aimerait s'entretenir avec vous et l'enquêteuse West.

Mark fit un bref signe de tête au sergent, puis se retourna vers Adrian Mackleton.

— Dr Mackleton, vous êtes libre de partir, mais si vous pensez à autre chose qui pourrait aider notre enquête, veuillez me contacter à ce numéro. Entretien terminé à seize heures treize.

Il poussa sa carte de visite à travers la table et mit fin à l'enregistrement.

— Le sergent Cosley va vous raccompagner.

West mena le chemin vers la salle des opérations, montant les marches deux à deux avant d'ouvrir brusquement la porte du palier et de se précipiter dans le couloir.

Kennedy les attendait, la mâchoire serrée.

— Il y a eu un incendie dans une unité industrielle près de Ravenswood. Une voiture de patrouille est sur place, et vu ce qu'ils ont trouvé, ils ont demandé que nous y jetions un coup d'œil. Vous devrez vous présenter au chef des pompiers, Bradley Holbrook, en arrivant.

— Qu'est-ce qu'ils ont trouvé ? demanda Mark.

— Les restes de toute preuve qui aurait pu nous aider à découvrir qui est responsable du trafic d'organes.

CHAPITRE 32

— Putain.

Jan posa ses mains sur le volant et fixa le pare-brise d'un regard noir.

Un voile de fumée s'élevait des poutres métalliques tordues et des murs en parpaings de ce qui avait été autrefois une rangée de trois bâtiments industriels. Celui tout à gauche avait subi le plus gros de l'incendie, ses fenêtres avant avaient explosé sur toute l'aire en béton et sa grande porte d'entrepôt en aluminium thermolaqué s'était froissée sous l'effet de la chaleur.

L'unité du milieu n'avait guère mieux résisté, le feu s'était propagé par le toit du premier bâtiment pour déchirer le plafond du suivant avant de prendre dans les bureaux supérieurs et de se répandre vers le bas en gagnant en puissance.

Seule la troisième unité, celle du bout, ressemblait encore à un bureau, et uniquement au rez-de-chaussée. Comme ses voisins, son toit avait disparu et l'étage supérieur présentait une façade noircie et maculée.

Deux camions de pompiers étaient encore sur place, et l'un des membres de l'équipe maintenait un jet d'eau constant dirigé vers la base du premier bâtiment. Un autre homme portant l'insigne de chef d'équipe arpentait la dalle de béton, son regard fixé sur ce qui restait de la structure.

Une seule voiture de patrouille s'éloignait tandis que Jan arrêtait lentement son véhicule entre une clôture en bois bancale qui séparait le petit parc industriel de la route et une rangée de trois conteneurs de dons de vêtements de taille industrielle. Elle leva la main pour saluer l'agent en uniforme assis à la place du passager de la voiture de patrouille qui passait, puis elle freina et observa le chef d'équipe des pompiers prendre des photos avec son téléphone portable, le visage grave.

Malgré les vitres fermées de la voiture, sa gorge était irritée par l'odeur persistante de fumée.

Turpin toussa bruyamment.

— Merde.

— Selon Alex, l'incendie a été signalé à quatre heures ce matin par une femme qui habite le long de cette ruelle, dit Jan. Elle s'est levée pour sortir son chien et a senti la fumée, puis elle a vu la lueur des flammes à travers les arbres. Quand la première équipe est arrivée ici, l'unité du bout était déjà complètement détruite.

— Merde, répéta-t-il, puis il soupira et attrapa la poignée de la portière. Bon, autant aller voir ce qu'ils peuvent nous dire.

Elle suivit Turpin jusqu'à une fine corde tendue entre deux poteaux temporaires pour empêcher quiconque de s'approcher trop près des bâtiments, et elle attendit pendant qu'il prenait un bloc-notes d'un jeune agent en uniforme et signait pour eux deux. Tandis qu'il griffonnait sa signature, le chef d'équipe se détourna du dernier bâtiment de la rangée et baissa son téléphone en les apercevant.

— Turpin et West ? dit-il en glissant le téléphone dans sa veste fluorescente tout en s'approchant.

— Oui, répondit-elle. Nous sommes venus dès que possible.

— Je suis Brad Holbrook, dit-il, puis il pointa le pouce par-dessus son épaule. Mieux vaut enfiler des combinaisons si vous voulez jeter un œil à l'intérieur.

Jan jeta un coup d'œil à Turpin pour voir qu'il arborait la même expression perplexe que celle qu'elle était sûre d'afficher.

— Je vous demande pardon, pourquoi ? Nous pensions qu'il restait juste quelques preuves à recueillir.

Holbrook les regarda tous les deux, le visage grave.

— Nous avons trouvé deux corps à l'arrière du bâtiment il y a dix minutes, à l'intérieur de celui du bout qui a été détruit.

— Mon Dieu, ils ont été piégés à l'intérieur ?

Jan déglutit en regardant au-delà du chef d'équipe vers l'intérieur noirci.

— Pas exactement.

Son attention revint vers Holbrook.

— C'est-à-dire ?

— L'un d'eux était mort avant que l'incendie ne soit déclenché, c'est presque certain. Nous ne sommes pas sûrs pour l'autre.

Il regarda par-dessus son épaule.

— Vous avez des combinaisons de protection dans votre voiture, ou vous voulez utiliser les nôtres ?

— Nous en avons.

— Venez dès que vous êtes prêts, alors. La police scientifique est en route, ainsi que le médecin légiste.

— Bon sang, et maintenant quoi ? dit Turpin tandis qu'ils retournaient à la voiture.

— Je préfère ne pas y penser, répondit Jan.

Elle ouvrit le coffre, lui tendit un sac en plastique scellé et en ouvrit un identique avant d'en extraire une combinaison avec des surchaussures assorties. Tout en se tenant en équilibre sur un pied pendant qu'elle enfilait la combinaison par-dessus son tailleur, elle examina les restes squelettiques des bâtiments industriels.

— Tu penses que c'est ici qu'avait lieu le prélèvement illégal d'organes ?

— Peut-être.

Turpin enfila les surchaussures, puis leva les yeux alors qu'un train de marchandises passait en cliquetant derrière les bâtiments.

— Et ce vacarme aiderait à empêcher quiconque d'entendre ce qui se passait à l'intérieur du bâtiment, n'est-ce pas ?

— Oui.

Elle verrouilla la voiture au moment où qu'une camionnette grise franchissait l'entrée, suivie de près par la voiture de Gillian Appleworth.

— Eh bien, nous allons bientôt le savoir.

Ils retournèrent là où Bradley Holbrook les attendait, et Jan salua Jasper et la médecin légiste pendant qu'ils enfilaient des combinaisons de protection avant de se tourner vers le chef d'équipe des pompiers.

— Nous sommes prêts.

— Ok, nous allons entrer par la porte de secours à l'arrière, expliqua-t-il en les guidant déjà au-delà de l'unité industrielle la plus à gauche avant de diriger son commentaire vers le responsable de la police scientifique. J'ai balisé un chemin pour vous aussi loin que possible des corps pour que ces deux-là puissent voir à quoi nous avons affaire, ça vous va ?

— Oui, mais ce serait bien si vous pouviez me laisser passer en premier, puis Gillian.

Jasper jeta un coup d'œil par-dessus son épaule.

—Vous deux, restez en arrière jusqu'à ce qu'on vous appelle, d'accord ?

— Ça me va, dit Turpin. Et merci de nous laisser vous accompagner.

La fumée s'était dissipée, mais la puanteur imprégnait encore l'air et Jan pouvait entendre le bruit de l'eau qui coulait maintenant que le tuyau avait été coupé. L'eau s'écoulait de ce qui restait de l'étage supérieur et gouttait sur le rez-de-chaussée, emportant braises et cendres à travers la dalle de béton avant de former des flaques près d'un avaloir débordant à quelques mètres de là.

— Nous y voilà.

Holbrook se tenait à côté d'une porte coupe-feu ouverte qui avait rempli sa fonction pendant les soixante premières minutes avant que les flammes ne prennent le dessus. Elle avait été arrachée de ses gonds par les pompiers dans leur hâte de vérifier s'il y avait des survivants dans le bâtiment, et les restes brisés du cadre en bois gisaient maintenant en éclats sur le béton mouillé.

Malgré le masque en papier qu'elle avait enfilé avant de suivre les autres, Jan plissa le nez devant la puanteur âcre de fumée et de chair brûlée que la brise lui jetait au visage. Une fois identifiée, cette odeur ne pouvait jamais être oubliée, et elle avait vu les conséquences de ce que le feu pouvait faire à un corps humain trop de fois auparavant.

Holbrook et les autres enjambèrent un par un les restes de

six poutres en acier qui s'étaient effondrées et, malgré sa confiance dans le jugement du chef d'équipe, elle leva les yeux pour vérifier qu'il ne restait pas de poutres susceptibles de tomber. Elle expira et elle suivit les pas de Turpin alors que leurs surchaussures en plastique glissaient sur la surface mouillée.

— Par ici, dit Holbrook en s'arrêtant à côté d'un classeur noirci.

Ses tiroirs étaient ouverts, le contenu réduit à de simples cendres, mais lorsqu'il s'écarta, Jan vit les restes recroquevillés d'un être humain sur le sol à sa base. La bouche était ouverte dans un rictus d'agonie, la tête renversée en arrière.

Une puanteur écrasante agressait ses sens et elle fit un pas en arrière.

— Vous aurez mon rapport complet en temps voulu, mais à mon avis, cette personne était celle qui a déclenché l'incendie, dit Holbrook. Vous pouvez sentir l'accélérateur de combustion, pour commencer, et je pense que ce morceau de plastique ici est ce qui reste du bidon d'essence utilisé.

— Peut-être qu'il a déclenché l'incendie pour cacher toute preuve, alors, dit Turpin en regardant autour de lui.

Son masque en papier se gonfla quand il soupira.

— Et il semble avoir réussi.

— Pas nécessairement, répliqua Holbrook. Gillian, Jasper, ça vous va si on revient sous peu ? Il y a autre chose que je veux vous montrer d'abord, et ensuite vous pourrez continuer.

— Bien sûr, répondit la médecin légiste. Jasper, ça te convient ?

— Allons-y.

Holbrook hocha la tête.

— Merci. Suivez-moi.

Il s'aventura plus loin dans le bâtiment, utilisant une main gantée pour se stabiliser tandis qu'il escaladait les restes d'un mur en placo, et indiquant où il jugeait qu'ils pouvaient marcher en toute sécurité. Puis il bifurqua sur la gauche et passa sous une poutre de soutènement sous laquelle se trouvait autrefois une porte.

— Je pense que c'était une sorte de débarras à l'arrière du local, ou ce qui aurait été utilisé comme entrepôt si ç'avait été ce genre d'entreprise.

— Quel genre d'entreprise *était* ici avant l'incendie ? demanda Jan.

— Je ne suis pas sûr.

Holbrook haussa les épaules.

— Deux de vos collègues dehors sont en train d'interroger les propriétaires des entreprises voisines en ce moment.

— Ok.

Elle suivit les autres et se retrouva parmi les restes tordus et écrasés d'étagères métalliques qui couvraient les murs.

— Attention, il y avait des lames de scalpel stockées ici, certaines sont éparpillées sur le sol, avec tout ce verre là-bas.

Holbrook avança plus loin dans la pièce.

— Voilà.

Il s'écarta pour révéler un long congélateur coffre gris, le couvercle ouvert.

Jan déglutit, sachant déjà ce qu'elle allait voir, mais néanmoins horrifiée quand elle regarda à l'intérieur et vit le corps de l'homme.

Son visage était détourné et son bras gauche était tordu par-dessus sa joue, masquant ses yeux et son nez. Une teinte bleue couvrait sa pommette et son cou, et une barbe de plusieurs jours s'accrochait à sa mâchoire. Il portait un pantalon de jogging et rien d'autre, ses jambes pliées de façon à pouvoir tenir dans le congélateur. Ses doigts et ses orteils étaient gelés et de la glace s'accrochait à ses cheveux et ses sourcils.

— Je peux ? demanda Gillian à Jasper.

— Vas-y, nous ne pouvons rien faire tant que tu n'auras pas terminé ici de toute façon, répondit-il.

La médecin légiste s'approcha, obscurcissant la vue du congélateur pour Jan pendant qu'elle travaillait.

— Tu peux m'aider à le retourner ?

Jasper se positionna jusqu'à se pencher au-dessus de la tête et des épaules de l'homme tandis que Gillian enveloppait ses mains autour de ses chevilles, puis ils roulèrent le corps vers eux.

Jan observait, notant la façon dont les deux spécialistes travaillaient avec une aisance expérimentée tout en accordant à la victime un minimum de respect alors qu'ils déplaçaient doucement ses bras et ses jambes loin de la glace qui s'accrochait à sa peau et ses vêtements.

Cela fait, Jasper recula avec un soupir.

— On dirait qu'il s'est battu, vu ces contusions sur son visage.

Intriguée, Jan s'approcha et regarda à l'intérieur.

— Bon sang, Mark, c'est le type de l'hôpital.

— Quoi ?

— Celui qu'on a vu sur les images de la caméra corporelle de l'agent de sécurité, dit-elle. Le type qui a volé le sac étanche du kayakiste pendant que Lloyd Derrie créait une diversion.

Son collègue combla la distance entre eux en deux grandes enjambées et fixa les traits de l'homme.

— Merde. Tu penses qu'il est ici depuis combien de temps, Gillian ?

— Difficile à dire avant de le ramener à la morgue et de le décongeler. Je vais prendre la température du corps maintenant et continuer à la surveiller.

— Alors, qu'est-ce qu'on doit en penser ? Est-ce qu'il a sauté à l'intérieur pour échapper à l'incendie, pour ensuite suffoquer ? demanda Turpin.

— Peut-être, répondit la voix étouffée de la médecin légiste alors que sa combinaison craquait.

Elle continuait à se déplacer autour du congélateur, son regard ne quittant jamais les restes à l'intérieur pendant qu'elle poursuivait son évaluation.

— Ah, peut-être pas.

— Qu'est-ce que tu as trouvé ?

Jan fit un pas en avant pour se pencher au-dessus de la ligne de démarcation et mieux voir ce que faisait la médecin légiste.

— Il y a une incision dans son abdomen, similaire à ce que nous avons observé sur les corps récupérés sur le site de l'aérodrome jusqu'à présent.

Gillian se retourna, ses yeux gris perçants.

— Je pense qu'il était mort avant d'être placé ici.

— Ce qui pourrait expliquer en partie pourquoi Lloyd Derrie était si effrayé quand nous l'avons amené pour l'interroger, et pourquoi il a décidé que se jeter devant un bus était une meilleure option que de laisser cette bande le rattraper, dit Turpin en fronçant les sourcils.

— Autre chose pour nous pour le moment, Brad ? demanda Jan.

L'officier des pompiers pointa son pouce par-dessus son épaule.

— Nous sommes encore en train de traiter les lieux ici, évidemment, et nous allons examiner ce qui reste de l'étage supérieur une fois qu'il aura refroidi. En attendant, j'ai quelques personnes qui arrosent des conteneurs à déchets industriels à l'arrière qui ont également pris feu. Dès qu'ils jugeront que c'est sécurisé, je les remettrai à l'équipe de Jasper pour les examiner.

Gillian se détourna du congélateur coffre.

— Je me demande donc si peut-être ceux qui pratiquaient les prélèvements illégaux d'organes et les opérations de transplantation gardaient les donneurs cachés dans le bâtiment du mess des officiers avant que la chirurgie n'ait lieu, puis ils stockaient les corps ici jusqu'à ce qu'ils puissent être enterrés à l'aérodrome. Je veux dire, cet endroit n'est qu'à quinze minutes du site, n'est-ce pas ? Mais c'est risqué de les déplacer deux fois.

— C'est vrai, mais c'est probablement un système qui fonctionnait bien, remarqua Jan.

— Jusqu'à la mort de Barry Windlesham, ajouta Turpin. Et puis la découverte des tombes à l'aérodrome.

— Si nous avons raison à ce sujet, il y a encore un énorme trou dans notre théorie, dit Jasper.

— Il a raison.

Turpin s'éloigna de quelques pas, le visage pensif tandis qu'il observait le bâtiment en ruine.

— Quoi donc ? demanda Jan.

Il se retourna vers elle.

— Où diable faisaient-ils les opérations ? Et comment transportaient-ils les corps une fois qu'ils avaient terminé ?

CHAPITRE 33

Le lendemain matin s'annonçait avec un ciel sans nuages et la promesse d'une météo plus clémente.

Mark laissa sa veste sur la banquette arrière de la voiture et suivit Jan le long d'East St Helen Street, marchant avec précaution pour ne pas se tordre la cheville sur les pavés inégaux et les plaques d'égout en fonte exposées. Leur itinéraire les mena jusqu'au bout de la rue, puis le long du quai fluvial. Il jeta un coup d'œil à la porte ouverte du pub sur sa droite, conscient que n'importe quel autre dimanche, lui et Lucy auraient pu s'y rendre à pied depuis la péniche, avec Hamish qui les suivrait.

Au lieu de cela, il était ici, prêt à interroger un autre témoin potentiel dans ce qui devenait un besoin désespéré de percée.

La soirée précédente avait été consacrée à l'examen des preuves recueillies jusqu'à présent, y compris le rapport préliminaire de l'évaluation de Bradley Holbrook sur l'incendie de l'unité industrielle et les commentaires en continu de Jasper par SMS pendant que l'équipe de la police scientifique passait au crible les débris.

Gillan était déjà à la morgue ce matin, en train de travailler avec Clive pour effectuer les autopsies des deux corps découverts après l'incendie.

Mark détourna son regard du pub pour se concentrer sur deux femmes qui conversaient à l'autre bout du quai, le dos tourné aux enquêteurs qui approchaient.

— Qui est avec Charmaine Abbott ? demanda Mark.

— C'est sa directrice de campagne, Judy Sarsgold. Sa photo est sur le site de campagne de Charmaine, avec quelques assistants.

— Elle peut se permettre des assistants ?

— C'est une consultante en gestion d'entreprise très prospère en dehors de la politique, répondit West. Et pas bon marché, si l'on en croit les comptes de micro-entreprise déposés sur le site du registre des entreprises.

— C'est bon à savoir.

Mark éleva la voix alors qu'ils s'approchaient.

— Charmaine Abbott ? Inspecteur Mark Turpin et ma collègue l'enquêteuse Jan West. On nous a conseillé de vous rencontrer ici, plutôt qu'à votre domicile.

— C'est exact.

Cette femme était d'une tête plus petite que lui, mais portait des talons de huit centimètres et relevait le menton en guise de compensation, son regard ferme.

— J'espère que ça ne pose pas de problème ?

— Aucun problème.

Il jeta un coup d'œil à l'autre femme qui se tenait à quelques pas, son téléphone à l'oreille tout en les observant avec intérêt.

— Tant que cela vous convient ?

— Oh, bien sûr. Judy s'occupe de mes affaires professionnelles et personnelles depuis plusieurs années, et je n'ai aucun secret pour elle. Je présume qu'il s'agit de Barry Windlesham ? Je vous ai vus tous les deux à la réunion de pré-planification de vendredi, n'est-ce pas ?

— En effet. Nous espérions—

— Attendez. Je dois faire une rapide vidéo à publier sur mes réseaux sociaux pour que Judy puisse la programmer dans une demi-heure. Je devais le faire hier, mais quelque chose est survenu, dit Charmaine en se détournant et en se précipitant vers la rambarde en fer forgé qui bordait la rivière. Ne restez pas en arrière-plan, d'accord ? Vous allez tout gâcher.

— Nom d'une pipe, marmonna West tandis qu'ils regardaient la femme afficher un large sourire, placer son corps de côté par rapport à son téléphone et rejeter ses cheveux en arrière.

— Felix Darrow ne plaisantait pas quand il parlait de séduire la jeune démographie d'électeurs, n'est-ce pas ? Non mais écoute-la.

Mark l'entendait bien et il dut supprimer un sourire.

Charmaine commença son discours face à la caméra avec un bonjour enjoué, elle fit un geste ample vers le cours d'eau pittoresque à côté d'elle, puis elle fronça les sourcils et poursuivit en disant que l'environnement local était constamment menacé et qu'elle était sa championne. Elle termina sa vidéo par un appel à l'action adressé à ses abonnés, clairement destiné à ceux qui hésitaient encore sur leur vote dans les mois à venir, puis elle baissa son téléphone et revint en hâte, pianotant sur l'écran en approchant.

— Judy, je viens de t'envoyer ça, donc tu peux partir si tu veux ?

— Merci.

L'autre femme vérifia son téléphone.

— Ok, donc une fois que tu auras terminé ici, tu dois te rendre à l'aérodrome pour rencontrer l'avocat de Gaynor Alton et réitérer ton opposition au projet d'aménagement. Il ne sera là que jusqu'à onze heures et demie, ajouta-t-elle avec un regard appuyé vers Mark et West.

— Pas de problème.

Charmaine se tourna vers eux.

— J'ai remarqué que l'accès au site avait été bloqué ce matin. Que se passe-t-il ?

— Enquêtes de routine, dit Mark. Nous le rouvrirons dès que possible.

— Il le faudra.

Judy jeta un coup d'œil à la politicienne.

— Nous prévoyons d'enregistrer une vidéo plus tard dans la semaine pour montrer le genre de faune qu'on peut y trouver, sinon nous allons passer à côté de l'occasion de filmer les lièvres qui ont été aperçus.

Charmaine sourit aux deux détectives.

— Un de nos contacts associatifs nous a dit qu'il avait vu des lièvres se battre à la lisière du bois, et Judy a pensé que ce serait une excellente analogie de la lutte que nous menons pour protéger la région.

Mark ne dit rien, tandis que West détournait le regard, la mâchoire serrée. Malgré cela, il pouvait voir le sourire narquois qui menaçait d'apparaître sur ses lèvres.

— Bien, Charmaine, je te laisse gérer ça, dit Judy. Je t'appelle plus tard pour confirmer la réunion avec cette association de protection des forêts près de Wallingford. Note jeudi à dix-sept heures dans ton agenda.

Sur ces mots, Judy fit un signe de tête satisfait et leur adressa un geste d'adieu.

— Désolée pour ça, dit Charmaine en reportant son attention sur Mark et West. Nous essayons de filmer autant que possible ma campagne en ce moment, et entre ça et la participation à toutes les réunions habituelles... Nous avons fait des analyses la semaine dernière et il semble que la plupart de mes électeurs préfèrent entendre de mes nouvelles en milieu de matinée le week-end, donc nous devons garder tout aussi frais et pertinent que possible. Chaque vote compte, après tout, surtout maintenant que nous ne sommes plus qu'à quelques mois de la réélection. Mon parti souhaite évidemment que je me représente, et je suis enthousiaste à l'idée de les représenter localement, vous savez. Je suis une valeur sûre en tant que résidente de longue date et chef d'entreprise.

Mark attendit qu'elle fasse une pause pour reprendre son souffle.

— Nous aimerions vous parler de la mort de Barry Windlesham, madame Abbott, en particulier de vos objections au développement de l'aérodrome.

Ses sourcils parfaitement arqués se haussèrent.

— Pourquoi ?

Mark regarda par-dessus son épaule, vérifia qu'il n'y avait pas de passants, puis guida Charmaine vers l'un des bancs en fer forgé et en planches de bois sous les arbres près de la rivière.

— Parlons ici, à l'écart.

La femme s'assit à l'extrémité du banc et observa West tandis que l'enquêteuse sortait son carnet de son sac à main et se tenait à égale distance d'elle et de Mark.

— Que se passe-t-il ? Barry s'est noyé, n'est-ce pas ? En quoi est-ce que ça me concerne ?

Mark prit place à l'autre bout du banc en adoptant une pose décontractée.

— Depuis combien de temps connaissiez-vous M. Windlesham ?

— Pas longtemps, je suppose. Quelques semaines, c'est tout.

— Est-ce que c'était avant ou après avoir pris connaissance de ses projets pour l'aérodrome ?

— J'ai entendu dire que quelqu'un avait acheté le terrain, alors je me suis renseignée.

Les épaules de Charmaine se détendirent un peu tandis qu'elle s'échauffait sur son sujet.

— Bien sûr, je voulais m'assurer que le nouveau propriétaire comprenait et prenait en compte les préoccupations de mes administrés concernant tout réaménagement du terrain, étant donné la flore et la faune exquises qui s'y trouvent, et je me suis donc présentée dès que possible.

— En personne ou par téléphone ?

— J'ai demandé à Judy, que vous venez de rencontrer, de prendre contact dans un premier temps. J'ai été surprise quand Barry a suggéré que nous nous rencontrions sur place pour que je puisse lui montrer en personne quelles étaient mes préoccupations.

Le front de Charmaine se plissa.

— Et pourtant, même après lui avoir montré les différentes orchidées et la vie des insectes qui y abondent, il a quand même poursuivi avec son projet. Tellement frustrant.

— Est-ce que vous avez de nouveau rencontré M.

Windlesham à un moment quelconque après cette première visite ?

— Oh, oui.

Charmaine hocha la tête.

— Il y a eu quelques réunions dans le cadre du processus de pré-planification au cours des dernières semaines. Je veux dire, il a fait quelques concessions sur les parties de l'aérodrome qu'il développerait, mais le résultat final serait le même : un manque de protection pour l'environnement. Il n'était tout simplement pas prêt à préserver suffisamment d'espaces verts dans les plans de logement.

— Vous avez déjà socialisé avec lui ?

— Non.

Elle fronça les sourcils.

— Pourquoi est-ce que je l'aurais fait ?

— Donc vous ne l'avez jamais rencontré pour discuter de la proposition en dehors des réunions officielles ?

— Non.

Charmaine jeta un coup d'œil à West, puis revint à Mark.

— Écoutez, que se passe-t-il ?

— Nous avons des raisons de croire que quelqu'un a tenté de tuer M. Windlesham dimanche, et que sa noyade n'était pas un accident, dit Mark. Est-ce que vous avez déjà eu l'impression, lors de vos réunions avec lui, qu'il était sous pression ou stressé concernant le projet ?

— Pas du tout, non.

— Avez-vous déjà envoyé des lettres de menace à son domicile ?

— Mon Dieu, non. Pourquoi est-ce que j'aurais fait ça ? Toutes nos conversations étaient extrêmement civiles, même si nous n'étions pas d'accord.

Charmaine secoua la tête.

— Enfin, je n'étais pas d'accord avec Barry, mais que quelqu'un fasse ça… C'était un homme bien, juste mal guidé dans ses tentatives de faire quelque chose avec l'ancien site de l'aérodrome.

— Que feriez-vous du site ? demanda West. S'il était à vous ?

— Oh, c'est simple, je récolterais des fonds pour réensauvager l'ensemble du lieu, répondit Charmaine, rayonnante. Vous pouvez imaginer ? Nous pourrions intégrer un centre éducatif pour les enfants, introduire des cours d'art des bois, des choses comme ça. L'ensemble du site pourrait rester protégé tout en créant des emplois pour la région. Ce serait tellement plus bénéfique pour l'environnement qu'un autre lotissement dans une zone qui manque d'infrastructures pour soutenir un tel projet.

— Donc, vous pourriez bénéficier de la mort de M. Windlesham ? résuma Mark.

La mâchoire de Charmaine tomba.

— Vous ne pouvez pas sérieusement suggérer que j'ai quelque chose à voir avec ça. Enfin voyons, je le connaissais à peine pour commencer.

— Mais vous avez dit vous-même que vous pourriez bénéficier d'une approche différente du site.

— Détective, je m'insurge contre votre accusation, siffla Charmaine.

Elle se leva, vérifia autour d'elle que personne n'était à portée d'écoute du banc, puis le fusilla du regard.

— J'ai travaillé sacrément dur pour accomplir ce que j'ai réalisé dans ma carrière politique, et je ne vais pas laisser la police tout foutre en l'air. Je n'ai rien à voir avec la mort de Barry.

— C'est clair, dit Mark en levant les mains pour l'apaiser. Mais vous comprenez que nous devions poser la question.

Elle plongea la main dans son sac à main, en sortit une carte de visite et la lui tendit brusquement.

— La prochaine fois que vous voudrez me parler, vous pourrez le faire par l'intermédiaire de mon avocat. Et soyez prévenu, si des rumeurs désobligeantes sur ma prétendue implication dans votre enquête parviennent aux médias, je vous signalerai à vos supérieurs. Au revoir, détective Turpin.

Sur ce, elle s'éloigna d'eux à grands pas et tourna au coin vers East St Helen Street sans un regard en arrière.

— Ça s'est bien passé, chef.

West termina sa prise de notes et s'approcha.

— Elle avait l'air d'avoir sucé un citron.

Mark sourit.

— Je devais lui poser la question.

— C'est vrai, mais je pense que tes compétences relationnelles ont encore besoin d'être affinées.

Elle fronça les sourcils.

— Tu ne lui as pas parlé des tombes que nous avons trouvées.

— Non.

Il s'adossa au banc et observa la rivière qui coulait rapidement en léchant la berge herbeuse du côté opposé.

— Elle l'a dit elle-même : elle veut que le site soit réaménagé, mais pas comme Windlesham l'avait prévu. Elle n'était pas intéressée à empêcher qu'il soit utilisé pour autre chose.

Sa collègue poussa un soupir frustré.

— Retour à la case départ, alors.

CHAPITRE 34

Lorsque Gaynor Alton ouvrit la porte de la maison de son frère, elle portait une chemise bleu pâle froissée sur un jean et affichait une expression méfiante.

— Je me doutais que vous prendriez contact, dit-elle en s'écartant pour laisser entrer Mark et West.

— Et moi, je pensais que vous nous auriez informés de votre intention de reprendre l'entreprise de votre frère après sa mort, dit Mark.

Il pouvait sentir les restes d'un repas récent – ail, oignons, mélangés à du bœuf et quelque chose d'autre, des légumes verts peut-être.

— Désolé si nous interrompons votre déjeuner.

— Ce n'est pas le cas, dit-elle en fermant la porte. J'étais en train de remplir le lave-vaisselle.

Il y avait deux valises et un sac de sport en toile bleu marine sur le sol carrelé de marbre au pied de l'escalier, ainsi qu'un sac à main en cuir marron clair et une housse d'ordinateur portable vide.

— Vous partez ? demanda West.

— Dans quelques heures. Nous avons pensé éviter le pire du trafic sur la M4 en partant après dix-sept heures. J'allais téléphoner…

Gaynor soupira.

— Je suis désolée, je ne pouvais pas vous parler de mon poste de directrice dans l'entreprise de Barry avant cette réunion d'approbation préalable, et j'étais liée par un accord de confidentialité jusqu'à la signature des documents définitifs.

— Néanmoins, nous devons parler, dit Mark. Et cette fois, ce sera officiellement consigné.

— Oliver est dans le bureau en train de rattraper son travail administratif. Est-ce que vous avez besoin de lui parler également, ou juste à moi ?

— Juste à vous, à moins que son nom ne soit également lié à l'entreprise.

— Venez dans le salon alors.

Lorsqu'ils entrèrent, une station de radio classique jouait doucement via la grande télévision murale, et après les avoir dirigés vers le canapé six places devant celle-ci, Gaynor prit la télécommande pour couper la musique avant de se percher sur le coussin d'extrémité.

Après avoir récité l'avertissement formel, Mark examina attentivement la femme.

— À part l'aérodrome de Ravenswood, quels autres sites l'entreprise possède-t-elle comme investissements ?

— Aucun, juste celui-là, répondit-elle. Et avant que vous ne posiez la question, je n'ai aucune intention de poursuivre le projet. J'ai demandé à Max Swift, mon avocat, de trouver un acheteur.

— Mais votre avocat m'a dit vendredi que vous alliez poursuivre la demande de permis d'urbanisme, dit West. Et c'était il y a moins de quarante-huit heures. Qu'est-ce qui a changé ?

— Rien. Vous vous trompez, je laisse le processus de demande de permis se poursuivre, mais uniquement pour que le site puisse être vendu en état de fonctionnement à un nouveau promoteur.

Gaynor soupira.

— Sinon, il ne vaut pas grand-chose, selon Max. Et je n'ai aucune intention de m'installer ici pour superviser ce genre de projet. J'ai une carrière, tout comme Oliver.

— Alors pourquoi avoir accepté de devenir directrice de l'entreprise il y a deux semaines ? demanda Mark.

— Barry pouvait être très persuasif. Et j'étais intriguée. Il m'a dit à l'époque que je n'aurais rien à faire, juste signer occasionnellement des documents officiels comme les comptes annuels, les déclarations fiscales, ce genre de choses. Il n'avait pas d'enfants ni d'héritiers, et il a dit que de cette façon, s'il lui arrivait quelque chose, je ne serais pas exposée à autant d'impôts sur les successions parce que je recevrais les actifs de l'entreprise à la place.

Ses mains tremblaient en essuyant les larmes qui se formaient.

— Si seulement j'avais pensé à demander… Il n'avait pas l'air inquiet, il était comme d'habitude quand il m'a téléphoné pour me demander ça.

— Vous ne vous êtes donc pas rencontrés en personne pour en discuter ?

— Non, comme je vous l'ai dit la semaine dernière, la dernière fois que nous avons vu Barry, c'était en février. Mais il m'a laissé un message il y a deux semaines disant qu'il voulait me dire un mot rapidement, c'était l'expression exacte qu'il a utilisée, donc je ne pensais pas que c'était urgent, mais quand je l'ai rappelé pendant ma pause déjeuner, il a dit que se lancer dans un projet aussi énorme que Ravenswood lui avait fait prendre conscience qu'il devait prévoir des mesures de précaution dans l'entreprise et dans ses affaires personnelles.

— Des mesures de précaution ? répéta West. Combien de garanties avez-vous dû apporter pour devenir directrice ?

— Seulement cinq cents livres symboliques, dit Gaynor. Juste pour mettre des fonds propres à des fins comptables. Et jusqu'à la mort de Barry, j'étais seulement administratrice sans droit de vote.

— Mais vous êtes devenue l'unique administratrice avec droit de vote à la mort de votre frère, dit Mark.

Le regard de la femme passa brusquement de West à lui et un rictus traversa ses lèvres.

— Je n'ai pas tué mon frère, détective Turpin. Et je n'ai pas non plus commandité son meurtre, avant que vous ne m'accusiez de cela aussi.

Il leva les mains.

— Nous avons déjà établi vos alibis suite à notre dernière conversation, madame Alton. À qui Barry avait-il acheté le site de l'aérodrome ?

— Apparemment, il appartenait à une femme fortunée des environs, répondit Gaynor en se levant du canapé pour s'avancer vers les portes-fenêtres.

Elle croisa les bras et regarda à travers la pelouse.

— C'était auparavant des terres agricoles qui avaient été transmises sur trois générations. Le ministère de la défense a pris possession de l'endroit en 1941 comme beaucoup de terres à l'époque, mais heureusement pour la'famille, il a été restitué en 1962. La femme qui l'a vendu à Barry l'année dernière avait la cinquantaine bien avancée. Le ministère l'avait rendu à son père.

— Vous parlez au passé ?

— Elle est décédée en août, selon Max.

— Comment s'appelait-elle ?

— Je ne sais plus. Il faudrait que je demande à Max.

— Nous pourrions l'appeler, si vous rentrez chez vous aujourd'hui.

— Bien sûr.

Gaynor s'approcha de la table basse, prit son téléphone et lut le numéro du notaire dans sa liste de contacts.

— Est-ce que vous savez si la femme qui avait vendu le terrain avait des enfants ?

— Deux filles. Elles habitent toutes les deux dans la région, l'une est chimiste industrielle, et l'autre sculptrice. Je me souviens de ça. Aucune des deux ne souhaitait garder le terrain. La cadette, la chimiste, voulait l'argent pour rembourser ses dettes universitaires et toutes deux prévoyaient d'acheter des maisons une fois l'affaire conclue. Max a dit qu'elles ne comprenaient pas pourquoi leur mère s'accrochait à ce terrain, il n'était pas utilisé pour l'agriculture ni pour gagner de l'argent d'une autre façon. Il est simplement resté là, inexploité.

— Est-ce que vous avez une idée de ce que faisait la mère comme métier si elle n'utilisait pas le terrain pour quoi que ce soit ?

— Non, mais apparemment, elle avait pris sa retraite tôt et vivait bien. Barry m'a dit que sa maison avait été mise en vente pour près d'un million de livres après son décès. Je suppose qu'elle avait de bons conseils en matière d'investissement puisqu'elle ne se souciait pas de vendre l'aérodrome. Elle l'a simplement laissé se détériorer.

CHAPITRE 35

Mark ouvrit la canette de boisson énergisante, fronça le nez à l'arôme écœurant qui s'en échappa, puis but une gorgée et réprima un rot.

Il passa une main sur ses yeux fatigués en retenant un bâillement.

Les trois dernières heures avaient été consacrées à l'examen de toutes les notes d'enquête à ce jour, y compris une nouvelle analyse des enquêtes de porte-à-porte qui avaient eu lieu autour de l'aérodrome de Ravenswood et celles menées auprès des amis et de la famille de Barry Windlesham.

Gaynor et Oliver Alton étaient retournés à Cardiff, laissant une clé de la maison de Windlesham à l'inspecteur principal Kennedy avec confirmation que le lieu serait vendu dès que l'enquête serait conclue et les questions d'homologation réglées.

Entre-temps, West avait laissé un message à l'avocat de Gaynor, demandant à Max Swift de les appeler dès son arrivée au bureau le lendemain. Quand Mark remonta à la salle des opérations, elle était concentrée sur son écran d'ordinateur, la mâchoire serrée.

— Il y a très peu d'informations dans les journaux locaux sur la vente de l'aérodrome à Windlesham l'année dernière, dit-elle. Juste quelques bribes ici et là qui mentionnent qu'il l'avait acheté pour le réaménager. La plupart des articles parlent de l'histoire du lieu pendant la Seconde Guerre mondiale, et il y en a un ou deux qui évoquent la manière dont la nature a repris ses droits depuis. Ah, et il y avait une lettre adressée au rédacteur en chef d'un journal local datant de juillet dernier qui parle de l'état dangereux des anciens hangars d'avions.

— Est-ce qu'ils mentionnent cette femme, la vendeuse ?

— Non, rien. Il y en a un qui mentionne que le vendeur était représenté par un cabinet d'avocats à Oxford, donc je leur ai aussi laissé un message.

Elle ferma le navigateur web tandis qu'il lui tendait une barre de chocolat du distributeur automatique.

— Merci. Si aucun des avocats ne me rappelle d'ici demain midi, je les relancerai.

— Et si ça ne marche pas, dites-le-moi et je les appellerai.

La voix de Kennedy traversa la pièce alors qu'il sortait de son bureau.

— Cela fait une semaine que Windlesham a été la cible d'un tir, et nous n'avons toujours aucune idée de qui voulait sa mort, même si nous savons pourquoi.

L'inspecteur principal traversa la pièce jusqu'au tableau blanc, il émit un léger sifflement pour attirer l'attention du reste de l'équipe et il attendit qu'ils se rassemblent autour de lui. Malgré le week-end, il y avait toujours plus d'agents en uniforme que ce qu'indiquait le tableau de service, plusieurs d'entre eux ayant choisi de faire des heures supplémentaires ou d'annuler des engagements personnels pour soutenir l'enquête.

Kennedy vérifia sa montre avant de commencer.

— Gillian Appleworth a prévu de m'appeler en vidéo dans quinze minutes, et elle a accepté qu'il serait utile pour vous tous d'entendre ses conclusions des premières autopsies qu'elle a effectuées ce week-end, plutôt que d'attendre ses rapports étant donné l'urgence de la situation. Où est Tracy ? Vous pouvez configurer l'appel sur cet ordinateur portable ici ?

L'agente administrative de l'équipe se fraya un chemin entre le sergent Peter Cosley et un agent en uniforme avec une expression déterminée.

— Pas de problème, chef. Je viens de recevoir une mise à jour de Will Trelawny du service de criminalistique numérique, il a travaillé sur le téléphone portable de Windlesham ce week-end et il a aussi des nouvelles. Vous voulez que je l'appelle et que je le mette sur haut-parleur pendant que nous attendons Gillian ?

— Faites donc ça.

Kennedy attendit qu'elle compose le numéro, puis il monta le volume.

— Will ? C'est l'inspecteur principal Kennedy d'Abingdon. Vous êtes sur haut-parleur pour que le reste de mon équipe puisse vous entendre. Tracy dit que vous avez une mise à jour pour nous.

— Merci, Ewan. Bonjour à tous.

Le spécialiste en criminalistique s'éclaircit la gorge.

— Bon, alors le téléphone repêché de la rivière à Culham n'a pas été endommagé grâce à la pochette étanche dans laquelle Windlesham l'avait mis. Nous avons réussi à le déverrouiller, mais rien n'indique qu'il appartenait à

Windlesham lui-même. Aucun des numéros dans la liste des appels récents ne correspond à ceux que son assistante administrative nous a transmis, et aucun nom n'est enregistré dans la liste des contacts.

— Vous avez de bonnes nouvelles pour nous, Will ? grogna Kennedy, le menton dans la main tandis qu'il écoutait.

— En fait, oui.

Mark pouvait entendre le sourire dans la voix de l'autre homme.

— Qui que soit le propriétaire de ce téléphone, il a reçu un SMS il y a trois semaines avec les détails d'un train se rendant à la gare de Didcot. Rien d'autre, juste une heure et une date. Cela pourrait être lié à quelqu'un qui arrive ou quelqu'un qui part, mais…

— Si nous avons ça, nous pouvons le vérifier par rapport aux images de vidéosurveillance de la gare et voir si nous reconnaissons quelqu'un sur le quai, termina Kennedy en notant les détails du SMS sur le tableau blanc. C'est une bonne piste, Will. Autre chose ?

— Non, désolé.

— Pas grave. Bon travail. Je vous laisse continuer, merci.

L'inspecteur principal termina l'appel et se tourna vers Caroline.

— Vous pouvez suivre cette affaire de vidéosurveillance et demander à quelqu'un de l'examiner avec vous dès que possible ?

— Pas de problème, chef. Je les appelle après le briefing.

— Et qu'en est-il de la voiture de Windlesham ? Du nouveau ?

— Pas encore, chef.

L'enquêteuse fronça les sourcils.

— Aucun de ses voisins ne l'a vue, et elle n'a pas été retrouvée abandonnée quelque part.

— Continuez à chercher.

— Chef ? appela Tracy depuis le bureau voisin. J'ai Gillian en visioconférence, prête pour vous.

— Merci, dit Kennedy en tournant l'ordinateur portable face à l'équipe. Gillian ? Content de te voir, merci de faire ça. C'est vraiment logique dans ces circonstances.

— Pas de problème, répondit la médecin légiste. Je peux imaginer que vous êtes aussi occupés que moi, alors je ne vais pas m'éterniser. Si vous êtes tous prêts, je peux commencer.

— Nous sommes prêts, répondit l'inspecteur principal en balayant l'équipe du regard tandis que quelques retardataires trouvaient des sièges et ouvraient leurs carnets. À toi.

— Merci.

Gillian était assise à son bureau et s'installa confortablement dans son siège avant de commencer.

— J'ai terminé l'autopsie de la victime la plus récente trouvée sur le site de l'aérodrome, et j'ai transmis des échantillons d'ADN à Jasper hier. En attendant, je peux confirmer qu'il n'y a aucune trace de traumatisme osseux, à part un orteil cassé qui semble dater de plusieurs années. J'ai conclu que, vu le taux de décomposition, il n'a pas été enterré depuis plus de quatre semaines. Normalement, cela signifierait qu'une grande partie des preuves serait déjà perdue, mais le sol de la région est très argileux, ce qui ralentit un peu le processus de décomposition. Donc, même si ses organes ont commencé à se décomposer, j'ai pu constater qu'on lui avait retiré les deux reins.

— Une chance que tu puisses nous dire la cause du décès ? demanda Kennedy.

La bouche de Gillian se tordit.

— J'ai envoyé quelques échantillons pour analyse, mais ce sera difficile Ewan, vu l'état des restes. Comme je l'ai dit, il n'y a pas de traces de traumatisme contondant.

— Merde. Ok, quel rapport y a-t-il avec les autres tombes ?

— Les autres sont plus anciennes, la suivante date de moins d'un an je pense, mais je vais devoir faire d'autres tests avant de pouvoir le confirmer, donc pour l'instant, je dis ça officieusement.

— Et la tombe la plus ancienne ?

— Laisse-moi une chance, Ewan. Ça ne fait que deux jours.

Un murmure de rires parcourut la salle des opérations tandis que l'inspecteur principal adressait un sourire penaud à la médecin légiste.

— Ça valait le coup d'essayer.

— Je peux passer au rapport suivant ? demanda Gillian. Je pense que les résultats de celui-ci pourraient aider à éclaircir comment les victimes de l'aérodrome sont mortes.

— Je t'en prie.

— Ok, alors l'homme trouvé dans le congélateur, il avait une incision similaire à l'abdomen, qui après examen a révélé qu'on lui avait récemment retiré les reins. Encore une fois, il n'y a aucun signe de traumatisme contondant typique.

Gillian se pencha vers l'écran alors qu'elle s'échauffait sur son sujet.

— Il y a des signes de lésions tissulaires et quelques doigts cassés, mais c'est probablement dû à la façon dont il a été calé dans un espace aussi étroit. C'était un homme assez grand.

Mark avala sa salive, la bouche sèche.

— Gillian, est-ce qu'il y avait des signes de lutte, ou qu'il ait été maîtrisé de force ?

— Aucun, répondit la médecin légiste. Ce qui pose la question de savoir si ces victimes ont été amenées à croire qu'elles survivraient à ces procédures.

— Dès que nous pourrons identifier les victimes, nous pourrons examiner leur historique financier, dit Kennedy. Au moins de cette façon, nous pourrons voir si d'importantes sommes d'argent ont changé de mains, et peut-être remonter à la source de ces revenus.

— À moins qu'ils n'aient été payés en espèces bien sûr, dit Gillian. De cette façon, l'argent pourrait être facilement récupéré une fois le donneur mort.

Mark parcourut ses notes du pouce, puis fronça les sourcils.

— Gillian, tu as dit qu'il n'y avait pas de signes de lutte et qu'il n'y avait pas de traces évidentes de traumatisme osseux. Comment suggères-tu que cet homme a été tué ?

— Une overdose, répondit-elle. En raison de la préservation de ses restes, j'ai pu effectuer quelques tests. Je suis prête à affirmer que cet homme a été tué par une overdose massive de barbituriques, probablement sous les effets d'une anesthésie générale. Il aurait été assez simple d'augmenter la dose une fois le prélèvement d'organe terminé. Ce serait plus facile de les pacifier de cette façon, et, pardonnez-moi si je parais grossière, meilleur pour le prélèvement d'organes vitaux si les niveaux d'adrénaline étaient maintenus au minimum.

— Mais ce type n'était pas un donneur, n'est-ce pas ? dit West en regardant Mark. Nous savons que c'était l'homme qui a pris le sac étanche de la salle de décontamination de l'hôpital, et qu'il pourrait être le même homme envoyé pour tuer Windlesham. Alors pourquoi le tuer et le mettre dans le congélateur ? Pourquoi prélever ses reins ? Ils ne feraient pas ça sans s'assurer qu'il était compatible pour un receveur, n'est-ce pas ?

— Peut-être que c'était pour lui donner une leçon, murmura Kennedy, le visage troublé.

— Et peut-être, dit Mark, qu'étant donné que le site des tombes avait déjà été découvert, l'unité industrielle était censée être une mesure temporaire.

— Pourquoi, s'ils avaient un receveur déjà prêt ? répliqua Jan.

— Parce que peut-être qu'ils n'en avaient pas, dit Mark. Peut-être qu'ils ont décidé de le tuer parce qu'il représentait un risque, puis de mettre ses reins aux enchères. Peut-être que nous n'avons pas affaire à un seul groupe de prélèvement illégal d'organes, mais à tout un réseau.

CHAPITRE 36

Un silence stupéfait suivit les paroles de Turpin.

Jan pouvait entendre le froissement gêné des pieds sur la moquette provenant des jeunes agents en uniforme debout au fond de la salle, le tic-tac de l'horloge au-dessus du tableau blanc, et le ronronnement de la circulation au-delà des fenêtres de la salle des opérations. Elle observa les visages de ses collègues et elle vit qu'ils affichaient une expression écœurée face à la réalité de ce qu'ils entendaient, chacun d'eux croisant son regard avec un bref hochement négatif de la tête, ou baissant les yeux vers le sol pendant qu'ils assimilaient les conclusions de Gillian.

Puis la voix de la médecin légiste attira de nouveau son attention et elle resserra sa prise sur son stylo.

— J'ai aussi mes conclusions concernant l'autopsie de l'autre corps retrouvé dans l'unité industrielle, dit Gillian. Celui qui a été brûlé. Si, bien sûr, vous êtes prêts ?

Kennedy s'éclaircit la gorge.

— Nous sommes prêts.

— Ok, alors clairement, cette victime était dans un état de

décomposition plus avancé en raison des dégâts causés par le feu, donc je suis limitée dans ce que je peux vous dire. Cependant, j'ai transmis des prélèvements ADN à Jasper et au laboratoire en demandant qu'ils effectuent des tests urgents. Si vous n'avez pas de nouvelles d'ici demain après-midi, Ewan, tu voudras peut-être les appeler.

— C'est noté, dit l'inspecteur principal. Continue.

— Je pense que cette victime a été tuée par un traumatisme contondant, mais la blessure se situe vers le sommet de son crâne, qui s'est fracturé sous l'impact. J'ai trouvé des traces de bois et de métal parmi les fragments osseux, donc je suis encline à suggérer qu'il a été tué à la suite de l'effondrement du bâtiment avant qu'il ne puisse s'échapper. Jasper aura plus d'informations pour vous, mais d'après ma conversation antérieure avec lui, et d'après ce que Bradley Holbrook nous a dit sur place, il est possible que cette personne soit celle qui a déclenché l'incendie.

— Tu peux le corroborer ? demanda Kennedy.

— Je le ferai dans mon rapport final et après avoir reçu la confirmation de Jasper pour valider mon opinion.

Gillian se pencha en arrière en s'éloignant de son écran.

— C'est tout ce que j'ai pour vous pour le moment. Les autres restes trouvés sur l'aérodrome seront examinés au cours de la semaine prochaine, donc si j'apprends autre chose qui pourrait vous aider dans l'enquête, je vous contacterai.

— Merci, dit Kennedy avant de mettre fin à l'appel vidéo.

Il se tourna vers l'équipe.

— Je suis sûr de ne pas être le seul à avoir besoin d'une pause de cinq minutes après ça. On se retrouve à dix-huit heures trente. Ne soyez pas en retard.

———

Jan se tenait sur le palier entre le rez-de-chaussée et la salle des opérations. Ignorant le va-et-vient derrière elle dans l'escalier, elle contemplait les teintes ambrées adoucies du soleil couchant au-delà des fenêtres.

Des nuages indigo estompaient l'horizon et un mince croissant de lune brillait au-dessus des arbres qui bordaient la zone industrielle au-delà de la route principale.

— Je suis désolée, mon chéri, mais tu peux quand même aller voir le film avec ton père, non ?

Son cœur se serra quand son jumeau aîné, Harry, soupira à l'autre bout du téléphone.

— Mais on l'a prévu depuis des semaines, Maman.

— Je sais, mais un homme est mort la semaine dernière et j'aide à découvrir qui lui a fait du mal pour aider sa famille.

Elle baissa la voix alors que deux agents en uniforme dévalaient bruyamment les escaliers, et elle les suivit du regard jusqu'à ce qu'ils disparaissent et que la porte de sécurité de l'accueil se referme avec fracas derrière eux.

— Je le regarderai quand il sera disponible sur l'une des plateformes de streaming, ce ne sera que dans quelques semaines, non ? Mais pas de spoilers entre-temps.

— Je devrais te raconter la fin, grommela-t-il.

Elle pouvait entendre le sourire dans sa voix malgré la menace.

— N'y pense même pas, petit garnement. Écoute, tiens compagnie à ton père ce soir parce que je sais qu'il attendait ce moment avec autant d'impatience que toi et Luke, et je vous offrirai une sortie à tous dès que cette affaire sera résolue. Ça te va ?

— Ok. Je t'aime. Je dois y aller. Voilà Papa.

— Salut, chérie.

La voix de Scott traversa sa fatigue, son doux baryton apaisant son épuisement.

— Je suppose que ça va être une soirée tardive pour toi ?

— Nous n'en sommes qu'à la moitié du briefing, dit-elle. Et nous sommes loin de découvrir qui a fait ça, donc ça va être une de ces semaines.

— Désolé d'entendre ça… Attends. Chut, Luke. Laisse-moi parler à ta mère. Non, je ne sais pas où sont tes baskets. Tu as regardé sous ton lit ? Désolé, chérie. Comment vas-tu ? Tu as besoin que je te dépose quelque chose sur notre chemin ?

Elle sourit.

— Non, mais merci. J'espère être de retour avant vingt-deux heures. Je pense que ce briefing va durer un moment et ensuite Mark et moi allons probablement rester pour essayer de prendre de l'avance sur les papiers avant demain.

— Pendant que j'y pense, et seulement si tu peux, tu lui as demandé s'il voulait venir avec Lucy au match de foot pères contre fils vendredi soir ?

— Oh, mince, j'avais presque oublié avec tout ce qui se passe ici. Le coup d'envoi est à quelle heure ?

— Dix-huit heures.

— Ok, je vais lui demander ce soir avant qu'on parte.

Elle jeta un coup d'œil par-dessus son épaule alors que la porte en haut des escaliers s'ouvrait et que Turpin passait la tête. Il lui fit signe.

— Je dois y aller, on dirait que Kennedy est prêt pour la deuxième manche.

— À plus tard, chérie.

— Je t'aime. Profitez bien du film.

Elle mit fin à l'appel et se dépêcha de monter les escaliers, remerciant Turpin d'un sourire tandis qu'il tenait la porte ouverte pour elle et se mettait à marcher à ses côtés alors qu'ils se dirigeaient vers la salle des opérations.

— Tout va bien à la maison ?

— Oui, merci, et avant que j'oublie, Scott a demandé si Lucy et toi aimeriez venir les voir jouer au foot, lui et les garçons, vendredi soir. Coup d'envoi à dix-huit heures.

— Je vais vérifier avec la secrétaire sociale, mais je suis sûr que ça nous conviendra. Un verre après ?

— Ça me va.

Ils trouvèrent leurs places au premier rang des officiers rassemblés et se turent tandis que Kennedy attendait à côté du tableau blanc, sa main planant une fois de plus au-dessus du téléphone de bureau.

— Tout le monde est là ? aboya-t-il en s'arrêtant pour tendre le cou au-dessus de l'équipe à la recherche de retardataires. Bien. Ok, maintenant, Jasper est en ligne, prêt à nous communiquer ce qu'il a pu trouver jusqu'à présent. Jasper, vous êtes là ?

L'appel se connecta et la voix mélodieuse du spécialiste en criminalistique remplit la pièce.

— Bonsoir à tous. Si vous êtes confortablement installés, alors je vais commencer.

Jan s'installa dans sa chaise et prépara son carnet et son stylo.

— J'ai pensé vous faire une mise à jour ce soir plutôt que demain parce que je viens d'avoir des nouvelles du laboratoire, commença Jasper. J'ai demandé une faveur à quelqu'un là-bas qui a travaillé pendant le week-end, et ils nous ont transmis quelques résultats.

D'un seul mouvement, l'équipe se tut, les dernières conversations restant suspendues dans l'air.

— Continuez, dit Kennedy, son regard fixé sur le téléphone.

— Ok, eh bien pour faire simple, ils ont trouvé une correspondance entre les prélèvements ADN que nous avons effectués dans le mess des officiers et ceux de la dernière victime découverte sur le site des tombes.

L'inspecteur principal expira.

— Donc, qui que ce soit, il a réussi à s'échapper de là, pour être ensuite recapturé. Vous êtes sûr des analyses, Jasper ?

— Ils ont tout vérifié deux fois avant de m'appeler avec les résultats. Le prélèvement a été fait sur des vêtements qui s'étaient accrochés aux éclats de la porte. Il y avait du sang mêlé aux fils, donc qui qu'il soit, il s'est blessé sur la porte en s'échappant.

— Je me demande où ils l'ont mis une fois qu'ils l'ont attrapé, dit Jan. Je veux dire, ça aurait été trop risqué de le remettre dans le mess des officiers, et les autres bâtiments sont ouverts aux éléments.

— Je pourrais peut-être éclaircir ce point, dit Caroline en élevant la voix depuis le fond de la salle.

Elle s'avança vers l'endroit où se tenait Kennedy.

— Si vous me permettez, chef ?

— La parole est à vous, dit-il. Qu'est-ce que vous avez trouvé ?

— J'ai passé la journée à réinterroger les autres propriétaires d'entreprises de la zone industrielle où l'incendie s'est produit, dit-elle. Même si personne n'a pu dire aux officiers qui ont mené les premiers interrogatoires hier qui dirigeait l'entreprise où l'incendie a commencé, je viens de recevoir un appel du type qui possède l'atelier de soudure en face. Il a dit qu'il avait vu des livraisons occasionnelles par une camionnette blanche à des heures bizarres. Apparemment, il est insomniaque et travaille parfois tard la nuit pour respecter les délais.

— Est-ce qu'il a vu qui conduisait la camionnette ?

— Non, chef, mais il a dit qu'il y a trois semaines, il avait vu deux hommes venir à la rencontre de la camionnette et aider à la décharger. Il a dit que ça ressemblait à un objet long et lourd parce qu'il a fallu deux personnes pour le transporter dans le bâtiment.

— Est-ce qu'il a vu des marques d'identification sur la camionnette ? demanda Kennedy.

— Non, il n'y a pas d'éclairage dans ce coin de la zone industrielle, donc il faisait trop sombre pour qu'il puisse voir. Il a dit qu'à l'une de ces occasions, ils avaient pris un sac de la camionnette pour le porter aux conteneurs de vêtements caritatifs à côté de la clôture du périmètre.

Les yeux de Kennedy s'élargirent en écoutant.

— On dirait que c'est notre seul témoin du transport des corps depuis l'endroit où les opérations ont été effectuées jusqu'à leur stockage avant l'enterrement.

— Et peut-être qu'ils utilisent les conteneurs caritatifs pour se débarrasser des vêtements des victimes après les avoir tuées, suggéra Turpin.

— Pourquoi ne pas détruire les vêtements ? demanda Jan.

— Peut-être qu'ils ne pouvaient pas, ou ne voulaient pas risquer que des restes apparaissent, dit Turpin. Et donner les vêtements aux boutiques caritatives signifierait qu'ils seraient lavés et mélangés avec l'ADN d'autres personnes au fil du temps. Ce serait impossible de remonter jusqu'aux victimes.

— C'est génial. Les salauds.

Kennedy se retourna vers le téléphone.

— Vous avez tout entendu, Jasper ?

— Oui. Vous pouvez envoyer une patrouille là-bas maintenant pour mettre du ruban autour des conteneurs ? Je vais les rejoindre là-bas. Nous n'avons pas eu de chance avec le conteneur juste à l'extérieur de l'unité industrielle, mais ça semble prometteur.

— En effet. Avant de partir, vous avez autre chose pour nous ?

— Pas pour le moment. Nous avons récupéré les restes de certains objets qui étaient dans l'unité industrielle et endommagés par l'incendie, et nous travaillons au traitement de tout ce que nous pouvons des tombes de l'aérodrome qui ont été exhumées jusqu'à présent pour vous obtenir des résultats le plus rapidement possible, donc je vous appellerai avec une autre mise à jour demain en fin de journée.

— Merci.

Kennedy se tourna vers l'équipe après que Jasper raccrocha.

— Caroline, vous pouvez vous coordonner avec la patrouille qui se rend sur le site industriel pour leur demander de trouver le nom de l'organisation qui collecte ces conteneurs caritatifs, puis les appeler ? Nous devons savoir ce qu'il advient de ces vêtements et quand la dernière collecte a été effectuée.

— Je m'en occupe, chef.

Il se tourna vers le plus jeune détective.

— Alex, vous pouvez commencer à passer en revue la base de données des personnes disparues dès que Jasper nous enverra les résultats ADN ? Si ces donneurs étaient retenus contre leur gré, nous devons considérer qu'ils étaient vulnérables à l'exploitation.

L'inspecteur principal se retourna vers le téléphone qui sonnait une fois de plus.

— Vous attendez quelqu'un d'autre, Tracy ?

— Non, chef.

Elle se précipita et examina l'écran.

— C'est le numéro interne de Crimestoppers.

Il saisit le téléphone.

— Inspecteur principal Kennedy. D'accord. Oui. Vraiment ? Vous avez un numéro ? Merci.

— Qu'est-ce qui se passe maintenant ? murmura Turpin.

La peau de Jan frissonna tandis que Kennedy reposait le téléphone, les yeux brillants.

— Chef ?

— Apparemment, Crimestoppers a reçu un appel il y a dix minutes du père de deux garçons qui faisaient du vélo près du village de Culham dimanche dernier, dit l'inspecteur principal avec un sourire sur son visage. Et il dit qu'ils ont filmé avec leur téléphone un homme qui pourrait bien être l'agresseur de Windlesham. Mark, Jan, assurez-vous de les interroger après l'école demain.

CHAPITRE 37

Le lendemain matin, Mark fit sauter les pneus de son VTT de la route au trottoir, tout en remerciant un promeneur de chien qui s'écarta pour le laisser filer, et il changea de vitesse en pédalant à travers les ruelles parallèles à Ock Street.

Son sac à dos était plus lourd aujourd'hui, chargé de l'ordinateur portable qu'il avait ramené chez lui pour rattraper ses emails et d'une boîte en plastique remplie de biscuits au gingembre que Lucy avait préparés la veille. Son costume avait été soigneusement roulé pour éviter le plus de plis possible, et quelque part dans le compartiment principal se trouvait une canette de boisson énergisante dont il savait qu'il aurait besoin dans l'heure qui suivrait.

Il portait un t-shirt et un short, et il savourait l'air frais qui venait de la rivière comme une caresse. Il était déjà revigoré par une course avec Hamish une heure plus tôt qui leur avait fait traverser les jardins de l'abbaye et la prairie avant de revenir à la péniche, essoufflés et assoiffés.

Après un rapide au revoir à Lucy, il était reparti, animé d'une détermination renouvelée.

Les révélations du briefing de la veille avaient été choquantes, et il ne se faisait aucune illusion : l'équipe d'enquête aurait besoin de tous ses efforts pour retrouver le responsable de ces crimes horribles.

Après avoir vérifié par-dessus son épaule, Mark freina pour laisser passer un bus à impériale, puis il bascula sa jambe par-dessus le vélo en s'arrêtant complètement près de la barrière de sécurité du parking du commissariat.

— Salut, chef, lança Alex.

Il attendait près de la porte arrière et la tint ouverte pendant que Mark attachait son vélo avant de le suivre.

— Le trajet était agréable ?

— Oui, merci. Comment s'est passée ta soirée ?

— Tranquille.

L'enquêteur esquissa un sourire timide.

— J'en avais besoin après cette semaine, et Becky avait passé tout le week-end avec ses amis, alors on s'est affalés sur le canapé.

— Parfois, c'est nécessaire. Je vais prendre une douche rapide et je te retrouve en haut.

Mark sortit la boîte de biscuits de son sac à dos.

— Distribue ça quand tu y seras. Lucy a encore fait des merveilles et ma ligne ne me remerciera pas si je les mange tous. Tu as vu Kennedy ?

— Sa voiture est garée à sa place habituelle, mais le moteur était encore chaud quand je suis passé devant.

Alex consulta sa montre.

— Il n'avait pas prévu de briefing ce matin, si ?

— Non. On fera le point plus tard si l'un d'entre nous trouve quelque chose pour nous aider. À tout de suite.

Mark prit cinq minutes pour se doucher, se sécha les cheveux avec une serviette et appliqua une généreuse quantité de déodorant. Dix minutes plus tard, il entra dans la salle des opérations pour trouver Ewan Kennedy en train de faire les cent pas sur la moquette à côté de son bureau, le visage furieux, tandis que West essayait de se cacher derrière son écran d'ordinateur.

— Que s'est-il passé, chef ?

— Quelqu'un a réussi à filmer ce qui se passait à l'aérodrome ce matin, gronda l'inspecteur principal. Et je vais le pendre quand je découvrirai qui c'est. Ça a été publié sur les réseaux sociaux il y a moins de quinze minutes.

— On ne peut pas le faire retirer ?

— On est déjà en train de chercher la personne qui l'a posté, mais vous savez comment c'est. J'ai demandé à l'équipe médias de publier un communiqué avant neuf heures, mais maintenant on est en mode limitation des dégâts.

Mark poussa son sac à dos sous le bureau et se déplaça vers l'ordinateur de West.

Elle avait téléchargé la vidéo incriminée et la visionnait. Il gémit en voyant les images zoomées des tentes blanches et des silhouettes qui allaient et venaient dans leurs combinaisons de protection.

— Merde. On ne va pas pouvoir minimiser ça, n'est-ce pas ?

— On peut dire qu'il s'agit d'une enquête en cours qui n'a pas encore déterminé si les restes sont historiques ou non, dit West. C'est ce qu'on maintient pour l'instant de toute façon, jusqu'à ce qu'on ait des nouvelles de Kidlington.

Mark haussa un sourcil vers Kennedy.

— Les grandes pompes sont impliquées ?

— Bien évidemment, répondit l'inspecteur principal. Et je n'ai pas besoin de vous dire que ça va nous causer toutes sortes de problèmes. Ils vont envoyer quelqu'un d'ici un jour ou deux pour auditer l'enquête à ce rythme.

— Merde. On ne peut pas perdre notre élan maintenant.

Kennedy lui lança un regard noir.

— Alors pourquoi est-ce que vous êtes encore là tous les deux alors qu'il y a des pistes à suivre ?

———

— Je n'envie pas Alex et Caroline coincés dans la salle des opérations ce matin, dit West, ses talons claquant sur l'asphalte tandis qu'ils se dirigeaient vers le véhicule de service.

Elle pointa la clé dessus, puis ouvrit un sac plastique vide et vida le sol côté passager des paquets de chips et d'une canette de soda froissée.

— Franchement, on pourrait croire qu'Alex saurait nettoyer derrière lui à son âge.

Mark sourit, malgré le début morose de la journée.

— On peut mener un cheval à l'abreuvoir…

— C'est comme avoir un troisième enfant parfois, grommela-t-elle.

Elle noua les extrémités du sac et le porta jusqu'à une poubelle à roulettes proche avant de revenir.

— Et je n'ai pas pu te raconter ma nouvelle à cause de Kennedy qui était d'une humeur massacrante.

— De quoi s'agit-il ?

Il attrapa les clés qu'elle lui lança et monta dans la voiture avant de démarrer le moteur.

— Et de quelles pistes Kennedy voulait parler ? Je croyais qu'on n'interrogeait ces adolescents que plus tard aujourd'hui.

— J'ai reçu un appel téléphonique hier soir de Max Swift, l'avocat de Barry Windlesham.

— Vraiment ? Qu'est-ce qu'il voulait à cette heure-là ?

West attendit qu'ils aient passé la barrière de sécurité.

— Prends la direction de Wallingford. Swift a dit qu'il préparait une audience d'homologation de testament ce matin et qu'il est tombé sur des documents concernant l'achat du terrain de l'aérodrome par Barry. Il a confirmé qu'il appartenait à une femme âgée, une certaine Mme Sofia Cartney-Bowler, qui a légué le site à ses deux filles dans son testament. Aucune d'elles ne voulait le garder. D'après ce que Swift a dit, j'ai eu l'impression qu'elles étaient impatientes de conclure l'affaire et de dépenser l'argent. Quoi qu'il en soit, il m'a donné les coordonnées des filles et je leur ai parlé dès que Max a raccroché. L'aînée est en vacances en Écosse en ce moment, mais la cadette a accepté de nous parler. Elle travaille à Wallingford et elle a dit qu'elle pouvait nous accorder un moment avant une réunion ce matin.

— On n'aurait pas pu lui parler au téléphone ?

— On aurait pu, répondit West. Mais vu les circonstances, j'ai pensé que tu voudrais la rencontrer en personne.

— Pourquoi ?

West fit un sourire sinistre quand il jeta un coup d'œil vers elle.

— Apparemment, sa mère était anesthésiste.

CHAPITRE 38

La fille de Sofia Cartney-Bowler les attendait devant un café à la périphérie de Wallingford.

Elle avait les yeux rivés sur son téléphone alors qu'ils approchaient, ses pouces en mouvement frénétique sur l'écran, et elle semblait totalement indifférente aux autres clients qui l'évitaient en passant pour atteindre la porte d'entrée.

— C'est bien elle, n'est-ce pas ? murmura Mark en ralentissant le pas.

— Oui, elle s'appelle Marion, répondit West. Elle travaille pour une entreprise locale de vente de produits chimiques depuis qu'elle a terminé ses études, et elle a dit qu'elle prévoyait de revenir s'installer dans la région maintenant qu'elle a remboursé ses dettes universitaires.

— Où est-ce qu'elle habite actuellement ?

— À Thatcham, elle fait la navette tous les jours.

La jeune femme leva les yeux au son de leurs pas, fronça les sourcils, puis ses épaules s'affaissèrent et elle rangea son téléphone.

— Vous devez être les détectives, c'est ça ?

West sourit.

— Merci de nous recevoir si rapidement. Je suis l'enquêteuse Jan West, et voici l'inspecteur Mark Turpin. Est-ce que vous voulez que nous parlions ici, ou… ?

— Pas vraiment.

Marion jeta un coup d'œil par-dessus son épaule.

— Je pensais que ce serait plus calme à cette heure, mais…

— Nous pourrions marcher un peu, proposa Mark. Les jardins du château sont ouverts, et probablement pas trop fréquentés en ce moment. Ça vous convient ?

Marion acquiesça.

— Allons-y. J'ai quarante-cinq minutes avant ma prochaine réunion et ma voiture est garée juste là-bas de toute façon.

Elle partit devant, les épaules légèrement voûtées, suivie par Mark et West. Elle ne voulait manifestement pas parler en chemin, et elle attendit jusqu'à ce qu'ils aient franchi l'entrée publique du château et qu'ils suivent un sentier sinueux le long des arbustes en bourgeonnement.

Après s'être arrêtée près d'un banc en bois, elle se retourna, les bras croisés.

— Bien, qu'est-ce que vous vouliez me demander qu'on ne pouvait pas régler par téléphone ?

— Parlez-nous de la réticence de votre mère à vendre le terrain de l'aérodrome, dit Mark.

Marion leva les yeux au ciel.

— Honnêtement, je pense que cet endroit était la seule chose qui causait des tensions dans notre relation avec Maman. J'inclus Ellie là-dedans parce qu'elle avait suggéré à

Maman au début de l'année dernière de vendre l'endroit. Elle ne s'y était pas rendue depuis presque dix-huit mois.

— Pourquoi est-ce qu'elle gardait ce terrain ?

— Je ne sais pas, soupira Marion.

Elle s'assit sur le banc en bois et contempla le gazon luxuriant qui bordait l'autre côté du chemin jusqu'à l'épaisse muraille de pierre du château.

— Pendant des années, elle nous a dit que c'était parce que ça avait toujours appartenu à la famille. Elle était fière de son histoire et elle nous racontait des anecdotes sur certains des avions qui y décollaient pendant la guerre. Quand nous étions petites, elle nous y emmenait pour des pique-niques et nous jouions dans les vieux bâtiments.

Elle fronça les sourcils.

— Tout a changé il y a environ six ans.

— Pourquoi ?

— Apparemment, elle avait reçu un avis disant que les bâtiments étaient dangereux, et elle a dit que nous ne devions plus aller sur le site. Pas sans elle, en tout cas.

— Vous y êtes retournée avec elle ?

— Non. La première fois que j'y suis retournée, c'était quand Barry Windlesham nous a approchées via notre avocat avec une offre d'achat du terrain en janvier. Ellie et moi avons rencontré un expert qui nous a aidées à comprendre combien valait l'endroit, et nous avons fait un tour avec lui à ce moment-là. Barry a acheté le terrain peu après, donc je n'y suis pas retournée depuis.

Mark attendit que West mette à jour ses notes, puis reporta son attention sur Marion.

— Comment les villageois ont-ils accueilli la nouvelle de la vente ?

Elle plissa le nez, puis mit sa main en visière pour le regarder.

— Certains n'étaient pas impressionnés. Je suppose qu'ils s'étaient habitués à ce que ce soit abandonné, et ils s'inquiétaient de ce que Barry allait faire de l'endroit. Il y a eu une ou deux menaces…

— Des menaces ?

Les sourcils de West se levèrent brusquement.

— De la part de qui ?

— Je ne suis pas sûre.

Marion haussa les épaules.

— La voiture d'Ellie a été rayée avec une clé ou quelque chose comme ça quand nous vidions la maison de Maman, et quelqu'un a glissé un mot sous la porte disant que nous devrions reconsidérer la chose, même si c'était exprimé de façon un peu plus directe que ça, et comme j'ai vécu là-bas toute seule pendant quelques semaines pendant que nous vendions les meubles, j'ai été inquiète un moment, mais rien ne s'est passé. Je suppose qu'une fois que les choses se sont mises en marche pour la vente, la personne qui faisait ça a réalisé que c'était hors de notre contrôle. Nous avions gardé toute l'affaire discrète jusqu'à la dernière minute de toute façon. Je pense que nous avions anticipé une sorte de tollé à propos de la vente, mais je pense que si ça avait traîné, les choses auraient pu prendre une mauvaise tournure.

— Qu'est-ce qui vous fait dire ça ? demanda Mark. Les menaces ont augmenté ?

— Pas exactement.

Marion frissonna.

— J'avais juste l'impression pendant les derniers jours d'être constamment surveillée. Quand j'étais à la maison, je veux dire. J'avais hâte de partir.

— Vous avez mentionné au téléphone que votre mère travaillait comme anesthésiste, dit West. Quand a-t-elle pris sa retraite ?

— L'année dernière.

— Pardonnez-moi d'être indiscrète, dit West, mais quel âge avait votre mère quand elle a pris sa retraite ?

— Cinquante-deux ans. Elle avait l'aérodrome bien sûr, et de bons investissements que Papa avait mis en place avant son décès quand j'avais dix-huit ans, il a eu un cancer du poumon, alors elle disait que prendre une retraite anticipée lui convenait, dit Marion. Cela dit, Ellie et moi avons été surprises.

— Pourquoi ? demanda Mark.

— Parce qu'elle n'en avait jamais parlé jusqu'à la semaine où c'est arrivé. Un moment elle travaillait sans compter ses heures et je la voyais à peine quand je rentrais de l'université, et le suivant elle avait arrêté.

— Que faisait-elle après sa retraite ? demanda West. Est-ce qu'elle avait des centres d'intérêt ou elle participait à des rencontre sociales ?

Marion semblait déconcertée.

— À bien y réfléchir, elle ne *faisait* rien quand elle a pris sa retraite. Je veux dire, j'aurais pensé que la plupart des gens dans sa situation financière auraient pris des vacances ou quelque chose comme ça, fait le tour du monde ou une croisière, mais… non, elle ne l'a pas fait. Chaque fois que je lui demandais ce qu'elle faisait ou comment elle occupait son temps libre, elle changeait simplement de sujet. Je me suis dit qu'elle était juste gênée d'être passée d'une carrière bien remplie à rien du tout en si peu de temps et qu'il lui faudrait un moment pour s'adapter.

— Et est-ce qu'elle l'a fait ? S'adapter, je veux dire, demanda Mark.

— Non, pas à ma connaissance. Je veux dire, c'était une femme incroyablement intelligente, alors Ellie et moi ne pouvions pas comprendre pourquoi elle ne s'était pas battue contre cette retraite anticipée, ou pourquoi elle n'avait pas cherché un travail de consultante ailleurs. Elle aurait pu écrire un livre avec toutes les connaissances qu'elle avait acquises au fil des ans, mais même cette idée ne l'intéressait pas.

— Où travaillait-elle avant de prendre sa retraite ?

— Son dernier poste était dans cet hôpital privé de l'autre côté de Didcot, celui—

— Je le connais, dit West en fermant son carnet et en se tournant vers Mark. Chef, j'ai une idée.

— Moi aussi, répondit-il en tendant une carte de visite à Marion. Merci pour votre temps. Voici mon numéro direct. Si vous pensez à autre chose concernant l'aérodrome, vous pourriez me le faire savoir ?

— Ok.

Elle attendit qu'ils soient à quelques pas avant de les rappeler.

— Ma mère était une bonne personne, détective. Elle a sauvé beaucoup de vies.

CHAPITRE 39

La première impression de Mark concernant l'hôpital privé où avait travaillé Sofia Cartney-Bowler était qu'il faisait soit un commerce florissant, soit qu'il bénéficiait de plusieurs généreux bienfaiteurs.

Peut-être les deux.

Situé à quelques kilomètres au nord de l'aérodrome de Ravenswood, l'établissement avait autrefois été un manoir géorgien, avec des colonnes en grès de chaque côté de l'énorme porte d'entrée en chêne, surmontée d'un éventail décoratif en verre gravé de feuilles.

Les anciennes écuries de chaque côté du bâtiment principal semblaient avoir été converties en bureaux et en cliniques pour patients externes, et les jardins étaient entourés de haies de troènes qui protégeaient la clientèle des regards indiscrets pendant qu'ils se détendaient avec leurs visiteurs ou qu'ils retrouvaient la forme en petits groupes tranquilles.

La porte d'entrée était ouverte et, alors que Mark se précipitait à l'intérieur derrière West, il constata que le hall d'origine avait été transformé en un espace d'accueil chaleureux pour les patients et leurs familles. Un escalier allongé s'élevait depuis les carreaux à damier sur la gauche du hall et menait à un palier ouvert. Mark pouvait voir plusieurs œuvres d'art sur le mur lambrissé au-delà de la balustrade et il devina que, contrairement aux gravures bucoliques qui tapissaient les murs de nombreux hôpitaux, celles-ci étaient probablement des originales.

Un homme travaillait sur un ordinateur derrière le comptoir de la réception et les observa avec un regard curieux.

— Je peux vous aider ? Les heures de visite sont presque terminées jusqu'à ce soir.

Mark montra rapidement sa carte de police.

— Nous aimerions parler à James Rasper, s'il vous plaît.

Les sourcils de l'homme se haussèrent.

— Je suis désolé, mais notre PDG, le Dr Rasper, est un homme très occupé. Il préside une réunion avec nos administrateurs demain matin et se prépare actuellement pour cela. Vous ne pouvez pas simplement vous présenter en espérant lui parler. Ce n'est tout simplement pas possible.

West s'appuya sur le comptoir et le fusilla du regard.

— Nous pouvons lui parler ici, ou l'emmener au commissariat. À vous de choisir.

L'homme déglutit avant de pointer un canapé placé de l'autre côté du hall et de prendre son téléphone.

— Prenez place. Je vais voir ce que je peux faire.

— Merci.

Elle fit un clin d'œil à Mark et le guida vers le canapé, mais ils choisirent tous deux de rester debout plutôt que d'accepter l'offre du réceptionniste.

Après dix minutes, Mark avait lu toutes les brochures brillantes sur l'hôpital privé et il était sur le point de retourner au bureau de la réception quand des pas en haut de l'escalier attirèrent son attention.

Il leva les yeux pour voir un homme au début de la soixantaine en train de descendre en boutonnant sa veste avec une expression harassée. L'homme parcourut le hall du regard, sembla soulagé que personne d'autre ne soit en vue à part le réceptionniste qui les observait avec un intérêt mal dissimulé, et il se précipita vers eux.

— Détectives, je suis James Rasper. Je crois que vous avez déjà été informés de mon emploi du temps chargé aujourd'hui. Un appel téléphonique aurait été bien plus commode pour moi.

— Mais pas pour nous, dit Mark en présentant sa carte professionnelle. Et pas dans ces circonstances. Nous devons vous parler de Sofia Cartney-Bowler.

Rasper se raidit.

— Elle ne travaille plus pour nous depuis plus d'un an.

— Nous sommes au courant. Nous cherchons à savoir pourquoi elle avait pris une retraite anticipée d'un poste auquel elle était manifestement très attachée.

Mark regarda autour de lui les décorations ornées et écarta les mains d'un geste ample.

— Surtout dans un établissement aussi exclusif que celui-ci.

— Suivez-moi, dit Rasper en jetant un coup d'œil par-dessus son épaule. Nous pouvons parler dans l'une des salles de consultation.

Mark fit un signe de tête au réceptionniste visiblement déçu, puis ils suivirent le PDG hors du hall et le long d'un couloir jusqu'à une pièce au plafond voûté et aux bibliothèques sur mesure. Il y avait une table en acajou dans un coin et quatre chaises, et Rasper en tira une pour West.

— C'était la bibliothèque quand c'était encore un manoir, dit-il. Nous utilisons cette pièce et l'ancienne salle à manger à côté comme salles de consultation.

Mark attendit que le médecin soit assis sur une chaise en face de West.

— Depuis combien de temps travaillez-vous ici ?

— Environ quinze ans.

La poitrine de Rasper se gonfla.

— J'ai commencé comme l'un de leurs principaux spécialistes en cardiologie, plutôt que de pratiquer la chirurgie. Je suis PDG depuis quatre ans.

— Mme Cartney-Bowler était-elle déjà là quand vous avez commencé ?

— Non, Sofia est arrivée il y a environ douze ans. Elle avait travaillé précédemment dans un grand hôpital privé à Londres, mais elle disait qu'elle voulait une vie plus tranquille pour ses filles. Elles étaient presque adolescentes à l'époque, et je pense qu'elle s'inquiétait du genre de fréquentations qu'elles avaient commencé à avoir et elle voulait les éloigner de la ville.

— Vous étiez responsable de son recrutement ?

— J'étais l'un des trois membres du jury qui l'ont interviewée pour le poste, oui.

— Quelles ont été vos impressions sur Sofia au fil des années ?

— C'était une anesthésiste très compétente, et extrêmement douée pour calmer les patients anxieux.

Rasper tambourinait des doigts sur la table, son regard fixé vers un point au-dessus de l'épaule droite de Mark tandis qu'il parlait.

— Elle était fiable et elle aidait souvent à former les nouveaux membres du personnel, tout en siégeant au fil des années à différents comités qui ont contribué à façonner ce qu'est l'hôpital aujourd'hui.

— Quand est-ce que tout a mal tourné ? demanda Mark.

Le tambourinement des doigts s'arrêta et la pomme d'Adam de Rasper tressauta dans sa gorge.

— Pardon ?

— Quelque chose a mal tourné ici, n'est-ce pas ? répéta Mark. Une personne du calibre de Sofia ne décide pas subitement de prendre sa retraite. Pas quand elle n'a aucun centre d'intérêt en dehors du travail. Alors, que s'est-il passé ?

— Je… je…

— Ça a dû être assez grave, dit West en se détendant dans son siège pendant que Rasper s'agitait. Mais aussi géré en interne par les administrateurs, car nous n'avons rien trouvé dans les rapports d'actualité de l'année dernière.

— Si c'était si grave, le conseil médical aurait mené une enquête, ajouta Mark. À moins que cela ne leur ait pas été signalé. Que ça ait été étouffé.

— Écoutez, dit Rasper.

Il joignit ses mains sur la table et s'éclaircit la gorge.

— Oui, c'est vrai que nous avons dû demander à Sofia de prendre une retraite anticipée. Mais c'était un accident, je peux vous l'assurer.

— Vraiment ?

Mark tira l'une des chaises de sous la table, la rapprocha de Rasper et s'assit.

— Que s'est-il passé ?

— Je vous prie de garder à l'esprit qu'elle était l'un de nos meilleurs membres du personnel. Très professionnelle. Fiable, excellente avec les patients—

— Que s'est-il passé ? répéta Mark.

— C'était la dernière opération de la journée, une que l'équipe chirurgicale et elle avaient réalisée de nombreuses fois auparavant... Ils avaient eu une longue journée à cause d'une hystérectomie compliquée qui avait été programmée pour l'après-midi. Quoi qu'il en soit, un problème est survenu pendant la dernière intervention chirurgicale, et, pour une raison quelconque, peut-être qu'elle était fatiguée, Sofia... Mon Dieu, ça me fait mal de dire cela. D'après ce que nous avons pu comprendre, pendant que le patient et son donneur étaient sous anesthésie et que l'opération était en cours, elle... elle a ajusté le dosage et le donneur du patient est décédé.

— Vous voulez dire qu'elle l'a tué avec une surdose ?

— Oui.

Rasper semblait malheureux.

— Pour quelqu'un de son calibre, commettre une erreur aussi fondamentale...

— Je ne me souviens pas que cette affaire nous ait été signalée pour une enquête formelle, dit West. Elle a été déclarée ?

Le visage de Rasper devint cramoisi.

— Nous en avons discuté avec la famille du donneur. Ils sont à l'étranger, il était venu spécialement pour le processus de don. Ils sont plutôt aisés, alors plutôt que d'avoir les médias britanniques sur le dos, ils ont opté pour une indemnisation significative. Et, bien sûr, le licenciement immédiat de Sofia.

— Il s'agissait de quel type d'opération ? demanda Mark. Vous avez mentionné un donneur vivant.

— Une transplantation rénale. Elles sont assez populaires auprès de nos clients étrangers.

— Qu'est-il arrivé au patient qui a reçu le rein du donneur ?

— Oh, dit Rasper en se penchant en arrière dans sa chaise avec un air de soulagement. Il s'est complètement rétabli. Il a repris le travail en… dans le pays où il réside, et il mène une vie pleine et saine. Bien sûr, il va devoir prendre des médicaments pour le reste de sa vie, mais—

— Au moins, il peut se le permettre, conclut West.

— Qui était le chirurgien qui a effectué l'opération ? demanda Mark.

— Dale McArthur. C'était l'un de nos membres du personnel les plus estimés.

— C'était ? Lui aussi a pris sa retraite ?

— Non. Malheureusement, M. McArthur a été tué dans un accident avec délit de fuite près de chez lui à Aylesbury en septembre dernier. Ils n'ont toujours pas attrapé le conducteur.

CHAPITRE 40

Le reste de l'équipe d'enquêteurs était déjà rassemblé autour du tableau blanc lorsque Jan et Turpin entrèrent dans la salle des opérations.

Une vingtaine de têtes se tournèrent pour les observer pendant qu'ils se dépêchaient de trouver des sièges, et tandis que Jan parcourait les points d'information que Kennedy avait griffonnés au cours des quinze dernières minutes, elle comprit qu'il y avait eu une sorte de percée.

— Toutes nos excuses, chef, dit Turpin. Nous avons été pris dans les embouteillages après avoir interrogé les écoliers qui avaient la vidéo, une fois l'entretien à l'hôpital privé terminé.

— Du nouveau ?

— Oui, ils ont réussi à obtenir des images claires de Barry Windlesham en train de marcher le long du chemin vers le pont, suivi quelques instants plus tard par un autre homme, d'environ 1,90 mètre, vêtu d'une veste de couleur sombre et d'un jean.

Turpin sortit une clé USB de sa poche.

— Voici une copie de la vidéo prise par les garçons.

— Donnez-la-moi.

Kennedy la prit et la brancha sur son ordinateur portable, puis il tourna l'écran vers l'équipe avant d'appuyer sur « lecture ».

Il y avait des mouvements de caméra instables et beaucoup de rires pendant que les deux adolescents filaient à toute vitesse sur le chemin et dans les broussailles qui bordaient les champs, puis ils s'arrêtèrent et tirèrent leurs vélos sur le côté tandis que le téléphone continuait d'enregistrer.

— Merci, entendirent-ils une voix dire, puis Barry Windlesham passa en hâte, les mains enfoncées dans les poches de sa veste et la tête baissée.

Il jeta un coup d'œil par-dessus son épaule à quelques mètres des garçons, puis il accéléra le pas et suivit la bifurcation du chemin vers le pont.

Quelques instants plus tard, un deuxième homme passa devant les garçons, ignorant leurs pitreries tandis qu'il se dépêchait dans la même direction que Windlesham. À ce moment-là, les garçons repartirent et se dirigèrent vers le haut du chemin près du village avant de faire demi-tour pour faire face à la rivière. Là, ils firent une pause pour boire de l'eau dans des bouteilles sorties de leurs sacs à dos, tout en débattant de ce qu'ils allaient faire ensuite pendant que la vidéo continuait d'enregistrer.

Jan crut entendre un *crac* étouffé au loin, mais elle n'en était pas sûre, et les garçons ne firent pas non plus de commentaire à ce sujet.

Et puis, en train de marcher tranquillement comme s'il avait tout le temps du monde, l'homme à la veste et au jean revint, les épaules voûtées tandis qu'il remontait le chemin en direction des garçons.

Il ne dit rien en passant, même si elle entendit un vague « ça va ? » de la part de l'un d'entre eux, puis l'image trembla lorsque les adolescents repartirent.

— On le tient.

Kennedy tendit la main, recula l'enregistrement et figea l'image sur le visage de l'homme avant de se retourner vers eux.

— Quelqu'un le reconnaît ?

Sa question fut accueillie par des réponses marmonnées, toutes inutiles.

— Ok, faites circuler cette image dans toute la division et nous verrons si quelqu'un d'autre le reconnaît. Autre chose ? Comment ça s'est passé à l'hôpital privé, Mark ?

Jan écouta pendant que Turpin informait l'équipe de leur conversation avec l'employeur de Sofia Cartney-Bowler.

— Il se pourrait que le chirurgien qui a pratiqué l'opération ait également été assassiné, conclut-il, vous devriez donc peut-être mettre nos homologues d'Aylesbury dans la boucle, chef. Nous pourrions être en mesure de partager des informations avec eux.

Kennedy hocha la tête.

— Je m'en occupe. Que pensez-vous de l'erreur commise par Sofia ?

— Nous en avons parlé dans la voiture en revenant ici, chef, dit Jan. Nous pensons que si elle aidait à réaliser des prélèvements illégaux d'organes en plus de son travail quotidien, elle devait être épuisée. Elle a peut-être oublié où elle se trouvait, déconnecté ou quelque chose comme ça, et automatiquement tué le donneur, comme si elle avait été à l'une des opérations illégales de prélèvement plutôt qu'à l'hôpital privé.

— Une autre chose que nous devrions peut-être considérer, c'est que la mort du chirurgien n'a rien à voir avec notre enquête, intervint Alex. Si la famille du donneur a reçu une indemnisation pour ce que Sofia a fait, ils ont peut-être estimé que ce n'était pas suffisant et que le manque de surveillance du chirurgien à l'égard de Sofia était également à blâmer. Œil pour œil, et tout ça.

— Bien vu.

L'inspecteur principal mit à jour le tableau blanc, puis lança par-dessus son épaule :

— Caroline, quelles sont les dernières nouvelles concernant ces bacs de collecte de l'association caritative sur le site industriel ?

L'enquêteuse se détacha du mur contre lequel elle était appuyée et haussa la voix pour être entendue par-dessus ses collègues.

— Nous avons localisé l'entreprise qui gère le service, et elle va nous fournir une liste des boutiques caritatives de la région qui reçoivent des dons de vêtements de leur part. Je devrais l'avoir demain matin. Je pense que la meilleure chose à faire dans ces circonstances est de demander à ces magasins de cesser de vendre tous les vêtements pour hommes qu'ils ont reçus au cours du dernier mois jusqu'à ce que Jasper et son équipe aient le temps de les passer au crible pour trouver de l'ADN correspondant à celui de l'homme dans le congélateur, ou à la dernière inhumation sur le terrain d'aviation. Notre autre option est de leur dire de fermer jusqu'à ce que ces tests soient effectués, mais j'ai peur que ça puisse alerter nos tueurs que nous sommes sur leur piste.

— Je suis enclin à être d'accord avec vous, Caroline.

Faites comme vous le suggérez et dites-leur de cesser de vendre des vêtements pour hommes et d'utiliser des gants pour emballer tout ce qui reste jusqu'à ce que l'équipe de Jasper vienne récupérer les vêtements.

Le téléphone de Kennedy sonna à ce moment-là et il le sortit de sa poche.

— Inspecteur principal Kennedy. Oui ? D'accord... Vraiment ? S'il vous plaît, oui. Je vais envoyer deux membres de mon équipe chez elle tout de suite. Quelle est l'adresse ? Merci.

Jan jeta un coup d'œil vers son collègue et le vit penché en avant sur sa chaise, plein d'anticipation. Son rythme cardiaque s'accéléra tandis que Kennedy terminait l'appel et se tournait vers eux.

— Nous avons reçu une mise à jour de l'équipe des personnes disparues, dit-il. Une personne nous a contactés au sujet de quelqu'un qui était censé rendre visite à des amis à Oxford il y a trois semaines, un certain Patrick Westington. La famille a essayé de l'appeler sans obtenir de réponse, mais a finalement réussi à entrer en contact avec l'un de ses amis. Cet ami leur a dit que Patrick n'avait jamais pris aucune disposition pour séjourner chez eux, et il semblait surpris qu'il puisse avoir une telle intention. Patrick n'a pas été vu depuis qu'il a quitté son domicile ce jour-là.

— Donc, nous cherchons un autre corps ? demanda Jan.

— Je ne pense pas. Je crois qu'il est déjà à la morgue de Gillian, répondit Kennedy. Son numéro est celui qui a reçu le message depuis le téléphone que Barry Windlesham a jeté dans la rivière.

CHAPITRE 41

Mark enfila sa veste sur ses épaules et observa les nuages gris qui s'assombrissaient au-dessus des toits.

Les maisons le long de la ruelle étaient grandes et en retrait de la route, derrière des haies de lauriers ou de rhododendrons, interrompues uniquement par des portails électriques fabriqués en bois épais ou en aluminium thermolaqué. Les noms des propriétés rappelaient la campagne environnante, avec un clin d'œil aux animaux qui occupaient encore les bois derrière elles.

De l'autre côté de la ruelle, les arbres avaient été éclaircis au fil du temps pour offrir une vue panoramique sur les Berkshire Downs. Une brise s'était installée sur les champs et faisait frémir les cultures jaunes de colza qui illuminaient les collines autour de Pangbourne, et tandis qu'il promenait son regard sur le paysage vallonné, il concentra ses pensées sur la manière dont il allait annoncer aux parents de Patrick Westington que leur fils ne reviendrait jamais ici.

— Tu es prêt ?

West le regarda par-dessus le toit de la voiture.

— Autant qu'on puisse l'être, en tout cas.

Il grogna en réponse, puis la suivit à travers le gravier moucheté de mousse de l'allée jusqu'à la porte d'entrée d'une maison à deux étages récemment recrépie dans un gris pâle.

Sous un petit porche en bois peint en noir mat contrastant, une paire de chaussures de randonnée abandonnées avait été jetée sur le côté d'un paillasson en coco. Les semelles étaient enduites de boue et d'herbe séchées, et un parapluie de golf élimé avait été calé dans un coin du porche, ses bords effilochés par l'usage. Un panneau de verre dépoli était incrusté dans la porte, et Mark aperçut du mouvement juste après que West sonna.

La silhouette hésita à mi-chemin dans le couloir, baissa la tête un instant, puis sembla redresser les épaules avant d'ouvrir la porte.

Un homme dans la cinquantaine le dévisagea, des rides d'inquiétude plissant son front. Il avait dans les yeux une tristesse dépourvue d'espoir.

— Vous êtes la police, n'est-ce pas ?

— Inspecteur Mark Turpin, et ma collègue l'enquêteuse Jan West.

Mark rangea sa carte professionnelle.

— Monsieur Westington, est-ce que nous pouvons entrer ?

— Aaron, je vous en prie. Nous sommes dans le salon, par ici.

L'homme ferma la porte et indiqua une pièce sur la gauche du couloir.

Mark entra dans un espace lumineux et aéré, avec un plafond voûté et un escalier en colimaçon en fer forgé sur le mur du fond qui menait à une mezzanine occupée par des étagères de livres, un vaste canapé six places et des lampes de lecture. Le salon était un espace encombré qui exhalait le désespoir et la négligence – un tas de tracts de personnes disparues étaient posés sur une table basse en bois tachée de marques de tasses de café, les bords des affiches du dessus se recroquevillaient et le visage blême d'un homme d'une vingtaine d'années les fixait depuis une photographie.

Il ressemblait de façon frappante à son père.

Une femme se leva de l'un des deux canapés qui encadraient la table et tendit une main fine.

— Détectives ? Je suis Helena Westington.

Sa main était froide au toucher quand il la serra, et elle tremblait.

— Merci de nous recevoir, dit Mark.

Elle hocha la tête, puis essuya de nouvelles larmes tandis qu'Aaron passait son bras autour de ses épaules.

— Nous nous attendons au pire, détectives. Maintenant que vous êtes là.

Son cœur se serra à cette remarque et il pensa à ses deux filles, qui vivaient toutes deux avec leur mère.

— Je suis vraiment désolé. Nous pouvons nous asseoir ?

Helena agita la main vers le canapé le plus proche de West tandis qu'elle reprenait sa place et serrait un coussin contre sa poitrine. Elle tenait fermement la main de son mari pendant que Mark rejoignait sa collègue.

— Où est notre fils ? Où est Patrick ?

— Je peux y venir dans un instant ? Si cela vous convient ? dit Mark. Je comprends d'après votre message que vous avez vu votre fils pour la dernière fois il y a trois semaines. Pourriez-vous me parler de ce jour-là ?

— C'était un lundi, parce que je travaillais à domicile, répondit Aaron. Je ne dois me rendre en ville que les jeudis pour les réunions de direction, et Patrick est passé ici juste avant une visioconférence que j'avais prévue à onze heures. Il avait un sac à dos avec lui et il portait un vieux sweat bordeaux qu'il a depuis qu'il jouait au hockey à l'école secondaire…

— Il tombe en lambeaux, ajouta Helena, la voix nostalgique. Ça fait des années que je le tanne pour qu'il s'en débarrasse.

Aaron renifla, cligna des yeux, puis poursuivit.

— Il le portait sur un jean et il avait ses vieilles chaussures de randonnée. Il m'a demandé s'il pouvait emprunter cinquante livres parce qu'il partait à Oxford retrouver des amis et qu'il n'avait pas encore été payé. Il a un emploi à temps partiel pendant ses études, à la jardinerie. J'ai un peu râlé, lui et sa sœur, Beth, sont toujours en train de me soutirer de l'argent—

— C'est parce qu'ils savent que tu vas leur dire oui, mon chéri, murmura Helena.

— C'est vrai.

Aaron acquiesça avec un air penaud.

— Quoi qu'il en soit, je n'avais pas le temps de transférer l'argent sur son compte, alors je lui ai donné quarante livres en espèces à la place, et je lui ai demandé combien de temps il serait absent.

— Il nous a dit trois semaines, continua Helena. J'étais assise ici, à les écouter parler tous les deux, et je lui ai dit qu'il y avait des vêtements propres dans le sèche-linge s'il les voulait. Il m'a dit de ne pas m'inquiéter. Il a dit qu'un groupe d'amis pensait se rendre dans le Lake District pour faire de la randonnée, alors il voulait voyager léger.

— Vous pourriez décrire son sac à dos ? demanda Mark.

— C'est un sac bleu marine avec des sangles grises, trente

litres, répondit Aaron. C'est un de mes vieux sacs qu'il m'a piqué quand il a commencé l'université.

— Ces amis à Oxford, vous les avez déjà rencontrés ? demanda West.

— Oh, oui, ils sont déjà venus ici quand nous avons fait des barbecues en été, dit Helena, un léger sourire sur ses lèvres à ce souvenir. Ils sont un peu bruyants, mais polis. Agréables à fréquenter.

— C'est pour ça que nous ne nous sommes pas inquiétés… au début, expliqua Aaron. Patrick part souvent avec eux, donc nous n'y avons pas prêté attention jusqu'à la fin de la deuxième semaine. Puis je lui ai envoyé un message pour savoir comment ça se passait, où ils avaient marché. J'apprécie la randonnée quand j'ai le temps, et c'est moi qui ai fait découvrir le Lake District à Patrick quand il avait quatorze ans. Nous partions souvent ensemble les week-ends, et pendant ce temps Helena et Beth faisaient autre chose.

— Beth n'est pas vraiment une randonneuse, expliqua Helena. Elle préfère le shopping et les spas.

— Quel âge a-t-elle ?

— Dix-neuf ans. Trois ans de moins que Patrick.

— Donc Patrick a terminé l'université… l'année dernière ? hasarda West.

— C'est exact, oui. Il a obtenu un poste dans une entreprise d'ingénierie directement après l'université, mais ils ont perdu un gros contrat juste après Noël et il a été licencié. Le travail à la jardinerie est juste quelque chose pour l'aider à tenir jusqu'à ce qu'une autre opportunité se présente.

— Quand est-ce que vous avez commencé à soupçonner que quelque chose n'allait pas ? demanda Mark.

— Quelques jours après avoir essayé d'envoyer un message à Patrick sans obtenir de réponse, j'ai téléphoné à l'un de ses amis, répondit Aaron. Comme Helena l'a dit, ils sont souvent venus chez nous pendant l'été, donc j'avais leurs numéros. Charlie a été surpris quand je l'ai appelé, et il m'a dit qu'il n'avait pas vu Patrick depuis début mars, quand ils sont allés à la soirée de fiançailles d'un copain. C'est à ce moment-là que nous avons contacté vos services.

Mark laissa les paroles de l'homme faire leur effet pendant un moment, voyant le désespoir dans ses yeux, puis il déglutit.

— Aaron, Helena, je suis vraiment, sincèrement désolé de vous dire cela, mais d'après le numéro de téléphone que vous avez donné à nos collègues pour Patrick, nous sommes très inquiets pour sa santé.

Aaron pâlit.

— Qu'est-ce que vous voulez dire ? Qu'est-ce que vous avez trouvé ?

— Veuillez comprendre que nous ne pouvons rien confirmer tant que nous n'aurons pas de preuves, dit Mark. Est-ce que je peux vous demander si Patrick s'est déjà cassé un orteil ?

— Oh mon Dieu, gémit Helena en enfouissant son visage contre l'épaule de son mari. Oh mon Dieu.

— Vous avez trouvé son corps, n'est-ce pas ? réussit à articuler Aaron, la voix étranglée. Que s'est-il passé ?

— Nous travaillons à déterminer les circonstances, dit Mark. Je suis désolé, mais jusqu'à ce que nous soyons sûrs, je ne peux rien vous dire de plus. Veuillez comprendre cela. Avant que nous fassions des suppositions, j'aimerais vous demander si nous pourrions prélever des échantillons pour des tests ADN. Est-ce que vous avez un peigne, ou peut-être autre chose que nous pourrions tester ?

Aaron s'essuya les joues avec ses mains et se leva d'un pas mal assuré.

— Suivez-moi.

Laissant West pour réconforter Helena, Mark suivit le père de Patrick à l'étage et le long d'un couloir recouvert de moquette qui s'étendait sur toute la largeur de la maison.

Aaron ignora les trois premières portes et ouvrit celle tout au bout, puis il s'écarta pour laisser passer Mark.

— C'est la chambre de Patrick.

— Est-ce qu'il avait une brosse à dents de rechange ou autre chose dans la salle de bain ?

L'homme réussit un triste sourire.

— Il vient à peine de sortir de l'adolescence, détective, qu'est-ce que vous croyez ?

— Ah.

Mark regarda autour de la pièce les vêtements en boule qui avaient manqué le panier à linge en osier près de la porte, puis le contenu d'une table de chevet encombrée.

— Ça vous dérange si je jette un coup d'œil ?

Aaron tressaillit lorsque Mark enfila des gants de protection, puis il hocha la tête.

— Prenez tout ce dont vous avez besoin pour trouver qui a fait du mal à mon petit.

Sur ces mots, il tourna les talons. Quelques instants plus tard, Mark entendit le bruit d'une porte qui se fermait plus loin le long du couloir avant qu'un sanglot bruyant ne lui parvienne.

CHAPITRE 42

— Ici, mon grand.

Mark émit un sifflement bref et sec, puis attendit tandis que Hamish bondissait hors des buissons d'aubépine qui bordaient le sentier longeant Barton Lane.

Il était tôt, une heure après le lever du soleil, mais Mark n'avait pas réussi à dormir et plutôt que de déranger Lucy, il avait choisi d'aller se promener pour tenter d'apaiser les pensées confuses qui tourbillonnaient dans sa tête. Le petit chien n'avait pas eu besoin d'être convaincu et ils avaient emprunté un itinéraire tranquille qui traversait le déversoir de l'écluse d'Abingdon avant de suivre une piste cyclable nationale jusqu'aux lacs de Radley pour revenir en faisant une boucle.

Un homme élancé sur un vélo de route fila devant eux, ses lunettes de soleil bleues à effet miroir reflétant Mark alors que ce dernier se tenait sur le côté avec Hamish, puis il disparut, sa tenue en Lycra aux couleurs vives le faisant ressortir tandis qu'il s'éloignait à l'horizon.

Après avoir jeté un coup d'œil à l'heure affichée sur

l'écran, Mark remit son téléphone dans sa poche et accéléra le pas. L'air était enfin doux, avec à peine un souffle de brise qui créait de petites vaguelettes sur la Tamise, et le parfum sucré des fleurs qui émanait des différents arbres et arbustes qu'il croisait.

Et pourtant…

Mark avait trouvé une vieille casquette de baseball dans la chambre de Patrick Westington la veille, une casquette bleu marine délavée avec un logo jauni. Elle était bien usée et, en l'examinant de plus près, il avait découvert un cheveu couleur paille coincé dans les coutures, un cheveu qui correspondait aux photographies que les parents du jeune homme avaient fournies les larmes aux yeux. Ne souhaitant pas prolonger leur agonie davantage, il avait conduit l'échantillon au laboratoire d'analyses pendant que West, assise sur le siège passager, remplissait les formulaires et la documentation nécessaires, jurant à chaque fois qu'il heurtait un nid-de-poule.

Jasper et son équipe étaient maintenant chargés de comparer l'échantillon d'ADN avec les vêtements trouvés dans les bacs de collecte pour œuvres caritatives à côté de l'unité industrielle qui avait été incendiée et les fragments de tissu découverts accrochés à l'encadrement déchiqueté de la porte du mess des officiers sur le terrain d'aviation.

En attendant, tout ce que les enquêteurs de Kennedy pouvaient faire était d'attendre.

Mark soupira, attacha la laisse au collier de Hamish et prit l'embranchement du sentier qui traversait le déversoir.

Une partie de lui voulait une réponse des échantillons, et l'autre la redoutait. D'une façon ou d'une autre, il devrait annoncer une nouvelle dévastatrice à la famille de Patrick. Soit l'homme était mort, soit il était toujours porté disparu.

Pendant ce temps, Caroline et Alex étudiaient ses profils sur les réseaux sociaux, parlaient avec des amis et d'anciens collègues de travail dans une tentative de comprendre – si les tests s'avéraient positifs – pourquoi Patrick aurait accepté de donner un rein sans en discuter avec ses parents.

Hamish tirait sur sa laisse alors qu'un couple accompagné d'un vieux chien bâtard s'approchait d'eux.

— Doucement, mon grand, murmura Mark. Il ne vit peut-être pas au bord de la rivière comme toi, mais il a tout autant le droit d'être ici.

Hamish grommela, puis dépassa promptement l'autre chien en gardant le museau en l'air.

— Bonjour, dit Mark aux propriétaires, qui répondirent d'un signe de tête avant de poursuivre leur conversation.

Il fronça les sourcils en contournant le léger virage de la rivière et en découvrant la rangée de péniches étroites et larges.

Lucy se tenait sur le plat-bord de leur bateau, en train d'agiter la main pour attirer son attention, puis elle désigna une silhouette solitaire sur la berge.

West faisait les cent pas, son téléphone collé à l'oreille.

— Allez, viens, dit Mark en se mettant à trottiner. Je crois qu'on a besoin de nous.

Hamish émit un léger *wouf* et maintint l'allure, la langue pendante tandis qu'ils approchaient. Il haletait quand ils atteignirent le bateau, et dès que Mark détacha la laisse, le petit chien sauta à bord et plongea la tête dans son bol d'eau.

West termina son appel.

— C'était Kennedy, dit-elle. Il veut qu'on se rende directement à la salle des opérations. Quelqu'un s'est manifesté avec des informations sur ce que Barry

Windlesham faisait à Culham dimanche dernier. Bonjour, au fait.

— Bonjour.

Mark jeta un regard de côté alors que Lucy disparaissait quelques secondes, puis revenait avec des paquets enveloppés dans du papier aluminium.

— Qu'est-ce que c'est ?

— Des sandwichs au bacon et aux œufs, répondit-elle. Mangez-les en retournant à la voiture. Je suppose que vous n'aurez pas d'autre occasion de manger aujourd'hui, d'après ce que j'entends.

CHAPITRE 43

L'homme qui attendait dans la salle d'entretien numéro quatre se tenait debout, les mains derrière le dos, et lisait une affiche sur la santé et la sécurité lorsque Mark et West entrèrent.

Il portait un imperméable beige trois-quarts par-dessus une chemise à carreaux verts et un jean, avec des cheveux grisonnants qui touchaient son col et bouclaient sous ses lobes d'oreilles. Il se retourna et regarda par-dessus des lunettes en demi-lune qui avaient glissé jusqu'au bout de son nez, les remonta d'un doigt qui, dans d'autres circonstances, aurait été impoli, puis cligna des yeux.

— Vous êtes les deux personnes avec lesquelles je dois m'entretenir, ou vous allez me proposer une autre tasse de thé ? dit-il.

— Désolé de vous avoir fait attendre, monsieur...

— Gregory Lesk.

Mark se présenta ainsi que West, puis désigna les quatre chaises en aluminium autour d'une table métallique contre le mur du fond.

— Vous voulez une autre boisson ?

— Pas si vous ne voulez pas que j'interrompe toutes les cinq minutes pour demander à aller aux toilettes, non.

Lesk secoua le bas de son manteau avant de s'asseoir, puis il croisa les jambes.

— Merci d'être venu, monsieur Lesk.

Mark prit le siège en face de lui et ouvrit son carnet alors que West faisait de même.

— Je crois comprendre que vous avez quelque chose qui pourrait nous aider dans notre enquête sur la mort de Barry Windlesham ?

— En effet, oui.

Lesk plissa les yeux.

— Qu'est-il arrivé à Barry ? Tout ce que disent les informations, c'est que vous enquêtez sur sa mort. Il est décédé à l'hôpital, n'est-ce pas ?

— En effet, et je vais tout vous expliquer en temps voulu. Quelle est votre relation avec M. Windlesham ?

— Nous étions à l'école ensemble. Nous avons joué dans la même équipe de football, nous nous sommes souvent retrouvés dans les mêmes bagarres. Quand il s'est lancé dans la construction, je suis parti à l'université, mais nous sommes restés en contact au fil des années.

— Qu'est-ce que vous faites dans la vie, monsieur Lesk ?

— Je suis maître de conférences à Oxford.

L'homme tripota un fil lâche sur le revers de son manteau un instant, tandis que son regard passait de West à Mark.

— Et j'essaie de comprendre pourquoi diable Barry m'aurait envoyé une clé USB pendant que j'étais en vacances, pour ensuite se faire tuer.

— Je ne crois pas que nous ayons dit qu'il avait été tué, monsieur Lesk.

— Vous n'aviez pas besoin de le dire, détective. C'est assez évident que si vous êtes impliqué, quelque chose ne va pas. Vous êtes celui dont la péniche a explosé il y a environ un an, n'est-ce pas ?

Mark se cala dans son siège en soutenant le regard de l'homme.

— En effet. Qu'est-ce que c'est que cette histoire de clé USB ?

Lesk fouilla dans la poche de sa chemise et en sortit une fine clé USB noire et un porte-clés de voiture. Il les tint en l'air, puis les fit glisser sur la table.

— Ces objets étaient dans une enveloppe à mon nom, envoyée par Barry. Sa voiture était garée dans mon allée.

— Quand est-ce que l'enveloppe est arrivée ?

— Je ne sais pas. J'étais en vacances en Toscane pendant dix jours et je ne suis rentré qu'hier soir. Quand j'ai ouvert la porte d'entrée, elle était sur le paillasson.

— Vous avez gardé l'enveloppe ?

— Elle n'avait pas été postée, détective. Barry l'avait glissée lui-même dans la fente pour le courrier.

— Alors comment savez-vous qu'elle vient de Barry ?

— Parce qu'il y avait une note dans l'enveloppe avec ces objets. Elle dit de vous informer qu'il a caché un téléphone portable dans la rivière à Culham, près du pont, et qu'il prévoyait de venir vous voir mais qu'il pense avoir tardé trop longtemps.

Lesk déplia un morceau de papier de sa poche et le fit passer avant de pointer la clé USB.

— Et celle-ci montre le site de l'aérodrome où il essayait de lancer ce fichu projet immobilier, et je pense que ça vient d'une des caméras de sécurité qu'il a fait installer juste avant mon départ.

Mark fit tourner la clé USB entre ses doigts.

— Pourquoi Barry vous aurait-il envoyé cela ?

— Parce qu'elle montre un jeune homme à la fenêtre du bâtiment du mess des officiers, dit Lesk. Et je sais que Barry avait fait condamner cet endroit pour empêcher les explorateurs urbains ou les enfants d'y entrer, de peur que quelqu'un se blesse. Alors de qui s'agit-il ?

— Où est-ce que vous habitez, monsieur Lesk ? demanda West en ignorant sa question.

— À Culham, juste au coin de l'église.

— Quand vous êtes rentré de vacances, est-ce que vous avez remarqué des signes de tentative d'effraction ? demanda Mark.

— Non, pas du tout, et croyez-moi, après avoir trouvé l'enveloppe de Barry sur le paillasson, la même idée m'a traversé l'esprit.

Lesk tripota à nouveau le fil lâche.

— Je n'ai pas pu constater que quelqu'un avait essayé de manipuler les portes ou les fenêtres.

Mark jeta un coup d'œil à sa collègue avant de se retourner vers l'autre homme.

— Je suppose que vous n'avez pas de caméras de surveillance chez vous ?

— Non, je n'en ai jamais vu l'utilité. C'est un village tranquille, et ma rue n'a pas beaucoup de circulation, donc je ne m'en suis pas préoccupé.

Lesk leva la main alors que Mark laissait échapper un soupir frustré.

— Mais mon voisin en a, et il m'a souvent dit que la caméra sur son garage capturait également mon allée. Il a vérifié avec moi lors de son installation, au cas où je voudrais qu'il change l'angle pour préserver ma vie privée. Je n'y voyais aucun inconvénient, alors je lui ai dit de ne pas s'inquiéter.

Mark sourit.

— J'aimerais avoir le nom et le numéro de téléphone de votre voisin, s'il vous plaît.

CHAPITRE 44

L'activité était frénétique dans la salle des opérations lorsque Mark tint la porte ouverte pour West avant de la suivre jusqu'à leurs bureaux.

La lumière chaude de l'après-midi perçait à travers les stores des fenêtres au fond de la pièce, et la climatisation créait une légère brise sur la nuque de Mark tandis qu'il passait sous une grille d'aération.

D'autres officiers avaient été détachés d'autres enquêtes pour aider à gérer la quantité croissante de preuves recueillies sur les scènes de crime de l'aérodrome et de l'unité industrielle. Mark remarqua qu'un second tableau blanc avait été installé à côté de l'original au fond de la pièce, sa surface déjà couverte par l'écriture désordonnée de Kennedy.

Chaque membre de l'équipe avait soit les yeux rivés sur son écran d'ordinateur, soit le téléphone à l'oreille, et le niveau des conversations créait un bourdonnement sourd dans toute la pièce.

Deux photocopieuses supplémentaires produisaient des piles bien agrafées de dépositions de témoins et d'ordres du jour près de la fontaine à eau. Il s'approcha de l'endroit où Tracy surveillait le processus d'un œil vigilant, ses mouvements vifs tandis qu'elle séparait les documents prêts à être distribués.

— Salut, Tracy, où est Caroline ? demanda Mark en tendant le cou pour voir par-dessus la foule. Elle est dans le coin ?

— Elle supervise la collecte et le stockage de tous les vêtements des boutiques caritatives, répondit l'agente administrative sans se retourner. Elle sera de retour plus tard aujourd'hui.

— Des nouvelles d'elle pour l'instant ?

— Rien pour le moment. Je te ferai signe si j'entends quelque chose.

— Merci.

Il s'éloigna en prenant soin de ne pas laisser transparaître sa déception. Assis à son bureau, il agita la souris pour réveiller son ordinateur, se connecta et parcourut les emails arrivés depuis la veille au soir. Regrettant d'avoir refusé le café que West lui avait proposé lorsqu'ils étaient passés devant le distributeur au rez-de-chaussée, il tenta d'ignorer la vague d'épuisement frustré qui le menaçait et il se tourna vers la liste des mises à jour récentes dans HOLMES2.

— Chef ?

Alex s'approcha, murmura un salut à West, et trépigna sur place.

— Je crois que j'ai peut-être trouvé Patrick sur les images de vidéosurveillance.

Mark fit pivoter sa chaise pour faire face au jeune détective.

— Où ça ?

— À la gare de Didcot. Il y a quelques semaines. La date

correspond au moment où Barry Windlesham aurait pensé avoir vu quelqu'un sur le site de l'aérodrome.

West était déjà debout.

— Montre-nous.

Ils suivirent Alex jusqu'à son bureau et Mark se tint au-dessus de l'épaule du jeune homme pendant qu'il préparait la vidéo sur son écran.

— Je me suis dit que Patrick aurait pris un train depuis Pangbourne, vu qu'il n'avait pas de voiture. J'ai écarté tous les trains qui ne s'y arrêtaient pas en direction de Didcot le jour mentionné dans le message sur ce téléphone que Windlesham avait caché dans la rivière, dit-il. Et pour être sûr, j'ai vérifié toute la matinée, pas seulement l'heure dans ce message, au cas où il y aurait eu un changement de plans.

— Bonne initiative, dit Mark en réprimant son impatience. Tu veux bien lancer la vidéo ?

— Ah. Bien sûr. Voilà.

Alex se retourna vers l'écran.

— Voici le train qui entre en gare, il n'y a pas trop de monde, donc il est facile à repérer. Le voilà, qui sort du troisième wagon. Vous le voyez ?

Mark observa le jeune homme à l'écran qui remontait un sac à dos sur son bras et jetait un coup d'œil par-dessus son épaule en flânant le long du quai. Il semblait un peu perdu et tournait la tête d'un côté et de l'autre. Il ralentit avant d'atteindre les escaliers vers la sortie piétonne souterraine qui se trouvait en bas de l'écran.

— Il cherche quelqu'un, murmura West.

Mark hocha la tête.

— Je pense que tu as raison.

— Vous avez tous les deux raison. Regardez.

Alex mit l'enregistrement en pause alors qu'une

silhouette apparaissait dans l'escalier, dos à la caméra, avec une casquette de baseball de couleur sombre.

— Dis-moi qu'il se retourne, dit Mark.

— C'est le cas.

Alex remit la vidéo en marche.

L'homme tendit la main et Patrick lui remit son sac à dos. Ils parlèrent un moment tandis que le train quittait le quai, puis l'inconnu fit un signe du pouce par-dessus son épaule. Patrick acquiesça, et l'homme se retourna vers les escaliers.

Son visage était dans l'ombre, dissimulé par la casquette de baseball qu'il portait.

— Merde.

Mark serra la mâchoire.

— D'autres angles ?

— Deux autres.

Les doigts d'Alex volèrent sur le clavier et un second écran vidéo apparut.

— Celle-ci vient du hall souterrain pendant qu'ils se dirigent vers la sortie Station Road.

— C'est le chemin vers les parkings, dit West. Il y a un parking de courte durée le long de la route du même côté que la gare, et un autre de longue durée en face.

Mark grogna en réponse, le regard fixé sur l'écran. La vidéo ne durait que huit secondes. Elle montrait les deux hommes qui émergeaient des escaliers puis marchaient côte à côte sous la caméra de surveillance installée dans le plafond bas du hall. Et une fois de plus, le visage de l'inconnu était caché. La caméra trembla légèrement lorsqu'un train passa au-dessus, puis les deux hommes disparurent.

— Il gardait aussi le menton baissé, tu as remarqué ? dit West. S'il te plaît, dis-nous que tu as de bonnes nouvelles.

— La prochaine séquence provient de la caméra qui

surveille le terminal de bus à l'extérieur, dit Alex en appuyant à nouveau sur « lecture ».

Mark retint son souffle. Alors que la vidéo démarrait, Patrick et l'inconnu sortaient de la gare et traversaient le terre-plein asphalté du terminal de bus. Là, ils s'arrêtèrent tandis que les voitures filaient le long de Station Road, et les deux hommes tournèrent la tête dans tous les sens en attendant une accalmie dans la circulation avant de s'élancer de l'autre côté et de disparaître du champ de vision.

La vidéo s'arrêta et Alex leva la main.

— Avant que tu ne le demandes, chef, je sais où ils sont allés. Juste une seconde.

Le jeune détective passa la souris sur son écran, cliqua sur un dossier différent et ouvrit un quatrième fichier vidéo. Il fredonnait pendant qu'il travaillait, ses mouvements méthodiques. Mark jeta un coup d'œil pour voir West qui serrait la mâchoire. Elle croisa son regard et mima l'acte de mettre ses mains sur la nuque d'Alex pour l'étrangler.

— Ah, voilà, dit-il, inconscient de l'impatience grandissante de ses collègues. Cette vidéo provient d'une caméra de surveillance sur un lampadaire en face de la gare, à côté d'un pub.

Alex regarda par-dessus son épaule.

— Tu peux arrêter ça, Jan. Je vois ton reflet sur l'écran.

West rougit et Mark éclata de rire.

— Continue.

— Tout de suite, chef.

Alex se retourna vers l'ordinateur et appuya sur « lecture ». Après quelques secondes, il appuya sur pause et pointa l'écran du doigt.

— C'est eux, là.

— Bon sang, on ne voit toujours pas son visage, dit West en se penchant plus près de l'image figée.

— Non, mais c'est du bon travail, Alex. Va à ce pub et demande-leur s'ils ont des images de sécurité qui montrent les angles de la rue, tu veux bien ?

— Je m'en occupe.

Mark baissa les yeux alors que son téléphone commençait à sonner.

— Jasper ? Bon sang, c'était rapide. Oui, d'accord. Je comprends. Oui, je vais informer Kennedy. Merci, je vais lui dire ça.

West le fixait, les yeux avides tandis qu'il terminait l'appel.

— Qu'est-ce qu'il voulait ?

— Il vient de finir de parler au laboratoire auquel nous avons envoyé les échantillons d'ADN de Patrick ce matin, dit-il. Ils ont mis un ordre d'urgence compte tenu des circonstances.

— Et alors ? insista Alex.

Mark jeta un coup d'œil par-dessus son épaule alors que la porte de la salle des opérations s'ouvrait d'un coup et que Kennedy entrait à grands pas, son téléphone portable à l'oreille et l'air harassé.

— Le chef va devoir annoncer aux parents de Patrick que leur fils est notre dernière victime des tombes du terrain d'aviation.

CHAPITRE 45

En milieu de matinée le lendemain, Ewan Kennedy convoqua Mark et West dans son bureau et ferma la porte.

Le brouhaha d'activité dans la salle des opérations devint étouffé, et tandis que Mark s'asseyait dans un fauteuil visiteur usé face à l'ordinateur de l'inspecteur principal, il remarqua les cernes sous les yeux de l'homme et les rides qui se creusaient davantage sur son front.

— Comment ça s'est passé avec les parents hier, chef ? Ça va ? se risqua-t-il à demander.

— Moi oui, eux non, répondit Kennedy.

Il fit un léger signe de tête.

— Merci de demander.

Mark observa son supérieur s'affairer un moment. Il déplaçait des papiers sur le côté, signait des documents et des rapports, et Mark attendit patiemment. Chacun d'eux gérait différemment la gravité d'une affaire comme celle-ci, et Kennedy subissait en plus les pressions liées à la gestion d'une équipe avec un budget limité ainsi que les répercussions politiques si l'affaire n'était pas résolue rapidement.

— Les parents ont-ils pu fournir des idées sur les raisons qui auraient poussé Patrick à accepter de vendre un rein ?

Kennedy lâcha son stylo et se renversa dans son fauteuil avec un soupir.

— Non, alors j'ai demandé aux agents en uniforme d'interroger ses amis. Ça a donné quelques réponses, mais pas du genre que ses parents apprécieront, donc je me demande ce que je devrais leur révéler à ce stade.

— Quelles réponses, chef ? demanda West en se penchant en avant sur sa chaise.

— Il semble que Patrick avait exprimé des inquiétudes sur la façon de rembourser ses dettes universitaires étant donné qu'il avait été licencié et qu'il ne travaillait qu'à temps partiel actuellement. Une ex-petite amie restée amie avec lui a dit que Patrick lui avait confié se sentir piégé à vivre chez ses parents et coupable de dépendre d'eux pour subvenir à ses besoins. En plus, il voulait voyager, il adorait ça, selon elle. Et puis un autre ami nous a dit que Patrick se sentait étouffé chez lui, qu'il devait de l'argent à ses parents et que même s'ils lui disaient que ce n'était pas grave, sa mère en particulier lui demandait constamment où en était sa recherche d'emploi et lui disait qu'il ne pouvait pas laisser cette dette en suspens car elle provenait de l'épargne retraite de son père. Patrick semblait éprouver une énorme culpabilité pour une situation qu'il ne pouvait pas contrôler.

— Ce qui l'a probablement rendu vulnérable au genre de personnes que nous recherchons en lien avec le trafic d'organes, dit Mark. Est-ce que ses amis ont pu apporter des éclaircissements à ce sujet ?

— J'ai donné pour consigne aux agents en uniforme de ne

pas faire allusion au don de rein, dit Kennedy. Trop risqué pour le moment, étant donné que les médias n'en ont pas encore eu vent. À la place, on a demandé aux amis de Patrick s'il avait mentionné de nouvelles relations, associations ou autres. Cette ex-petite amie a dit qu'il lui avait annoncé qu'il prévoyait de s'absenter quelques semaines et de ne pas s'inquiéter, mais c'est tout.

— Il pensait avoir besoin de temps pour récupérer après le don de son rein, dit West. Le pauvre type croyait qu'il était en sécurité, n'est-ce pas ?

Kennedy acquiesça.

— Et ça signifie aussi que nous ne sommes pas plus près de découvrir qui est responsable. Pas avant de pouvoir identifier l'homme qui a rencontré Patrick à la gare de Didcot.

— Je n'arrive pas à comprendre comment Windlesham a fini par récupérer le téléphone portable de Patrick, dit West. Car nous n'avons pas encore retrouvé ses vêtements ou son sac à dos, n'est-ce pas ?

— Peut-être que Barry l'a trouvé en inspectant les bâtiments le jour où il pensait être surveillé, suggéra Mark. Si les responsables de tout ça ont gardé Patrick là-bas sous la contrainte, il est logique qu'on lui ait confisqué ses affaires avant de l'enfermer dans le mess des officiers. C'est définitivement lui sur les images de sécurité que Barry a glissées dans la boîte aux lettres de son ami avant qu'on ne lui tire dessus. Si Patrick s'est défendu ou a réalisé que sa vie était en danger, il a peut-être eu l'occasion de jeter son téléphone avant que quelqu'un ne s'en aperçoive.

— Et peut-être que Barry, après l'avoir trouvé et avoir soupçonné que quelque chose n'allait pas sur le terrain d'aviation, a compris que le téléphone était important, c'est pour ça qu'il a choisi de le cacher dans la rivière plutôt que de le déposer dans la boîte aux lettres de Gregory Lesk avec la clé USB contenant les images de la caméra, dit Kennedy. Il a séparé les preuves.

— Dommage qu'il ne soit pas venu nous voir directement avec ça, répondit Mark. Au lieu de cela, quelqu'un l'a soupçonné d'avoir pris le téléphone de Patrick, l'a suivi, puis a tenté de lui tirer dessus.

— Il avait peut-être trop peur de venir nous voir, dit West.

— C'est vrai. Il semble que le type qui a volé le sac étanche à l'hôpital s'attendait à ce que le téléphone portable soit avec les affaires de Barry, donc celui qui lui a tiré dessus ne l'a pas vu le mettre dans la rivière, médita Kennedy.

Il jeta un coup d'œil par-dessus la tête de Mark à un coup frappé à la porte.

— Entrez.

— Désolée de vous interrompre, chef.

Caroline souffla sa frange de son visage.

— J'ai des nouvelles qui pourraient vous intéresser.

— Allez-y.

— J'ai reçu un appel des agents en uniforme, ils pensent avoir trouvé les vêtements de Barry Windlesham qui ont été retirés de ce sac étanche dans l'un des magasins sur notre liste.

— Vraiment ?

Mark se redressa.

— Où ça ?

Caroline sourit.

— Dans le magasin d'occasion du village de Ravenswood.

CHAPITRE 46

West freina brusquement, passa la voiture en marche arrière et exécuta une manœuvre de stationnement en créneau si agile que Mark s'agrippa à sa ceinture de sécurité avant même qu'elle n'ait terminé.

Après avoir tiré le frein à main, elle le regarda d'un air perplexe.

— Quelque chose ne va pas ?

— Je crois que je me suis fait un coup du lapin.

— Tu exagères.

Elle vérifia son angle mort, puis ouvrit la portière.

— Tu aurais râlé si j'avais dû me garer à l'autre bout du village.

Il réprima un sourire, descendit de voiture et examina l'enseigne du magasin caritatif un peu plus loin sur le trottoir pavé et inégal.

Il régnait à Ravenswood une tranquillité qui contrastait avec la raison de leur présence. Les paniers de fleurs suspendus aux supports en fer forgé à l'extérieur de l'institut de beauté se balançaient paresseusement dans la brise, les étalages de jacinthes d'Espagne et de primevères se disputant l'espace. Au loin, le pub se préparait à ouvrir et Mark aperçut un homme qui essuyait une paire de tables en bois avant de disparaître à l'intérieur.

Un groupe de quatre retraités – Mark devina qu'il s'agissait de deux couples – s'était rassemblé devant l'épicerie et le bureau de poste du village. Leurs rires emplissaient l'air tandis que l'un des hommes observait sa femme qui régalait leurs compagnons d'un fragment de commérage sur quelqu'un du pub. L'autre homme jeta un regard au-delà de la femme puis fronça les sourcils alors que Mark lui adressait un bref signe de tête, et les voix du groupe se réduisirent à un murmure pendant qu'ils observaient les deux détectives s'approcher du magasin de charité.

Un panneau « fermé » était affiché sur la porte, mais lorsqu'il s'appuya contre la poignée, elle s'ouvrit facilement. Mark entendit le tintement d'un groupe de petites clochettes qui pendaient d'une fine corde attachée au dos de la porte, leurs surfaces en laiton cliquetant contre la boiserie. West le suivit et referma la porte derrière lui avant d'ouvrir la voie entre les portants de manteaux, pantalons et t-shirts jusqu'au comptoir.

C'était un vieux buffet en teck qui avait été abîmé et écaillé au fil des ans, sa surface autrefois polie maintenant encombrée d'une caisse enregistreuse, d'un carnet de reçus, de boîtes de collecte et de divers bijoux à vendre exposés sur des plateaux doublés de velours qui livraient une bataille perdue d'avance contre la poussière.

Une femme assise sur une chaise derrière le buffet leva les yeux d'un roman historique écorné, les regarda par-dessus ses lunettes puis appela par-dessus son épaule.

— Agente Fields ? Je crois que ces personnes sont là pour vous.

Un rideau fut repoussé, révélant une porte intérieure, et une femme blonde de petite taille dans la vingtaine apparut, sa queue de cheval légèrement ébouriffée et le visage rougi. Elle avait roulé les manches de sa chemise d'uniforme jusqu'aux coudes et portait des gants de protection.

— Ah, vous voilà, dit-elle. Vous voulez venir par ici et je vais vous montrer ce qu'on a trouvé ?

Elle tint le rideau ouvert et se plaça sur le côté.

— Et, Sarah, vous pourriez reverrouiller la porte d'entrée s'il vous plaît ? Personne d'autre ne doit entrer maintenant.

— D'accord.

La femme se leva et posa son livre à l'envers sur le comptoir d'un ton pétulant.

— Autant dire que je ne sers à rien ici.

L'agente Alice Fields adressa un sourire patient au dos de la femme qui s'éloignait d'un pas lourd.

— Je vous ferai savoir quand vous pourrez y aller.

Une fois le rideau retombé derrière eux, Mark se tourna vers elle et baissa la voix.

— Est-ce qu'elle est au courant ?

— Non, je n'ai pas dit un mot, chef.

Alice sourit.

— J'ai pensé que cet endroit était une vraie passoire pour les commérages, alors on l'a gardée là-bas.

— Bien. Où est-ce que tu as trouvé les vêtements de Windlesham ?

— Dans l'un des lots qui n'ont pas encore été traités pour la vente. Par ici.

Alice leur fit signe de la suivre dans une antichambre donnant sur l'étroit couloir où un autre agent en uniforme était accroupi à côté d'une boîte en carton remplie de chaussures.

Grant Wickes leva les yeux à leur arrivée, l'air résigné.

— On ne va pas être populaires auprès de l'équipe scientifique, n'est-ce pas ?

— Aucun d'entre nous ne l'est, Grant, dit West. Alors tu ferais aussi bien de t'y habituer.

— Ce sont bien les vêtements de Barry, n'est-ce pas ? dit Alice en tenant deux sachets à preuves étiquetés. On ne se trompe pas ? Je veux dire, Grant a dit que les déclarations des témoins kayakistes listaient ce qu'ils lui ont retiré, et ça correspond à la description, alors on s'est dit qu'on ferait mieux de vous appeler.

Mark perçut la nervosité dans sa voix.

— Jetons un coup d'œil, d'accord ? Mieux vaut prévenir que guérir, il n'y a donc aucun mal à nous avoir demandé de venir.

Il enfila une paire de gants de protection que West sortit de son sac à main, puis il attendit qu'elle en mette une autre paire et prit ensuite les sachets à preuves des mains d'Alice.

Après avoir ouvert la fermeture éclair du premier, il en sortit un jean et un caleçon. Le sous-vêtement était un simple boxer en coton noir, mais le jean portait l'insigne d'une marque connue et l'étiquette à l'intérieur indiquait la même taille que celle que portait Barry Windlesham, et un petit trou déchiqueté avait percé le tissu à l'endroit où sa hanche aurait été en contact avec le tissu. Mark remit les vêtements dans le sac et ouvrit la fermeture du second. À l'intérieur se trouvaient un pull bleu marine et un sous-pull à manches longues grise. Le pull était bien usé avec un trou qui se formait à un coude, et là encore, la taille correspondait.

— Qu'est-ce que tu en penses ? dit-il en se tournant vers West.

— Ça pourrait bien être ça, répondit-elle. Je pense qu'on devrait montrer ces vêtements aux Middleton pour voir s'ils peuvent confirmer qu'il s'agit bien de ceux qu'ils ont placés dans le sac étanche après avoir secouru Barry, juste pour être sûrs. Ensuite, on pourra demander au labo de les tester pour trouver des traces de son ADN.

Elle approcha le pull de son visage et le renifla.

— Ça sent la rivière, à mon avis. Dieu sait combien de fois j'ai dû laver cette odeur des vêtements des enfants au fil des ans.

— Il vous reste quelle quantité à passer au crible ? demanda Mark en regardant les piles de vêtements. Des traces des bottes de travail de Barry ?

— Non, répondit Grant, mais on n'a pas encore commencé à fouiller les poubelles derrière la porte de service.

— Les poubelles ?

— Il y a des sacs poubelles dans une cage fermée à clé juste derrière la porte de service, expliqua Alice. Donc nous en avons encore pour un moment.

— Montre-nous, lui dit Mark. Je pourrais peut-être demander à Kennedy d'envoyer une paire de mains supplémentaire.

Lui et West suivirent la jeune agente le long du couloir jusqu'à une porte de secours. Alice l'ouvrit et désigna d'un geste une grande cage grillagée recouverte d'une bâche qui servait de toit improvisé. Elle avait été maintenue par des briques rouges ébréchées à chaque coin, et à l'intérieur se trouvaient des sacs poubelles noirs gonflés, des sacs recyclés de supermarché et diverses boîtes en plastique style archives.

— Apparemment, ces sacs ont été livrés la semaine dernière mais n'ont pas encore été traités, dit Alice. La boutique est gérée par des bénévoles qui travaillent pour la plupart à temps partiel, donc ça prend du temps. Celui dans lequel on a trouvé les vêtements de Barry vient de ce tas, donc on pense que ses bottes doivent être quelque part ici aussi.

— C'est logique, dit Mark.

Il sortit son téléphone portable.

— En effet. Ok, Alice, je vais appeler l'inspecteur principal et lui demander s'il peut nous envoyer quelqu'un en renfort.

— Merci, chef.

— Jan, tu veux… Jan ?

Il se retourna pour voir sa collègue debout, dos à la cage, inconsciente du fait qu'il venait de lui poser une question.

— Jan ? Tout va bien ?

Elle se tourna vers lui, une expression choquée dans les yeux, les joues dépourvues de couleur.

— Ça va ?

Il baissa son téléphone.

— Qu'est-ce qui ne va pas ?

Un froncement de sourcils inquiet plissa le front de West.

— Et s'ils utilisaient une ambulance pour déplacer les corps, chef ?

— Une ambulance ? Même si elle était privée, ce serait difficile à cacher, je pense. Je veux dire, il y aurait toutes sortes de problèmes logistiques, non ?

Elle fit un signe de tête vers une camionnette blanche garée à quelques mètres, devant une autre des vieilles maisons en terrasse qui avait été convertie en entreprise prospère. Ses côtés portaient le même logo que celui du cabinet vétérinaire d'à côté, avec un dessin coloré représentant un chien de dessin animé avec une patte bandée.

Son froncement de sourcils se transforma en un sourire rusé.

— Et s'ils utilisaient une ambulance vétérinaire ?

CHAPITRE 47

Après avoir laissé Alice surveiller attentivement la camionnette en livrée dans la cour derrière les maisons en terrasse, Jan et Turpin repassèrent par la boutique caritative et longèrent les pavés jusqu'au cabinet vétérinaire indépendant.

La porte d'entrée s'ouvrit sur un espace d'accueil lumineux qui sentait le désinfectant et les biscuits pour chiens. Des affiches ornaient les murs, avertissant les propriétaires d'animaux des différents risques sanitaires associés aux tiques, puces et autres affections non traitées. Une sélection de produits et de jouets pour animaux était disposée sur trois étagères contre un mur, et un bol d'eau reposait à côté d'un bureau d'accueil en bois usé.

Une femme se tenait derrière le comptoir, le téléphone coincé entre son oreille et son épaule pendant qu'elle frappait son clavier d'ordinateur avec des ongles semblables à des serres. Elle leva les yeux quand Jan approcha, continua de parler au propriétaire affolé à l'autre bout de la ligne, et l'assura que son chien, chat, poisson rouge – Jan essaya en vain de deviner quel type d'animal était concerné – était bien inscrit pour un rendez-vous à dix-sept heures trente. Cela fait, la réceptionniste raccrocha et plissa les yeux.

— Vous avez quelque chose à voir avec la police qui est à côté ? demanda-t-elle.

— En effet.

Jan montra sa carte professionnelle et présenta Turpin.

— Et vous êtes ?

— Julia Barkham, répondit-elle d'un air impassible.

La femme dévisagea Jan, comme pour la défier de faire un commentaire sur son nom de famille.

Jan ne sourit pas.

— Il y a une camionnette blanche garée derrière vos locaux avec le logo du cabinet sur le côté. À qui appartient-elle ?

— Au cabinet. Enfin, à Doug. C'est le vétérinaire. Il y a un problème ?

— Est-ce que Doug est là ?

— Il est avec un patient en ce moment.

Le regard de Julia se porta vers une porte fermée à droite du comptoir qui affichait un panneau indiquant « salle de consultation ». On pouvait entendre des voix murmurées à travers, un baryton menant la majeure partie de la conversation.

— Je pense qu'il en a encore pour au moins cinq minutes. Et ensuite, il a un rendez-vous externe qu'il ne peut pas rater, c'est prévu depuis des semaines.

— Il va devoir l'annuler, dit Turpin. Mieux vaut noter dans votre agenda de le reprogrammer.

— Je ne peux pas—

— Vous le pouvez.

Il se détourna et commença à examiner les affiches.

Julia regarda Jan d'un air désemparé pendant un moment,

puis la porte de la salle de consultation s'ouvrit et le vétérinaire apparut, vêtu d'un jean foncé et d'une blouse de chirurgien vert pâle, le col d'un polo dépassant de l'encolure. Dos à Jan et Turpin, il raccompagna une femme avec une cage de transport pour chat dans la réception avant de percevoir la présence de personnes supplémentaires dans la zone d'accueil.

Il se retourna, un choc se lisant dans ses yeux quand il vit Jan et Turpin, puis le professionnalisme reprit le dessus lorsqu'il jeta un coup d'œil par-dessus son épaule.

— Julia, vous pourriez vous occuper de la facture de Mme Aberdale et vous assurer qu'elle prenne quelques-uns de ces tampons antiseptiques que nous avons sur l'étagère là-bas ? J'ai enregistré l'ordonnance dans le système, donc tout devrait être en ordre.

Cela fait, il concentra son attention sur les deux détectives.

— Vous voulez passer par ici ?

Dès que la porte de la salle de consultation fut fermée, Turpin s'appuya contre elle et sortit sa carte professionnelle avant de faire les présentations.

— Étant donné les circonstances, monsieur... ?

— Docteur. Docteur Douglas Holton. Ou Doug pour la plupart des gens.

— Dr Holton, nous allons procéder de manière formelle.

Sur ce, Turpin récita la mise en garde standard et Jan observa le visage du vétérinaire passer de l'intrigue à la peur.

— Que se passe-t-il ? dit-il. Pourquoi est-ce que vous êtes ici ?

Turpin ignora la question.

— Est-ce que vous pouvez confirmer que la camionnette

blanche garée devant la porte arrière de ce cabinet vous appartient ?

— Oui, c'est le cas.

— Où sont les clés ?

— Accrochées à côté de la porte arrière, où elles sont toujours. Pourquoi ?

— Quand est-ce que vous l'avez conduite pour la dernière fois ?

— En avril, l'année dernière.

Jan leva les yeux de ses notes et vit la confusion traverser le visage de Turpin.

— L'année dernière ? répéta-t-il. Vous en êtes sûr ?

Le vétérinaire se redressa.

— Oui, j'en suis sûr.

— Vous pouvez nous le prouver ?

— Ce n'est pas nécessaire, détective.

Doug sourit patiemment.

— J'ai perdu mon permis le onze avril de l'année dernière en raison d'un Parkinson précoce. Je ne suis pas autorisé à conduire.

Turpin plissa les yeux.

— Alors *qui* la conduit ?

— Mon assistant, Tom.

Doug enleva sa blouse de chirurgien. Il la suspendit sur une chaise derrière la table d'examen, puis s'assit.

— Je l'ai embauché en février de l'année dernière quand j'ai commencé à soupçonner que je ne serais plus capable d'assumer mes fonctions très longtemps. Tom a pris en charge les responsabilités quotidiennes comme les opérations et les visites à domicile. Je m'occupe simplement des animaux qui ont besoin de soins généraux, de traitements antiparasitaires, ce genre de choses. J'aide encore pendant les opérations de temps en temps, mais mes jours de chirurgie sont terminés, tout comme ma capacité à conduire.

— Où est Tom en ce moment ?

— Il y a une ferme près de Benson avec un troupeau de vaches qui doivent passer des tests de dépistage de la tuberculose.

— Appelez-le et dites-lui que vous avez besoin qu'il revienne ici immédiatement, dit Turpin.

— Je—

— Appelez-le.

Doug lança un regard noir à Jan à la place.

— Nous avons un devoir envers—

— Nous aussi, répliqua Jan. Alors vous feriez aussi bien de passer cet appel. Sinon, votre fermier va se demander ce qui se passe avec votre cabinet quand notre équipe débarquera, n'est-ce pas ?

Doug pâlit.

— Écoutez, vous allez me dire ce qui se passe ?

— Nous enquêtons sur les morts suspectes d'au moins treize personnes, dit Turpin. Et nous voulons interroger votre assistant, Tom, en relation avec notre enquête.

— Ok, ok. Je vais l'appeler tout de suite.

Les mains du vétérinaire tremblaient visiblement tandis qu'il sortait un téléphone portable de la poche de son jean et balayait l'écran. Il mit l'appel en haut-parleur, et la tonalité sourde résonna contre les murs. Il n'y eut pas de réponse.

— Il ne décroche pas.

— Appelez le fermier.

Doug acquiesça, se tourna vers un ordinateur portable ouvert sur un petit bureau à côté de la table d'examen et naviqua à travers différentes fenêtres jusqu'à ce qu'il trouve les informations qu'il cherchait.

— Allô ? Martin ? C'est Doug Holton. Est-ce que Tom est là ?

Jan retint son souffle.

Le front du vétérinaire se plissa.

— Il ne vous a pas appelé ? Je suis vraiment désolé. Écoutez, j'ai quelque chose d'urgent en ce moment, mais je vous rappelle dès que j'aurai terminé et nous allons arranger quelque chose. D'accord, merci. Au revoir.

— Qu'est-ce qui ne va pas ? demanda Jan.

— Il n'est pas là-bas. Apparemment, il ne s'est pas présenté.

Turpin fronça les sourcils.

— Il était ici plus tôt ?

— Non, il utilise parfois sa propre voiture pour faire des visites avant de venir ici, surtout si ces rendez-vous sont tôt le matin et que nous savons qu'il n'aura pas besoin de l'ambulance. Ce véhicule n'est pas bon marché à entretenir.

— Quand est-ce que vous avez vu Tom pour la dernière fois ? demanda Jan.

— Lundi matin, répondit Doug. Il est sorti tôt, il a dit que le chien de quelqu'un avait une suspicion de morsure de tique. Quand il est revenu, il m'a aidé à stériliser un chat, puis j'avais rendez-vous chez le médecin alors je l'ai laissé terminer avec les patients de la journée et fermer le cabinet. Julia ne travaille que jusqu'à quinze heures. Tom avait un jour de congé hier.

— Pourquoi ?

— Je ne sais pas. C'était à la dernière minute et Julia a dû réorganiser quelques rendez-vous, mais nous avons réussi à nous arranger pour lui. Il est tellement fiable, malgré ses horaires de travail et d'études chargés, que je ne pouvais pas refuser.

— Nous allons avoir besoin de ses coordonnées et de son adresse, dit Turpin. Tout de suite.

Le vétérinaire cligna des yeux, puis acquiesça.

— Bien sûr.

Il se pencha pour déverrouiller les tiroirs de son bureau, puis fouilla dans le tiroir du bas et sortir un dossier mince qu'il ouvrit.

— Voilà.

Jan arracha le dossier des mains de Doug et se dirigea vers la porte en ignorant son couinement surpris. Après être sortie de son bureau et avoir vérifié que la porte de la réception restait fermée, elle composa un numéro en mémoire.

— Tracy ? J'ai besoin qu'une patrouille vérifie cette adresse. Nous pensons—

— Tu dois être médium ou quelque chose comme ça, dit l'agente administrative, sa voix tendue. Dans combien de temps est-ce que vous pouvez revenir ici ?

— Pourquoi, qu'est-ce qui ne va pas ? demanda Jan.

— Reviens juste avec Mark dès que possible. Ordres de Kennedy.

CHAPITRE 48

Mark monta les marches quatre à quatre jusqu'à la salle des opérations, avec la respiration laborieuse de Jan en bruit de fond alors qu'elle se dépêchait de le suivre.

Le visage rougi, sa collègue lissa son chemisier lorsqu'ils atteignirent le palier, puis le suivit le long du couloir. Trois agents en uniforme interrompirent leur conversation et s'écartèrent pour les laisser passer, leurs visages graves tandis que les grésillements et les ordres aboyés de leurs radios résonnaient contre les murs.

Mark entendit les sirènes se mettre en action lorsqu'une patrouille quitta le parking, le son accentuant le sentiment d'urgence qui lui serrait la poitrine. Il resserra sa prise sur la copie du dossier personnel de Tom Mildenhew que Doug Holton lui avait fourni, son esprit déjà tourné vers les différentes étapes à suivre pour retrouver le vétérinaire.

Il y avait un frisson d'excitation dans la salle des opérations quand il entra, né de la montée d'adrénaline d'une percée potentielle.

Et pourtant, cette énergie était teintée d'un désespoir renouvelé.

Un frisson lui parcourut les épaules, malgré la goutte de sueur qui coulait le long de sa colonne vertébrale après sa course depuis le parking, et lorsqu'il aperçut enfin Kennedy de l'autre côté de la pièce en train de parler avec Alex et Caroline, le visage de l'inspecteur principal était gris.

— Qu'est-ce qui ne va pas, chef ? lança West. Vous avez entendu qu'on a un suspect potentiel, non ? C'est plutôt une bonne nouvelle.

— Ça l'est, mais on a un problème plus grave. Venez ici.

Kennedy leur fit signe de s'approcher de l'endroit où Alex était assis, le regard fixé sur son écran d'ordinateur. Il ne leva pas les yeux à leur approche, et Caroline se tenait près de son coude, la mâchoire serrée.

— Alex, montrez à Mark et Jan ce que vous venez de trouver.

Le jeune détective relança la vidéo qu'il regardait et recula un peu sa chaise.

— Voilà.

Mark perçut l'angoisse dans la voix de l'homme et se pencha en avant pour poser sa main sur le bureau tandis que la lecture reprenait.

C'était une image de vidéosurveillance de la même caméra au-dessus du quai de la gare de Didcot qu'ils avaient regardée en retraçant les mouvements de Patrick Westington avant sa mort. En jetant un coup d'œil au coin supérieur gauche de l'écran, Mark vit qu'elle datait de ce lundi, et qu'elle était horodatée juste après sept heures trente du matin. Un train à grande vitesse arriva, déversant son contenu sur le quai dès l'ouverture des portes. Les passagers s'éloignaient rapidement, déterminés dans leur démarche, certains jouant des coudes pour se frayer un chemin tout en hissant des sacs à dos sur leurs épaules ou en tirant des valises.

À sept heures trente-cinq, Alex arrêta la lecture et leva les yeux vers lui.

— Voilà pourquoi tout le monde s'inquiète.

Mark cligna des yeux, puis regarda Kennedy.

— Qu'est-ce que je suis censé voir, chef ?

— Nous pensons qu'ils ont une autre victime.

— Quoi ?

La bile lui remua l'estomac et Mark écarquilla les yeux.

— C'est pour ça que nous avons envoyé une patrouille à la gare tout de suite, dit Caroline. Nous pouvons obtenir les enregistrements à distance, mais nous devons recueillir les déclarations des membres du personnel dès que possible.

— Comment est-ce que vous avez trouvé ça ?

Kennedy fit un signe du menton vers Alex, de la fierté dans les yeux.

— Ce jeune homme a pris sur lui de surveiller les mêmes arrivées quotidiennes de trains que celles de Patrick Westington, juste au cas où.

— Et ça a porté ses fruits, dit Caroline en donnant une légère tape sur l'épaule de son collègue. Il a même réussi à obtenir une image du visage de notre suspect.

Alex haussa les épaules, les joues rouges.

— J'ai juste pensé qu'ils s'assuraient peut-être que les donneurs soient récupérés à une heure de pointe pour se fondre parmi les autres voyageurs. On vient juste de comprendre ce qu'ils manigancent, alors j'ai pensé qu'ils n'avaient peut-être pas eu le temps d'annuler les opérations déjà payées, et qu'ils garderaient peut-être la même routine ou les mêmes jours pour rencontrer les donneurs.

— Bon sang, c'est audacieux de leur part.

— Audacieux, ou est-ce qu'ils sont désespérés parce qu'on est sur leur piste ? répondit Kennedy. S'ils facturent le genre de sommes que notre équipe financière pense qu'ils pourraient demander pour ce genre de chose, alors ils ont des clients avec de l'influence. Des clients qui n'apprécieraient peut-être pas qu'on leur dise que l'affaire est annulée.

— C'est vrai, dit West. Je veux dire, le genre de personnes prêtes à payer beaucoup d'argent pour un rein au marché noir ne sont pas celles qu'on inviterait à la fête de Noël du bureau, n'est-ce pas ?

— Vous êtes sûr que c'est le même type qui a rencontré Patrick ? demanda Mark.

Kennedy hocha la tête.

— J'en suis sûr. Repassez-la, Alex, et cette fois, vous pouvez y intégrer les autres séquences du hall de la gare aussi ?

Sur la vidéo, un flux constant de voyageurs descendait les marches en béton du quai, puis se filtrait le long du passage souterrain menant au guichet et au parking. Certains s'arrêtaient pour échanger un dernier commentaire avec leurs compagnons de voyage avant de se disperser comme des affluents sur le parvis de la gare pour se précipiter vers leur travail avant que l'averse prévue ne s'abatte sur la ville.

Et parmi eux se trouvait l'homme vu précédemment avec Patrick Westington, sauf que cette fois, une femme d'une vingtaine d'années se dépêchait de le suivre, l'air déterminé.

— Merde, dit West. C'est Tom Mildenhew, le vétérinaire. Il y a une photo de lui dans son dossier personnel.

Mark se tourna vers Kennedy.

— Nous devons retrouver cette femme. Maintenant.

CHAPITRE 49

Kennedy avait ordonné aux quatre détectives et à un groupe d'agents en uniforme de se réunir dans une autre salle, séparée de l'équipe principale d'enquête.

La pièce était lumineuse, la lumière du soleil éblouissant les yeux de Mark pendant qu'il baissait chacun des stores pour les isoler ainsi du monde extérieur.

La climatisation grondait dans les conduits d'aération au-dessus de leurs têtes pour tenter de faire baisser la température dans cette salle de réunion étouffante, situation qui n'était pas améliorée par le nombre de personnes qui tiraient maintenant des chaises autour d'une table de conférence improvisée, constituée de huit tables empruntées à diverses autres salles.

Mark déboutonna le haut de sa chemise, glissa sa cravate dans la poche de son pantalon et prit l'un des dossiers que Caroline faisait circuler en la remerciant d'un murmure. En l'ouvrant, il constata qu'elle avait photocopié le dossier personnel de Tom Mildenhew et ajouté des captures d'écran des rares profils de réseaux sociaux qu'elle avait pu trouver, y compris un destiné aux professionnels en recherche d'emploi.

Aucun des profils n'avait été mis à jour depuis quatorze mois. Pas depuis que Tom avait commencé à travailler pour Doug Holton.

À sa gauche, West, le visage impassible, fixait l'image capturée de la jeune femme.

— Est-ce que nous avons son identité maintenant ?

— Nous avons travaillé avec la police des transports pour retracer ses déplacements, dit Peter Cosley en remontant ses lunettes sur son nez. Elle est montée dans ce train à Tilehurst, à l'ouest de Reading, et nous avons des images de vidéosurveillance d'une épicerie et d'un pub qui la montrent en train de marcher depuis un lotissement voisin. Deux patrouilles font actuellement du porte-à-porte pour découvrir où elle vivait, avec le soutien d'agents d'ici. Dès qu'ils découvriront qui elle est, ils nous le feront savoir.

— Merci, Peter.

Kennedy se tourna vers un autre sergent en uniforme à sa droite.

— Michael, qu'en est-il de la famille de Tom ?

— Nous n'avons pas réussi à trouver de proches parents, chef. Nous sommes allés à l'appartement qu'il loue et nous avons parlé à ses voisins, mais ils ont dit qu'ils ne l'avaient pas vu ces trois derniers jours.

— Nous avons quelques informations sur sa vie avant le travail, chef.

L'agente Marie Collins leva la main.

— Un de ses anciens camarades d'université que nous avons interrogé a dit qu'il y avait eu des problèmes alors qu'ils étaient en deuxième année, mais il n'a pas pu fournir plus d'informations. Apparemment, tout a été réglé à huis clos. J'ai parlé avec une professeure de Tom à l'université pour savoir quels étaient ces problèmes, et il s'avère que certains de ses pairs pensaient qu'il torturait peut-être les animaux au lieu de les soigner, et ils ont signalé leurs inquiétudes. Rien ne s'est passé, cela n'a pas pu être prouvé, mais elle a dit que Tom était devenu plus renfermé après ça. Il a réussi ses examens finaux sans problème. Mais je ne trouve rien sur lui avant qu'il ne commence l'université.

— Continuez à chercher, dit Kennedy. Mark, et vous ?

— Jan et moi avons examiné son dossier personnel et parlé avec les deux cabinets vétérinaires où il a travaillé avant de commencer à celui de Ravenswood, dit Mark. Les deux employeurs ont dit qu'il était doué, même s'il manquait de l'empathie typique qui va de pair avec le traitement des animaux et de leurs propriétaires.

— Pourquoi a-t-il quitté son dernier emploi ? demanda Kennedy.

— Il leur a dit qu'il partait voyager pendant un moment, répondit Mark. C'était deux mois avant qu'il ne commence à travailler pour Doug Holton.

L'inspecteur principal regarda autour de la salle.

— Est-ce que quelqu'un sait où était Mildenhew pendant ces deux mois ?

— J'ai vérifié ses registres de passeport, chef, dit Michael. Il est parti en Thaïlande pendant six semaines. Nous n'avons aucune trace de lui là-bas, et nous ne pouvons pas obtenir ses relevés bancaires pour la période qui nous intéresse aujourd'hui pour voir où il aurait pu dépenser son argent pendant son séjour. À son retour, nous pensons qu'il est resté chez un ami à Maidenhead jusqu'à ce qu'il déménage à Ravenswood pour commencer à travailler avec

Holton deux semaines plus tard. Il a utilisé l'adresse de cet ami sur sa demande d'emploi.

Kennedy pointa un doigt vers le sergent.

— Nous devons trouver cet ami, maintenant.

— Il a disparu il y a une semaine, chef.

Michael laissa sa nouvelle faire effet avant de continuer.

— J'ai demandé à une patrouille locale de Maidenhead de faire du porte-à-porte et d'interroger la famille et les amis de cet homme—

— Mais ça n'a pas l'air bon, n'est-ce pas ?

Kennedy soupira.

— Ok, prochaines étapes. Qu'en est-il de la camionnette de Holton qu'il dit que Tom conduisait ?

— L'équipe de Jasper y est maintenant, répondit West. Ils prévoient d'examiner minutieusement la salle d'opération du cabinet vétérinaire, à la recherche de toute trace pouvant relier l'endroit au prélèvement illégal d'organes, ainsi que la camionnette pour tout ce qui pourrait suggérer qu'elle a été utilisée pour transporter Patrick Westington et toute preuve qui pourrait nous aider à retrouver cette femme. Holton nous a dit que Tom l'avait utilisée lundi matin avant de venir au travail, mais qu'il avait un jour de congé hier. Et juste parce que la camionnette était garée dehors quand Doug et sa réceptionniste sont arrivés au travail ce matin ne signifie pas que Tom ne l'a pas utilisée à nouveau, donc nous attendons les images des caméras LAPI de la région pour clarifier ses déplacements au cours des trois derniers jours.

— Bien, merci. Caroline, quand ces images arriveront, vous pourrez demander à une équipe d'agents de les examiner ?

— Je m'en occupe, chef.

— Est-ce que nous sommes tous d'avis que Tom aurait pu

utiliser la salle d'opération du vétérinaire pour effectuer le prélèvement d'organes ? demanda Kennedy en regardant les officiers rassemblés.

— Ça semble être notre meilleure piste pour le moment, chef, hasarda Mark. C'est un environnement stérile, et même si ce n'est pas du tout l'idéal pour une procédure chirurgicale comme celle-là, c'est suffisamment isolé, et jusqu'à maintenant, pratique pour le site d'inhumation à l'aérodrome. Tom aurait pu l'utiliser après les heures de travail, car il n'y a pas d'immeubles résidentiels qui donnent sur l'arrière où l'ambulance était garée. Il n'y a que de petites entreprises artisanales le long de ce petit tronçon du village. Gillian est actuellement chez le vétérinaire et travaille avec Jasper pour voir s'il y a quoi que ce soit qui ne devrait pas être là. Je veux dire, quelque chose qui ne serait pas typiquement utilisé sur un animal. Jasper inspecte tout l'endroit à la recherche d'indices pour qu'on puisse aussi essayer de déterminer qui aurait pu aider Tom.

— D'accord, il n'y a rien de plus que nous puissions faire jusqu'à ce que nous ayons des nouvelles d'eux et des enquêtes de porte-à-porte, dit Kennedy en feuilletant la pile de documents devant lui. Passons aux patients. Marie a fait quelques recherches rapides et quiconque a reçu un de ces reins va avoir besoin d'un traitement continu pour s'assurer que ces organes ne soient pas rejetés. Cela va coûter plus de vingt mille livres par an, probablement plus sur le marché noir, alors Peter, est-ce que vous pouvez travailler avec Marie pour ouvrir un dossier là-dessus et parler à l'équipe d'enquête financière au QG pour voir s'ils ont quelque chose qui pourrait nous aider ?

— Je m'en occupe, chef.

— Je veux que des entretiens formels soient menés immédiatement avec toute personne qui correspond au profil.

— Compris.

Mark attendit que Peter et Marie aient quitté la pièce, puis il se tourna vers l'inspecteur principal.

— Chef, vous voulez que West et moi retournions à la clinique vétérinaire ? Au moins comme ça, nous pourrons agir dès que Jasper et Gillian auront trouvé quelque chose.

— Allez-y, dit Kennedy en pointant du menton vers la porte. Et si vous trouvez quoi que ce soit, je dis bien *quoi que ce soit*, qui indique où ce salaud a emmené cette femme, vous me prévenez immédiatement.

CHAPITRE 50

Mark trouva une place de stationnement tout au bout de la rue principale et étroite de Ravenswood, et il finit par coincer la voiture de service entre l'une des camionnettes grises de Jasper et le pick-up d'un paysagiste.

West marchait déjà d'un pas décidé vers le cabinet vétérinaire, descendant du trottoir pour contourner plusieurs habitants qui encombraient les pavés en petits groupes, leurs voix n'étant rien de plus qu'un murmure étouffé.

Ils se turent et dévisagèrent Mark lorsqu'il passa, puis après qu'il leur adressa un bref signe de tête, ils lui tournèrent le dos et chuchotèrent.

Devant le pub, le propriétaire observait, bras croisés et mâchoire serrée.

— Hé, dit-il alors que Mark passait rapidement. Vous savez quand ils auront terminé ? Ils font fuir ma clientèle.

— Aucune idée, répondit Mark avant de poursuivre son chemin.

Il y avait maintenant quatre voitures de patrouille qui

occupaient les places devant la boutique caritative et le cabinet vétérinaire, et les deux établissements étaient délimités par des rubans de scène de crime accompagnés de panneaux temporaires qui dirigeaient les piétons de l'autre côté de la route pour que personne ne puisse regarder à travers les portes ouvertes. Au cas où cela ne suffirait pas, un membre de l'équipe de Jasper était en train de fixer des bâches en plastique comme rideau temporaire devant chaque entrée.

Un flux constant de techniciens de la police scientifique en combinaison de protection entrait et sortait de la boutique caritative avec des sacs de vêtements d'occasion, et deux autres discutaient à voix basse à l'entrée du cabinet vétérinaire.

Mark ouvrit sa carte d'identification à l'un d'entre eux.

— Vous savez où se trouve Gillian Appleworth ?

— Là-dedans, répondit le plus petit des deux.

Il examina Mark de haut en bas.

— Vous avez des combinaisons ou vous en voulez ?

— Si vous en avez de rechange…

— Voilà pour vous.

— Merci.

Mark enfila la combinaison par-dessus ses vêtements et ajouta les surchaussures en plastique tandis que West faisait de même. Cela fait, il signa le formulaire qu'un agent en uniforme lui tendait.

— On peut entrer ?

— Je vous en prie.

L'agent de la police scientifique souleva le ruban pour qu'ils passent en dessous.

— Restez sur le chemin délimité, et suivez le couloir qui

part à gauche de la zone d'accueil. Vous trouverez Gillian et Jasper là-bas.

— Merci.

Mark s'écarta pour laisser passer West en premier, la combinaison de protection crissant à chacun de ses mouvements. Elle lui grattait déjà le cuir chevelu, tandis que le matériau plastique créait des zones de transpiration sous ses bras.

Toutes les lumières du cabinet avaient été allumées, et au bout du couloir, il pouvait voir que des lampes LED puissantes avaient été sorties des fourgons de la police scientifique et installées pour aider Jasper et son équipe pendant qu'ils travaillaient. Lorsqu'il entra dans la salle d'opération à l'arrière du cabinet, il cligna des yeux pour compenser l'éblouissement causé par la table en acier inoxydable et l'équipement qui remplissait l'espace.

Les carreaux du sol étaient polis jusqu'à briller intensément, et quand il inspira, il perçut un fort relent d'eau de Javel dans l'air. Un photographe médico-légal le poussa doucement pour se frayer un chemin avant de s'accroupir à côté d'un meuble en acier inoxydable à deux portes et d'incliner l'objectif de l'appareil pour capturer également les carreaux du sol à côté du meuble. Dans le coin opposé, l'une des techniciennes de la police scientifique retirait des dossiers d'une armoire, tandis que sa collègue prélevait des échantillons sur un ordinateur portable laissé ouvert sur un bureau.

Deux autres personnes vêtues de combinaisons de protection de la tête aux pieds se tenaient à côté d'un chariot chargé d'instruments chirurgicaux, leur attention portée sur une armoire murale verrouillée tandis que le plus grand des deux tentait de l'ouvrir.

— Jasper ? hasarda Mark.

Le responsable de la police scientifique recula lorsque la porte de l'armoire s'ouvrit brusquement, puis se retourna.

— On va en avoir pour un moment ici.

— Je sais.

Mark fit un geste vers West.

— Kennedy a pensé que ce serait une bonne idée si nous étions là quand même. Tu as trouvé quelque chose d'intéressant ?

— Beaucoup de traces de sang, répondit Jasper, mais c'est prévisible. Le lieu a été soigneusement désinfecté. Holton dit que Tom Mildenhew a fait le dernier nettoyage lundi, selon le planning, et qu'aucune intervention n'a eu lieu au cours des dernières quarante-huit heures. Cependant, les lampes ont révélé des traces autour des bords de l'écoulement et il y a des éclaboussures sur le coin de cette armoire au sol là-bas, donc tous les échantillons que nous prélevons vont être testés pour vérifier si certains contiennent du sang humain ou d'autres fluides et tissus.

La silhouette plus petite en combinaison se retourna et les yeux de Gillian Appleworth transpercèrent ceux de Mark par-dessus son masque de protection.

— Il y a aussi des instruments sur ce chariot qui soulèvent la question de savoir ce qu'ils font dans un cabinet vétérinaire.

— Vraiment ?

Il s'approcha en gardant les mains jointes derrière le dos tandis qu'il examinait les divers perceuses, scies, pinces et scalpels.

— Comment est-ce que tu peux le dire ?

Gillian souffla derrière son masque.

— Parce que je le peux.

Mark leva ses mains gantées.

— Est-ce que nous pouvons faire quelque chose pour aider ?

— Oui, répondit-elle. Restez hors de mon chemin.

Elle passa entre lui et West, traversa la pièce jusqu'à une armoire vitrée qui avait été fixée au mur au-dessus d'un petit réfrigérateur et commença à fouiller parmi des paquets de lingettes chirurgicales et des aiguilles scellées. Jasper fit un clin d'œil à Mark, puis s'accroupit à côté du classeur et commença à soulever des piles de documents des dossiers suspendus à l'intérieur.

— On devrait peut-être sortir ? murmura West. On pourrait jeter un œil à la déclaration de la réceptionniste et voir si Alice et Grant ont trouvé autre chose.

— Ok. Peut-être que si nous—

— Oh non.

Il se retourna pour voir Gillian debout à côté de la porte ouverte du réfrigérateur, ses mouvements prudents.

— Oh, ce n'est pas bon signe, dit-elle.

Mark s'approcha, West à ses côtés.

— Qu'est-ce que tu as trouvé ?

Pour toute réponse, Gillian pivota et brandit un bocal en verre avec un contenu ensanglanté.

— Ceci.

Il fronça les sourcils.

— Désolé, je ne sais pas ce que c'est.

— Ce sont des reins, Mark. Des reins humains.

— Chef, tu as une minute ?

Réprimant une colère montante, Mark se retourna en entendant la voix de l'agent Grant Wickes.

— Qu'est-ce qu'il y a ?

— Nous avons réussi à forcer l'arrière de la camionnette, chef.

Le visage du policier était livide.

— Il y a une femme morte à l'intérieur.

CHAPITRE 51

Lorsque Mark et West sortirent par la porte arrière du cabinet vétérinaire et entrèrent dans la cour, un petit groupe de techniciens de la police scientifique avait rejoint les deux agents en uniforme qui fixaient la camionnette blanche.

Gillian ouvrait la marche, son attitude brusque jusqu'à ce qu'elle atteigne les portes arrière ouvertes. Elle s'arrêta un instant et Mark s'aventura quelques pas plus près. Par-dessus son épaule, il pouvait voir la forme recroquevillée d'une jeune femme, son corps nu partiellement couvert par une vieille couverture en laine qui avait glissé, révélant sa jambe pliée au niveau du genou et son bras étendu sur le côté. Sans les entailles dans le bas de son abdomen et l'inquiétante lueur pâle de sa peau, elle aurait pu être en train de dormir.

— Pauvre gamine, dit Gillian, les épaules affaissées. On connaît son identité ?

— Pas encore.

Mark cligna des yeux. Ses propres filles n'avaient que quelques années de moins que la femme qui gisait morte devant eux, et sa poitrine se serra.

— Mais nous allons le découvrir, et quand je vais mettre la main sur Tom Milden—

— Qu'est-ce qui leur a pris tant de temps pour ouvrir ce truc ? lança Kennedy, les mains sur les hanches en fusillant du regard les techniciens de la police scientifique qui travaillaient à l'intérieur de la camionnette.

Mark jeta un coup d'œil par-dessus son épaule.

— Je ne savais pas que vous étiez en route, chef.

— Je reçois trop d'appels du QG sur cette affaire, surtout après leur avoir dit que nous avons perdu notre principal suspect, alors j'ai pensé venir voir par moi-même.

L'inspecteur principal fit un signe de tête vers la camionnette.

— Je croyais que Doug Holton avait les clés ?

— Lui aussi, répondit Jasper. Il s'avère qu'elles n'étaient pas sur le crochet au bureau où elles se trouvent normalement, alors après avoir passé près d'une heure à les chercher, nous avons dû forcer l'ouverture. D'où le retard.

— Ok, où est Grant ?

Kennedy se retourna et siffla l'agent pour lui faire signe d'approcher.

— Contactez le contrôle et dites-leur d'accélérer l'alerte dans tous les ports que j'ai demandée pour Tom Mildenhew, et assurez-vous que soient inclus tous les aérodromes opérationnels dans le coin, surtout Kidlington. Demandez-leur aussi de recueillir toutes les données relatives aux vols quittant le Royaume-Uni depuis lundi soir. Caroline et Alex essaient déjà de savoir si Mildenhew utilise sa propre voiture, donc dès qu'ils auront des informations à ce sujet, ils mettront l'alerte à jour.

— Oui, chef.

Mark regarda le jeune officier s'éloigner rapidement, la

radio aux lèvres pour transmettre les instructions de Kennedy, puis il se retourna vers l'inspecteur principal.

— Si Tom l'a amenée ici, chef, quelqu'un s'attendait à recevoir au moins un de ces reins.

— Grant ! cria Kennedy. Dites-leur de vérifier aussi les vols intérieurs entrants, et de les comparer au registre des personnes qui attendent des dons.

L'agent hocha la tête en réponse avant de se retourner vers sa radio.

— Ils auraient pu venir en voiture, chef, dit West. Je sais que ce n'est pas très utile, mais—

— C'est une bonne remarque. Je vais demander à une équipe de vérifier les immatriculations de véhicules par rapport à la liste d'attente et voir si nous obtenons des correspondances avant de chercher des signalements LAPI dans le coin.

Il plissa les yeux vers l'arrière de la camionnette.

— Gillian, des idées sur la façon dont il l'a tuée ?

La médecin légiste sortit de la camionnette à quatre pattes, puis regarda le corps de la femme qui était maintenant écouvillonné et photographié par deux membres de l'équipe de Jasper.

— Il ne s'est pas donné la peine de l'anesthésier.

Mark déglutit.

— Bon sang, il ne l'a pas ouverte alors qu'elle était encore en vie quand même ?

— Je ne sais pas, soupira Gillian. Pas avant d'avoir fait l'autopsie, mais elle a un sacré coup à l'arrière du crâne qui aurait assommé un bœuf.

— Et ses vêtements ? demanda Kennedy.

— Alice Fields a deux stagiaires qui l'aident à passer en

revue les dons de la boutique caritative dans la cage là-bas, dit West. Si quelque chose ressemble de près ou de loin à ce que notre victime portait dans les images de vidéosurveillance de la gare, ils le mettront en sac pour analyse.

— Bien. Quelqu'un interroge la bénévole de la boutique caritative ?

— C'est la prochaine sur notre liste, dit Mark. Elle a déjà été interrogée par Alice et Grant au sujet des vêtements de Patrick Westington et elle nie savoir comment ils ont atterri dans la boutique, mais nous allons lui demander si Tom a été vu en train de rôder derrière la boutique au cours des dernières quarante-huit heures.

Il pointa la porte de secours de la boutique où une petite caméra faisait face aux cages.

— Et nous allons aussi relancer pour les images de vidéosurveillance qu'Alice a demandées.

— Ok, merci.

Kennedy reporta son attention sur Gillian.

— Si aucun receveur n'était ici, pourquoi continuer l'opération ?

— Les reins peuvent se conserver pendant vingt-quatre à trente-six heures s'ils sont stockés correctement, répondit la médecin légiste.

— Ce n'est pas l'idéal, mais si le receveur ne pouvait pas arriver ici avant que Mildenhew ne tue cette femme, il est peut-être encore en route.

— Ou en attente à proximité au cas où il trouverait un autre endroit pour effectuer l'opération, dit Mark.

Il soupira et fit un geste vers tous les policiers et l'équipe de la police scientifique qui travaillaient dans la cour.

— Et je parie que cette personne qui devait le rencontrer ici aura été alertée par toute notre activité maintenant.

— Il y a une autre possibilité aussi, dit West, la voix sombre. Si nous avons affaire à un réseau de personnes qui font du commerce d'organes illégaux, alors ils essaient peut-être de vendre ces reins à quelqu'un d'autre en ligne.

CHAPITRE 52

Jan cassa un morceau de sa tablette de chocolat et le lança par-dessus son écran d'ordinateur vers Turpin qui était assis en face.

Il l'attrapa d'une main, le fourra dans sa bouche et marmonna ses remerciements, sans jamais quitter son propre travail du regard.

Derrière elle, elle entendait le reste de l'équipe au téléphone ou en train de discuter en petits groupes autour des bureaux, tous occupés à travailler sur la liste croissante de tâches que Kennedy avait distribuée lors d'un briefing organisé à la hâte.

L'inspecteur principal arpentait la moquette devant son bureau, son téléphone à l'oreille pendant qu'il coordonnait les opérations avec le QG, le visage hagard.

En vérifiant l'horloge dans le coin de son écran d'ordinateur, elle vit qu'il était plus de deux heures du matin et elle frotta ses yeux, fatigués. Pourtant, elle n'était pas encore épuisée. Au lieu de cela, son esprit se tournait vers la liste numérisée de documents qu'elle avait passée au crible pendant la dernière heure.

L'historique de Tom Mildenhew avait été mis à jour au fur et à mesure que les déclarations des enquêtes de porte-à-porte étaient rassemblées, et elle comprenait mieux l'éducation de l'homme.

Heureusement, le colocataire chez qui Tom avait loué une chambre à son retour de Thaïlande était sorti indemne. Il avait appelé la salle des opérations en revenant d'un événement d'anciens élèves universitaires à Édimbourg. L'homme avait été surpris par l'intérêt porté à Mildenhew, mais il avait fourni des informations précieuses sur le jeune vétérinaire lorsque Jan lui avait parlé.

— Tiens, c'est pour toi, dit-elle en tendant le reste de la tablette de chocolat à Turpin. Tu achèteras la prochaine.

— Merci.

Il en mordit un bout.

— Comment ça avance avec Tom ?

— Lentement. Je vais parcourir quelques emails arrivés en fin d'après-midi pendant que nous étions à la clinique vétérinaire, mais jusqu'à présent, je ne vois rien qui puisse nous aider. Le type de Maidenhead a confirmé qu'il connaissait Tom depuis l'université mais qu'ils avaient perdu contact après l'obtention de leur diplôme. Il a poursuivi une carrière dans l'industrie pharmaceutique pendant que Tom étudiait pour devenir vétérinaire. Apparemment, Tom l'a contacté à l'improviste pour lui demander s'il pouvait rester avec lui quelques semaines pendant qu'il cherchait un autre endroit où vivre.

— Des signes alarmants ?

— Pas dont il se souvienne, non.

Elle ferma le document qu'elle lisait et se tourna vers le nombre croissant d'emails en retenant un gémissement.

— Et j'ai parlé à quelqu'un au quartier général qui a confirmé qu'aucune anomalie n'avait été notée concernant le passeport de Tom pendant son séjour en Thaïlande.

— Peut-être qu'il se faisait discret jusqu'à son retour ici, dit Turpin en tapotant son stylo contre son nez tout en fixant son écran.

— Ou, je me suis demandé s'il menait ses propres enquêtes sur le trafic illégal d'organes pendant qu'il était là-bas, suggéra Jan. Il était peut-être en mission d'exploration pour voir si c'était quelque chose qu'il pourrait reproduire une fois de retour ici.

Turpin grimaça.

— Bien vu. Bon sang, c'est impensable, non ?

— Et pourtant, c'est en train de se passer.

Kennedy posa une main sur l'épaule de Jan.

— Comment ça avance ?

— Ça avance, répondit-elle en ouvrant chaque email à tour de rôle pour parcourir leur contenu.

Puis Turpin se redressa et attrapa son téléphone de bureau.

— Bon sang.

Elle leva les yeux pour le voir avec une déposition de témoin dans son autre main.

— Qu'est-ce que tu as trouvé ?

— Attends.

Il fit une pause pendant que l'appel se connectait, puis :

— Allô ? C'est bien Sarah ? C'est l'inspecteur Mark Turpin. Désolé pour l'appel tardif, mais je suis en train d'examiner la déposition que vous avez faite plus tôt aujourd'hui à l'un de mes collègues, et j'ai quelques questions que j'aimerais vous poser ? Merci. Vous avez dit ici que la caméra de vidéosurveillance à l'arrière du magasin qui fait face à la cour ne fonctionnait pas, et qu'elle n'était qu'un moyen de dissuasion pour empêcher les effractions. Quand l'agente Fields vous a demandé qui avait décidé de ne pas installer de vraies caméras, vous lui avez dit que la femme qui est l'une des administratrices de l'association caritative avait dit que c'était une mesure d'économie, et que comme peu d'argent était conservé dans les locaux, de vraies caméras étaient un luxe superflu. Est-ce que c'est exact ?

Il hocha la tête pendant que la femme à l'autre bout du fil parlait et Jan retint son souffle. Kennedy s'apprêta à s'appuyer contre son bureau, puis changea d'avis et se mit à faire les cent pas.

— Ok, dit Turpin à son interlocutrice. Merci. Quel est le nom de l'administratrice qui vous a dit que les caméras n'étaient pas nécessaires ? Vraiment ? Est-ce qu'elle est très impliquée dans la gestion quotidienne du magasin ? Je vois. Je vois. Non, c'est vraiment utile, merci. Oui, j'ai ses coordonnées, et je vais l'appeler rapidement. Merci pour votre temps.

Il mit fin à l'appel, les yeux pétillants.

— Je pense qu'on a une percée.

Kennedy arrêta de faire les cent pas.

— Eh bien, crachez le morceau.

— L'administratrice qui a refusé d'installer de vraies caméras de vidéosurveillance à l'arrière du magasin caritatif est Judy Sarsgold.

Jan fronça les sourcils.

— La directrice de campagne de Charmaine Abbott ?

— Je me demande si Judy ne supervise pas les magasins de charité pour se débarrasser des biens des victimes, dit

Turpin. Et peut-être que c'est Judy qui a persuadé Charmaine que c'était une mauvaise idée de laisser Barry réaménager le site de l'aérodrome pour éviter que les tombes ne soient découvertes.

Kennedy regarda sa montre.

— Il est presque trois heures. Je vais envoyer des patrouilles en uniforme chercher Judy Sarsgold. Nous commencerons les entretiens à huit heures ce matin pour lui donner le temps d'organiser sa représentation légale. Si vous voulez rentrer chez vous pour vous doucher et dormir quelques heures, faites-le. Vous allez tous être occupés aujourd'hui.

CHAPITRE 53

Mark bâilla tandis que ses yeux s'adaptaient à la lumière vive du soleil qui mouchetait l'eau et projetait des étincelles de lumière à travers la rivière. Au-delà du bateau, en aval de l'endroit où il se tenait, un kayakiste solitaire s'approchait, le visage déterminé tandis qu'il plongeait sa pagaie à gauche puis à droite pour contrer le courant.

Il leva sa tasse de café à moitié vide en signe de salut lorsque l'homme passa, puis regarda à travers l'écoutille vers la cuisine au son des pas qui approchaient.

— Tu pars dans une minute ? demanda Lucy en frottant ses cheveux mouillés avec une serviette.

— Dans une seconde, oui. J'attends juste d'apercevoir la voiture de Jan.

Il plissa les yeux en regardant vers le parking au-delà de la prairie inondable.

— Elle ne devrait pas être loin, juste coincée dans les embouteillages habituels du matin.

Il entoura sa compagne de son bras lorsqu'elle le rejoignit

sur le pont à la poupe du bateau et il enfouit son nez dans ses cheveux.

— Tu sens bon.

— Merci.

Elle lui sourit avant que son visage ne devienne sérieux.

— Alors c'est bon, tu crois, enfin une vraie percée ?

— Je l'espère. Je ne veux plus trouver de cadavres.

Il frissonna, malgré la veste de costume qu'il portait.

— On l'a laissée tomber, tu sais. Si on avait agi plus vite, si on avait posé les bonnes questions…

— Non, vous ne l'avez pas laissée tomber.

Lucy posa une main sur son torse.

— Il n'y a rien que tu aurais pu faire pour elle, Mark. Mais oui, tu peux essayer de l'empêcher de tuer quelqu'un d'autre. C'est sur ça que tu dois te concentrer aujourd'hui. Trouve les réponses dont tu as besoin.

Il cligna des yeux, puis la serra dans ses bras.

— Tu sais toujours quoi dire.

— Parfois.

Un klaxon de voiture retentit deux fois et il regarda par-dessus sa tête vers l'endroit où une berline argentée entrait sur le parking.

— Je dois y aller.

Lucy se dressa sur la pointe des pieds et l'embrassa.

— Tu peux le faire.

— J'espère bien, murmura-t-il, puis il enjamba le plat-bord. Je t'appelle plus tard si j'ai le temps.

Elle répondit d'un signe de la main, puis serra ses bras autour de sa taille et resserra son gilet tandis qu'il se détournait et se dirigeait vers la voiture qui l'attendait.

Quand il monta, West lui tendit un sandwich au bacon

enveloppé dans du papier aluminium qui était encore chaud au toucher.

— Merci, même si entre toi et Lucy, je vais vraiment devoir me remettre à courir avec Hamish à ce rythme.

— Tu peux le remettre dans le sac là-bas si tu n'en veux pas.

— N'importe quoi, dit-il en déballant la nourriture. Je ne vais pas laisser ça se gâcher.

West rit, puis garda le silence jusqu'à ce qu'ils aient traversé le centre-ville d'Abingdon.

— Alors, Judy Sarsgold… Si elle est impliquée, qu'est-ce qu'elle y gagne ?

— En dehors d'un éventuel gain financier ? Je ne suis pas sûr.

Mark détacha sa ceinture tandis que West tournait sur le parking du commissariat.

— Alors on n'a plus qu'à lui demander, n'est-ce pas ?

———

Judy Sarsgold portait un chemisier blanc sur un jean bleu, ses cheveux bruns attachés en arrière et une expression boudeuse dans les yeux tandis qu'elle regardait Mark et West entrer dans la salle d'interrogatoire et préparer le matériel d'enregistrement.

Pendant que West lisait la mise en garde formelle, il maintint le contact visuel avec Judy, réprimant le doute qui s'était installé, ce petit tracas au fond de son esprit qu'il avait peut-être manqué un indice vital, que peut-être – malgré les assurances de Lucy – il aurait pu sauver une vie.

Un toussotement poli de sa collègue le ramena à la tâche à accomplir et il ouvrit le dossier sous son coude. Il prit son temps pour extraire chacune des photographies et les disposer côte à côte sur la table face à Judy, puis il pointa du doigt la dernière.

— Dites-moi d'où viennent ces vêtements.

Elle haussa les épaules, accordant à peine un second regard aux photographies.

— Je ne sais pas. Je ne travaille pas dans la boutique.

— Mais vous *les* gérez, n'est-ce pas ?

— Oui.

— Alors, d'où viennent les vêtements ?

Judy soupira et leva les mains.

— De partout. Je veux dire, nous recevons des dons déposés dans les boutiques à tout moment. C'est pour ça que nous avons les cages verrouillées à l'arrière.

— Si elles sont pour les dons, pourquoi sont-elles verrouillées ?

— Parce que nous avons eu un problème avec des jeunes qui y entraient et jetaient les vêtements partout dans le parking l'année dernière. Nous avons dû faire quelque chose.

— Pourquoi est-ce que vous n'avez pas de caméras de surveillance qui fonctionnent à l'extérieur ? demanda Mark. Cela aurait au moins montré qui était responsable.

— Nous sommes une association caritative, détective.

Judy renifla.

— Nous pouvons à peine nous permettre les frais généraux des boutiques, et encore moins payer pour des extravagances telles que des caméras de sécurité.

— Combien d'employés avez-vous ?

— Trois avec des contrats à temps partiel, le reste sont tous des bénévoles.

— Nous allons avoir besoin des noms et adresses.

— Bien sûr.

— Vous travaillez parfois dans les boutiques ?

— Oui.

— Est-ce que vous travaillez parfois dans la boutique de Ravenswood ?

— De temps en temps, oui.

— Quand est-ce que vous y êtes allée pour la dernière fois ?

Judy jeta un regard de côté et sa mâchoire remua.

— Mardi. Juste le matin cependant. Une des bénévoles avait pris sa matinée et personne d'autre ne pouvait assurer son créneau.

— Lorsque vous êtes arrivée mardi matin, où est-ce que vous avez garé votre voiture ?

— Derrière la boutique, là où je me gare toujours.

— Est-ce que cette camionnette était garée à proximité ?

Mark pointa la photographie suivante, montrant le véhicule aux couleurs du vétérinaire.

— Vous l'avez vue ?

— Je ne suis pas sûre.

— Pas sûre ? Madame Sarsgold, c'est une camionnette longue avec le logo du vétérinaire partout dessus. Vous pouviez difficilement ne pas la voir.

— Je comprends cela, détective, dit-elle, mais vous savez comment c'est, les choses qu'on voit tous les jours deviennent du décor, rien de plus. Je ne saurais vous dire si elle était là mardi pas plus que je ne pourrais vous dire si elle était là lundi.

— Est-ce qu'elle l'était ?

— Quoi donc ?

— Est-ce que la camionnette était là lundi ?

— Comment devrais-je le savoir ? Je n'étais pas à la boutique ce jour-là.

— Vous en êtes certaine ?

— Absolument.

Mark fit glisser la troisième photographie vers elle.

— Est-ce que vous connaissez Tom Mildenhew ?

— Le vétérinaire ? Je ne dirais pas que je le connais, répondit Judy en plissant le front. Mais je l'ai vu dans les environs, évidemment.

— Quand est-ce que vous l'avez vu pour la dernière fois ?

Elle fronça le nez.

— Mercredi dernier, peut-être… Je ne m'en souviens pas.

— Où ça ?

— Devant le cabinet vétérinaire, bien sûr. Où est-ce que vous voulez que je le voie ?

Mark poussa une autre photographie plus près, une prise à partir des images de vidéosurveillance qui montrait la dernière victime de Mildenhew à son arrivée à la gare de Didcot.

— Qui est cette femme ?

— Aucune idée.

— Est-ce que vous l'avez déjà vue quelque part ?

— Je viens de vous dire que je ne sais pas qui c'est.

— Comment—

Il se retourna à un coup sec sur la porte et fronça les sourcils quand Caroline passa la tête par l'ouverture.

— Désolée, chef. Tu as une minute ?

Le cœur battant, il tendit la main vers l'équipement d'enregistrement tandis que West rassemblait son carnet et les photographies.

— Entretien suspendu à huit heures trente-deux.

Mark sortit rapidement de la pièce, attendant que West ferme la porte derrière eux avant de suivre Caroline quelques pas le long du couloir.

— Qu'est-ce qui se passe ?

En guise de réponse, l'enquêteuse lui tendit une photographie, la page encore chaude de l'imprimante.

— Pendant que tu préparais et menais l'entretien avec elle, j'ai fouillé dans ses comptes de réseaux sociaux. Ça vient d'un vieux message que j'ai trouvé qui date d'il y a quelques années.

West regarda par-dessus son épaule.

— Bon sang.

— Merde.

La main de Mark tremblait alors qu'il tenait la photographie plus près.

— Est-ce que c'est bien qui je pense en arrière-plan ?

Caroline sourit.

— Oui. C'est Tom Mildenhew.

— Quand est-ce que cette photo a été prise ?

— Lors de sa cérémonie de remise des diplômes. Ce qui signifie—

— Que Judy Sarsgold ment, grogna Mark en se tournant à nouveau vers la salle d'interrogatoire. C'est sa fichue mère.

CHAPITRE 54

Mark ouvrit la porte de la salle d'interrogatoire si violemment qu'elle rebondit contre le ressort de protection fixé au mur. Il la rattrapa avant qu'elle ne le frappe au visage, la maintint ouverte pour West, puis traversa la pièce jusqu'à la table, tendit la main vers l'équipement d'enregistrement et le remit en marche.

— Interrogatoire repris à huit heures trente-cinq. Pourquoi ne nous avez-vous pas dit que Tom Mildenhew est votre fils ? gronda-t-il en dominant Judy Sarsgold de toute sa hauteur tandis qu'il appuyait ses mains sur la table.

La femme pâlit.

— Comment avez-vous—

— Votre profil sur les réseaux sociaux contient une photo d'il y a quelques années lors d'une cérémonie de remise des diplômes. Tom est sur la photo avec vous.

Mark aperçut le regard d'avertissement que West lui lança, puis prit une profonde inspiration avant de tirer sa chaise vers lui et de s'asseoir.

— Expliquez-vous.

Judy se tourna vers son avocat et baissa la tête pendant qu'ils parlaient à voix basse, puis elle se retourna vers Mark.

— J'essayais simplement de le protéger, comme n'importe quelle mère le ferait.

— Le protéger ?

— Oui.

— De quoi ?

— Je voulais juste l'arrêter.

Ses épaules s'affaissèrent.

— Vraiment, je vous assure. Nous avons tout essayé, vous devez me croire.

Mark fronça les sourcils, la bile lui montant à l'estomac.

— Depuis combien de temps ?

— Pardon ?

— Depuis combien de temps votre fils assassine-t-il des gens ?

Judy agita sa main devant son visage comme si elle avait peur de prononcer ces mots. Elle porta son poing à sa bouche un instant, puis laissa échapper un hoquet étranglé.

— Peut-être depuis qu'il était adolescent. Nous n'en avons jamais été sûrs.

— Bon sang, marmonna West.

Puit elle se reprit :

— Désolé, chef.

Mark ne dit rien pendant un moment, ses propres pensées rejoignant l'exclamation choquée de sa collègue. Au bout d'un certain temps, il rouvrit le dossier et en sortit les images capturées par les caméras de surveillance de la gare.

— C'est bien Tom ici, n'est-ce pas ? Avec cet homme, puis plus tôt cette semaine avec cette femme.

Judy regarda chaque photo en serrant ses mains contre sa poitrine.

— Oui. C'est Tom.

— Est-ce que vous savez qui est cet homme ?

— Non.

— Votre fils l'a assassiné. Il s'appelait Patrick. Après que votre fils l'a tué, vous avez pris les vêtements et les effets personnels de Patrick et vous les avez vendus dans l'une de vos cinq boutiques caritatives, n'est-ce pas ?

— Je ne sais pas.

— Tom a aussi organisé le meurtre d'un homme appelé Barry Windlesham. Les vêtements de Barry ont également été retrouvés dans votre boutique.

Judy ne dit rien, la mâchoire serrée.

— Cette femme ici, poursuivit Mark, a été assassinée par Tom plus tôt cette semaine. Ses vêtements ont été retrouvés dans les bacs de tri à l'extérieur de votre boutique à Ravenswood. Son corps avait été jeté à l'arrière de la camionnette qu'il utilise pour son travail. Et ses reins ont été retrouvés dans un réfrigérateur de la clinique vétérinaire.

Judy déglutit.

— Ses reins ?

— Parlez-moi de l'implication de Tom dans le trafic illégal d'organes.

— Quoi ?

Les yeux de la femme s'écarquillèrent.

— Je ne sais rien sur des organes illégaux, ou des reins.

— Alors pourquoi est-ce que vous cachiez les vêtements des victimes ?

Judy s'essuya les yeux.

— Je pensais juste, je suppose, que si je faisais ça, ça nous donnerait du temps pour trouver autre chose, pour essayer de lui obtenir de l'aide.

— De l'aide ? répéta Mark. Ça n'a pas l'air d'avoir

fonctionné avant. Que s'est-il passé dans son école, avant qu'il n'aille à l'université ?

Judy leva le menton.

— Il a été provoqué.

— Je ne perçois aucun remords ici, dit Mark. Aucun. Seulement des excuses pour le comportement de votre fils. Et vous avez sciemment conspiré pour détruire des preuves dans au moins deux meurtres et une tentative de meurtre dont nous avons connaissance. Est-ce que vous avez fait la même chose avec les vêtements de toutes les autres victimes qui sont enterrées sur le terrain d'aviation ?

Elle baissa la tête et acquiesça.

— J'ai besoin que vous parliez à haute voix pour l'enregistrement.

— Oui, répondit-elle d'un ton pétulant.

— Quelle est l'implication de Charmaine Abbott ?

— Aucune, dit Judy en se penchant en avant. Ne la mêlez pas à ça. Elle n'a rien à voir avec tout ça.

— Alors pourquoi s'opposait-elle au réaménagement du site de l'aérodrome ? Elle voulait cacher les corps, n'est-ce pas ?

— Non, c'était moi. C'est pour ça que je me suis portée volontaire pour être sa directrice de campagne.

Judy renifla en s'affaissant sur sa chaise.

— Elle voulait aller de l'avant au début, alors nous avons dû l'arrêter. Je l'ai persuadée que la faune du site était trop importante pour être perdue, et elle a accepté parce qu'elle voyait que c'était sa meilleure chance d'être réélue cette année.

— Qui d'autre est impliqué alors ?

— Vous devrez lui demander. À Tom, je veux dire. Je ne sais pas.

— Vous venez de dire que « ça *nous* donnerait un peu de temps » quand vous parliez des vêtements des victimes. À qui faisiez-vous référence ?

Judy soupira.

— Écoutez, après l'arrestation de Tom quand il était à l'école, nous avons essayé de le faire évaluer, d'obtenir des réponses sur ce qui se passait, mais nous n'avons pas réussi.

— Pour quoi a-t-il été arrêté ?

— Ce n'était pas sa faute.

— Que s'est-il passé ? demanda Mark.

— Lui et deux autres garçons ont blessé un autre garçon. C'est tout ce que je vais vous dire à ce sujet parce que c'est de l'histoire ancienne.

Mark la fixa d'un regard sévère.

— Alors, qui est son père ? J'imagine que c'est à lui que vous faisiez référence concernant cet incident ?

— Je n'ai rien à cacher.

Judy haussa les épaules.

— Ce salaud est tout aussi responsable que Tom de ce bordel.

— Qui est son père ? répéta Mark en se penchant en avant. Dites-le-moi.

— Felix Darrow.

CHAPITRE 55

Mark faisait les cent pas sur la moquette entre le bureau de Kennedy et la porte, alternant entre consulter sa montre et fixer l'horloge murale d'un regard noir.

Au-delà du bureau de l'inspecteur principal, la salle des opérations bourdonnait d'une énergie renouvelée tandis que l'équipe épluchait les témoignages et la masse croissante de preuves traitées par les équipes de Jasper au cabinet vétérinaire et sur le site de l'aérodrome.

West n'était nulle part en vue, elle s'était précipitée à une réunion organisée à la hâte avec le parquet pour les informer de la probabilité de plusieurs arrestations dans les heures à venir, et pour demander conseil sur les accusations qui devraient être portées contre chaque suspect.

— Si vous ne vous asseyez pas, je vais vous attacher avec des serre-câbles à l'une de ces fichues chaises pour visiteurs, grommela Kennedy.

— Désolé, chef.

Mark s'assit, mais ne put empêcher son talon de rebondir sur la moquette alors que son cœur battait la chamade.

— Qu'est-ce qui leur prend tant de temps ? Cette patrouille aurait dû récupérer Felix maintenant.

— Ils sont probablement coincés dans les embouteillages, répondit l'inspecteur principal d'un ton patient. Et vous ne pouvez pas commencer l'interrogatoire avant le retour de West de toute façon.

Mark expira et se retourna sur son siège alors qu'Alex apparaissait à la porte, de l'excitation dans les yeux.

— Vous avez une minute, chef ? dit-il en adressant sa question à Kennedy. J'ai quelque chose ici sur le passé de Tom Mildenhew qui pourrait nous aider.

— Entrez, dit Kennedy en faisant signe vers la chaise vide à côté de Mark. Qu'est-ce que c'est ?

Alex ouvrait déjà le dossier qu'il avait en main en s'asseyant, et il leur donna à tous deux des copies du contenu.

— J'ai fait des recherches dans la base de données nationale sur cet incident à l'école dont Judy Sarsgold a parlé. C'est arrivé dans un collège du Northamptonshire, ça m'a pris du temps pour le trouver parce que Tom utilise le nom de jeune fille de sa mère de nos jours, plutôt que celui de son père. Judy s'est remariée il y a six ans mais a divorcé au début de l'année dernière. Quand Tom était dans cette école, il était encore connu sous le nom de Tom Darrow.

Mark parcourut rapidement le rapport.

— Il est écrit qu'il a poignardé un autre garçon dans le ventre. Pourquoi est-ce qu'il n'a pas été condamné ?

— Aucun des autres enfants n'a voulu témoigner au tribunal, expliqua Alex. Il n'y avait pas de professeurs aux alentours quand l'attaque a eu lieu, et à l'époque, il n'y avait pas de caméras dans les couloirs.

— Et le jeune qui a été poignardé ? demanda Kennedy en feuilletant les pages. Il a survécu ?

— Tout juste.

Alex fouilla dans le dossier et agita une autre page.

— Il a eu besoin d'une transfusion sanguine et il n'est pas retourné à l'école avant l'année suivante, mais j'ai réussi à le retrouver. Il est directeur de dépôt pour une entreprise de distribution alimentaire près de Milton. J'espère que ça ne vous dérange pas, chef, mais j'ai pris la liberté de l'appeler avant de venir vous voir.

— Qu'est-ce qu'il a dit ? demanda Mark.

— Il pense que Tom Mildenhew est maléfique, ce sont ses mots exacts, dit Alex. Apparemment, il arrivait régulièrement à l'école avec des morceaux d'animaux, des griffes, des dents, ce genre de choses. Leur proviseur a fait ouvrir le casier de Tom un jour parce qu'ils avaient remarqué une puanteur qui en sortait, et quand il l'a fait, il y avait des souris mortes, un écureuil, et même un petit chat. Il a été suspendu, mais son père a tellement argumenté qu'ils ont cédé et l'ont autorisé à retourner à l'école après deux semaines. L'attaque au poignard a eu lieu quatre jours plus tard.

— Bon sang, dit Kennedy.

— Après l'arrestation et l'audience au tribunal, Tom Darrow disparaît, dit Alex. Sa mère et son père ont changé son nom de famille en Mildenhew et l'ont inscrit dans une école privée ici dans l'Oxfordshire. De là, il est allé à l'université.

— Et le reste, nous le connaissons, dit Mark en rendant les documents. C'est du bon travail, Alex, merci.

— Pas de problème.

Le jeune enquêteur se leva et se dirigea vers la porte. Il s'arrêta, la main sur l'encadrement.

— Vous pensez que nous allons pouvoir obtenir une condamnation cette fois-ci, chef ?

— Je l'espère bien, bon sang, grogna Kennedy.

———

Felix Darrow affichait une expression d'indignation totale lorsque Mark suivit West dans la salle d'interrogatoire une demi-heure plus tard.

L'homme était assis bien droit, sa chemise en coton bleu fraîchement repassée et ses cheveux plaqués en arrière sur son front. À côté de lui, son avocat scrutait les deux détectives par-dessus des lunettes en demi-lune avec une expression aigre avant de retourner à sa prise de notes.

— Interrogatoire commencé à onze heures quinze, dit Mark avant de réciter l'avertissement formel et de procéder aux présentations. Dites-moi, monsieur Darrow, à qui est venue l'idée de dissimuler l'identité de votre fils pour qu'il puisse poursuivre sa scolarité à l'adolescence ?

— Nous ne l'avons pas dissimulée, répondit Felix d'un ton patient. Nous avons fait ce que n'importe quel parent ferait dans ces circonstances pour donner à leur enfant une seconde chance dans la vie.

— Votre enfant, monsieur Darrow, est un tueur.

Les yeux de l'homme se rétrécirent.

— Prouvez-le.

—Votre femme a déjà avoué avoir traité les vêtements des victimes de Tom par l'intermédiaire de son réseau de boutiques caritatives, particulièrement celle de Ravenswood, et nous avons ceci.

Mark disposa les images de vidéosurveillance de la gare.

— Cet homme, Patrick, et cette femme ont été assassinés

par votre fils. Il a prélevé les reins de la femme, monsieur Darrow. Nous devons encore déterminer si elle était toujours en vie quand il l'a fait.

Felix resta silencieux, son regard impassible fixé sur les photographies.

— Nous avons découvert onze corps enterrés sur le site de l'aérodrome, poursuivit Mark. Nous devons également prendre en compte la mort de Barry Windlesham, ainsi que celle d'un homme aperçu en train de voler les affaires de M. Windlesham à l'hôpital John Radcliffe la nuit de son décès. Parlez-moi de votre entreprise de granulats.

— Quoi ?

Les sourcils de Felix se haussèrent brusquement.

—Quel rapport avec tout ça ?

— Parce que Tom n'a pas enterré ces corps tout seul, n'est-ce pas, monsieur Darrow ?

Mark soutint son regard.

— Vos véhicules offrent la couverture parfaite pour enterrer ces victimes à l'aérodrome. Qu'avez-vous fait quand Barry Windlesham a acheté l'endroit ? Vous vous êtes rapproché de lui pour lui proposer d'effectuer des travaux de terrassement d'essai, histoire de vérifier la qualité du sol avant de soumettre la demande de permis ?

— Non, bien sûr que non.

— Vraiment ? dit Mark. Car j'ai l'impression que votre soutien public au projet n'était qu'un leurre pour détourner l'attention de votre implication dans ces sépultures. Après tout, vous dirigez la commission d'urbanisme, vous saviez qu'il y aurait suffisamment d'oppositions sans avoir à ajouter la vôtre et attirer l'attention sur vous. J'ai raison ?

— Non, répondit Felix, la voix tremblante.

— Et votre femme actuelle, Alicia. Quelle est son

implication ? Elle aide aussi à déplacer les corps ? Ou bien elle aide Tom à les tuer ?

— Laissez-la en dehors de ça, détective.

Felix lui lança un regard furieux.

— Et je trouve cette accusation insultante.

— Vous pouvez la trouver insultante autant que vous voulez, rétorqua Mark. Une équipe médico-légale est en ce moment même à votre dépôt et à votre domicile, et tous vos véhicules vont également être examinés.

L'homme pâlit, puis se tourna vers son avocat.

— Ils ne peuvent pas faire ça, si ?

L'avocat répondit d'un bref hochement de tête, mais resta silencieux.

— Vous connaissiez les allées et venues de Barry sur le site, et vous avez utilisé cette information pour donner le feu vert à votre fils, Tom Mildenhew, pour déplacer les corps, n'est-ce pas ?

La bouche de Felix s'agita, mais aucun mot ne franchit ses lèvres. Ses yeux se portèrent vers la porte, puis revinrent.

— Si je vous dis ce que je sais, qu'est-ce qui va m'arriver ?

— Votre coopération sera notée, mais je ne peux rien promettre, dit Mark. C'est au jury d'en décider.

— J'avais peur de lui, lâcha Felix. Je ne savais pas quoi faire.

— Onze enterrements, monsieur Darrow. Vous auriez pu nous prévenir avant de l'aider pour le premier.

Mark tourna une autre page du dossier.

— Parlez-moi de cette femme, Sofia Cartney-Bowler.

— Je ne la connais pas.

— Vous êtes sûr ?

— Oui. C'est qui ?

— C'était une anesthésiste qui aidait votre fils à prélever illégalement des organes sur ses victimes. Elle est morte l'année dernière, et nous voulons savoir qui l'a remplacée. Qui d'autre aide Tom, monsieur Darrow ?

— Je ne sais pas. Je ne savais pas ce qu'il faisait avec eux, juste que…

Felix baissa les yeux sur ses doigts qu'ils tortillaient.

— Je voulais simplement lui éviter des ennuis supplémentaires. C'est notre unique enfant, vous comprenez. Son petit frère est mort.

— Quand ?

— Quand Tom avait six ans. Son frère avait deux ans.

Mark déglutit et jeta un regard en coin à West avant de se retourner vers l'autre homme.

— Comment est mort votre plus jeune fils, monsieur Darrow ?

— Tom a dit que c'était un accident.

La voix de Felix était pressante.

— Il nous a dit que c'était un accident.

Un frisson parcourut les épaules de Mark tandis que les mots de l'homme faisaient leur chemin.

— Monsieur Darrow, où est Tom maintenant ?

CHAPITRE 56

— On le tient, dit Kennedy alors que Mark et West sortaient de la salle d'interrogatoire.

L'inspecteur principal lui donna un coup de poing amical sur l'épaule en souriant.

— Et comment ! dit Mark.

Il pointa du pouce par-dessus son épaule.

— Je ne sais pas lequel des deux est le pire, lui ou Judy Sarsgold.

— Je ne parlais pas de Felix Darrow, dit l'inspecteur principal, les yeux brillants. Tom Mildenhew vient d'être arrêté à Portsmouth alors qu'il tentait d'embarquer sur un ferry pour la France.

— Vraiment ?

Les yeux de West s'écarquillèrent.

— Que s'est-il passé ?

— Il a volé une voiture sur le parking du pub à Ravenswood hier matin et le propriétaire a signalé sa disparition. La police du Hampshire l'a repérée grâce à la reconnaissance automatique des plaques d'immatriculation au port après que nous avons lancé l'alerte, et ils l'ont arrêté il y a une demi-heure.

Kennedy leur fit signe de s'approcher.

— Ils comprennent l'urgence de la situation, alors ils ont prévu de l'amener directement ici sous escorte. Il devrait arriver d'ici une heure. En attendant, je veux m'assurer que notre dossier contre lui est en béton. Je ne veux pas qu'il quitte ce bâtiment, sauf si c'est pour être transféré dans une cellule de détention.

Il les conduisit à la salle des opérations, où Alex et Caroline se tenaient près d'une table au tableau blanc, occupés à rassembler des copies des preuves dans des dossiers pour l'équipe.

— On est presque prêts, chef, dit Caroline. Tom n'a plus qu'à être enregistré en bas, et nous aurons la dernière pièce du puzzle.

— Bien, dit Kennedy.

Il prit l'un des dossiers et commença à le parcourir.

— C'est du très bon travail, tous les deux. Mark, Jan, je pense que cela soutiendra votre stratégie d'interrogatoire si vous comptez commencer par les bases.

— J'ai demandé à Doug Holton d'examiner les derniers bons de commande et les listes de stock, expliqua Caroline. Nous avons découvert une anomalie entre ce qu'il avait commandé et ce qui aurait dû être utilisé si les médicaments n'étaient destinés qu'aux animaux, mais ce n'est pas autant que ce que Gillian estime nécessaire pour anesthésier un humain. Tom, ou un complice, doit se les procurer ailleurs, car ce qui est là est probablement utilisé pour maintenir les organes dans un état permettant leur transplantation.

— Ok, dit West en mettant à jour son carnet. Est-ce qu'il

y a eu des plaintes déposées par des propriétaires d'animaux concernant la conduite de Tom à la clinique, étant donné ses antécédents juvéniles et son passé de torture d'animaux ?

— Aucune, dit Caroline. Ce qui me fait penser qu'il faisait attention à éviter les soupçons. Je veux dire, il torturait peut-être encore des animaux, mais pas à la clinique de Holton. Selon Doug, c'était un employé modèle.

— Passons aux tactiques d'interrogatoire, alors, dit l'inspecteur principal. Concentrez-vous pour l'instant sur notre mystérieuse femme et Patrick Westington afin de pouvoir porter ces accusations, et nous pourrons ensuite élargir aux autres corps trouvés sur le site. Et si vous avez besoin de plus de temps pour l'interroger, faites-le-moi savoir pour que je puisse le faire approuver par un magistrat.

— Entendu.

Le téléphone du bureau de Kennedy sonna et il courut pour y répondre, avec les quatre détectives sur les talons. La conversation fut brève et lorsqu'il raccrocha, il leur fit un pouce levé.

— Tom Mildenhew est en garde à vue en bas. Donnez-leur une heure pour l'enregistrer et organiser la venue d'un avocat local, et ensuite, il est tout à vous.

— Parfait. Ça nous donne le temps de finaliser notre stratégie d'interrogatoire, dit Mark. Nous allons faire ça dans la salle d'observation en bas pour pouvoir voir quand il sera amené dans la salle d'interrogatoire.

Caroline leur tendit, à lui et à West, les dossiers de preuves complétés.

— Dernière ligne droite, chef.

Il acquiesça d'un signe de tête, puis se retourna et ouvrit la marche vers la porte.

— Mark ?

Il se retourna en entendant la voix de l'inspecteur principal.

— Oui, chef ?

Kennedy se tenait devant son bureau, le visage sombre.

— Soyez prudent avec celui-là. Il est sacrément malin, et il a déjà réussi à s'en tirer pour ce genre de choses auparavant. Il sera prêt à vous affronter.

Mark lui adressa un sourire carnassier.

— Ne vous inquiétez pas, chef. Moi aussi, je suis prêt.

CHAPITRE 57

Mark observait l'écran dans la salle d'observation pendant que Tom Mildenhew était conduit dans la salle d'interrogatoire numéro trois par Grant Wickes. L'agent était professionnel dans sa manière d'agir, montrant à Tom sa place et lui demandant s'il voulait un verre d'eau, avant de partir et de fermer la porte.

Tom resta assis un moment à observer son environnement, les mains jointes sur la table. Son regard trouva la caméra dans le coin de la pièce et il lui adressa un léger sourire avant de se tourner pour regarder l'équipement d'enregistrement. Tout ce temps, sa posture demeura raide comme un piquet, malgré son apparence débraillée.

Il portait un jean noir délavé et un sweat à capuche bleu foncé, et il semblait ne pas s'être rasé depuis quelques jours. Mark était certain que lorsqu'il entrerait dans la pièce, il verrait des cernes sous les yeux de l'homme.

— Bien, murmura-t-il.

— Tu es prêt ? demanda West.

Elle se tenait près de la porte, les deux dossiers sous le bras avec son carnet.

— Oui.

Il repoussa sa chaise et prit l'un des dossiers.

— Et toi ?

— Allons-y, chef.

Ils rencontrèrent l'avocat de Tom dans le couloir. Cet homme était un pilier de la communauté juridique, et même si Mark n'enviait pas sa position d'avocat de la défense, il respectait son professionnalisme. Il le salua d'un signe de tête, lui tint la porte ouverte et suivit l'homme et West dans la salle d'interrogatoire.

Une fois les présentations obligatoires faites, Mark examina l'homme en face de lui.

— Pourquoi est-ce que vous avez tué Patrick Westington, Tom ?

— Qui ?

Mark sortit la photographie usée des deux hommes à la gare de Didcot et la poussa de l'autre côté de la table.

— Cet homme, ici. Patrick. L'homme que vous avez assassiné après lui avoir retiré ses reins. Ensuite, une fois cela fait, vous avez demandé à votre mère, Judy Sarsgold, de se débarrasser de ses vêtements, et votre père, Felix Darrow, vous a aidé à l'enterrer à l'aérodrome de Ravenswood, aux côtés des dix autres personnes que vous avez assassinées.

— Vous ne pouvez rien prouver, répondit Tom. Ce sont des accusations sans fondement faites par mes parents. Ils essaient de dissimuler leurs propres actions.

— Ils affirment que leurs actions visaient à vous protéger, répliqua Mark. Parce que vous découpiez des innocents pour leurs organes, que vous avez ensuite vendus illégalement. Et pendant les quatorze derniers mois, vous avez utilisé la clinique vétérinaire de Doug Holton pour effectuer ces procédures illégales.

— Bonne chance avec ça, détective. C'est un environnement stérile, nettoyé après chaque procédure.

Mark sortit une feuille de papier du dossier.

— C'est une bonne chose que notre technicien médico-légal en chef aime les défis. Lui et son équipe ont déjà trouvé des traces du sang de cette femme quand ils ont démonté l'évier de la salle d'opération. Ces prélèvements ont été faits autour du siphon.

La mâchoire de Tom se crispa, mais son regard ne quitta jamais Mark.

— Et puis, poursuivit Mark en sortant un rapport séparé, nous avons trouvé ceci. C'est une empreinte digitale partielle sur le bocal en verre qui a été trouvé dans le réfrigérateur de la salle d'opération, celui qui contenait ses reins. Maintenant, je comprends que vous vous croyez probablement intelligent, et vous portiez sûrement des gants pendant que vous retiriez ses organes, mais à un moment donné avant de quitter la clinique de Holton, vous avez à nouveau touché ce bocal. Peut-être qu'il n'était pas au bon endroit dans le frigo, ou peut-être que vous vouliez simplement admirer votre travail, peu m'importe. Mais ce qui m'intéresse, c'est que cette empreinte digitale partielle correspond à celles qui ont été prises lorsque vous avez été placé en garde à vue cet après-midi.

Mark se recula tandis que l'expression de Tom passait de l'indifférence à la rage. Ce fut si soudain que la main de West se posa sur le bouton d'urgence sous la table. Il tendit la main et plaça un bras apaisant sur le sien, tout en observant Tom.

— Pourquoi les tuer, Tom ? Vous auriez quand même pu gagner beaucoup d'argent avec les ventes, n'est-ce pas ?

L'homme se calma un peu alors, comme s'il acceptait son sort. Il haussa légèrement les épaules.

— C'était logique. J'allais les laisser vivre, mais quand le premier est mort, j'ai réalisé que c'était à notre avantage s'ils ne survivaient pas. Je veux dire, s'ils sont morts, ils ne peuvent pas parler, n'est-ce pas ? Ils ne peuvent pas nous faire chanter en menaçant de dire à vos collègues ce qui se passe.

— Qui d'autre travaille avec vous ? demanda Mark en réprimant son dégoût. Une transplantation rénale est une procédure compliquée. Est-ce que Sofia Cartney-Bowler était votre anesthésiste ?

— Oui, elle l'était.

Le regard de Tom devint nostalgique.

— Elle était si douée pour ça. Les donneurs n'avaient aucune idée qu'ils n'allaient pas se réveiller. Ça rendait tout tellement plus facile, et moins stressant pour nos receveurs.

— Comment trouviez-vous vos… clients ?

— Le bouche à oreille. Une fois que nous en avions fait deux ou trois, les gens nous contactaient.

— Comment ?

Tom secoua la tête et sourit.

— Pas encore, détective. Pas encore.

Mark fit glisser une autre photographie du dossier.

— Et cet homme, Dale McArthur ? C'était le chirurgien avec qui Sofia travaillait quand on lui a demandé de quitter l'hôpital privé. C'est vous qui l'avez tué ?

— Non.

— Qui alors ?

Le sourire de Tom s'élargit.

— Patience, détective. Vous devrez faire mieux que ça.

—Sofia est morte il y a plusieurs mois, dit Mark. Vous

avez effectué au moins deux opérations depuis, alors qui est votre anesthésiste maintenant ?

— Personne.

— Quoi ?

Tom leva les mains.

— À quoi bon ? Ils vont mourir de toute façon, autant économiser de l'argent.

Cette fois, Mark sentit la bile remonter dans sa gorge. Il avala sa salive et tourna son attention vers le contenu du dossier pendant un moment pour rassembler ses pensées. À côté de lui, West toussa légèrement, et quand il la regarda, elle avait pâli.

Il expira et leva à nouveau les yeux vers l'homme en face de lui.

— Qui vous aide donc pour les opérations, Tom ? C'est impossible de réaliser ce genre d'intervention tout seul.

Tom haussa les épaules.

— Les receveurs amènent leurs propres experts. Après tout, ils doivent s'occuper d'eux une fois la procédure terminée.

— Vous avez des noms ?

— Peut-être.

L'homme s'examina un ongle.

— Ça dépend de ce que vous proposez.

— Pas grand-chose pour le moment, Tom. Pas avec le nombre de personnes que vous avez assassinées. Tuer, c'est une habitude chez vous, n'est-ce pas ? Ça a commencé avec votre petit frère.

— Quoi ?

Mark garda un regard ferme.

— Votre père nous a raconté comment vous avez tué Ben

quand il n'avait que deux ans. Deux ans, Tom, un petit enfant innocent. Et que—

— C'est ce que Papa vous a dit ? s'exclama Tom en essuyant des larmes de rire. C'est ce qu'il a dit à propos de Ben ? Oh mon Dieu, c'est trop drôle.

Décontenancé, Mark attendit que le rire de l'homme s'apaise.

— Vous êtes en train de me dire que Ben n'est pas mort ?

— Il est bien mort, répondit Tom avec un regard dur. Grâce à vos putains de collègues qui ont débarqué sur le site de l'aérodrome.

Mark se rejeta en arrière sur son siège quand il comprit.

— Le corps calciné qu'on a retrouvé dans l'entrepôt. C'était votre frère ?

— Oui, grogna Tom. Et c'est le seul qui me comprenait.

— Pourquoi garder le type qui a volé les vêtements de Barry dans le congélateur de l'entrepôt ? Pourquoi risquer de déplacer le corps deux fois ?

— On n'avait pas le choix. On allait trouver un autre site d'inhumation mais quand vous avez commencé à fouiner…

Un éclair de peur traversa le visage de Tom, et pour la première fois, il baissa les yeux.

— Ben a paniqué. Je n'ai rien su de l'incendie avant de l'entendre aux informations. J'ai tout de suite compris qu'il faisait partie des corps qu'ils disaient avoir trouvés dans l'incendie.

— C'est Ben qui a essayé de tirer sur Barry Windlesham ?

— Il n'a même pas été capable de faire ça correctement. Il l'a complètement raté. Je lui avais dit de ne pas utiliser un des pistolets anciens de Papa. Ils sont complètement inutiles.

Mark fronça les sourcils.

— Felix n'a jamais signalé le vol d'une arme. Il n'est même pas inscrit au registre des armes à feu.

— Bien sûr que non, dit Tom en levant les yeux au ciel. Il ne voulait pas que vos gars viennent fouiner, n'est-ce pas ? C'est la dernière chose qu'il voudrait, ça ferait fuir les clients, c'est ce qu'il disait.

— Quoi ?

— Eh bien, à votre avis, qui organise tout ça ? lança Tom. Je suis trop occupé à faire les opérations, je ne peux pas être responsable de trouver les clients aussi.

Mark se leva.

— Fin de l'interrogatoire à quinze heures quarante-deux.

Il se précipita hors de la pièce tandis que West rassemblait tous les documents avant de courir après lui. La porte claqua derrière elle.

Il ne s'arrêta pas avant d'atteindre le bureau de garde à vue, où Felix Darrow se tenait devant le comptoir pendant que le sergent de garde traitait tous les papiers et lui rendait ses effets personnels.

— Un instant.

Mark récita à nouveau l'avertissement officiel et se tourna vers Felix.

— Vous êtes en état d'arrestation, monsieur Darrow, pour suspicion d'avoir organisé le prélèvement illégal d'organes ayant entraîné la mort d'au moins douze personnes. Vous n'êtes pas obligé de dire quoi que ce soit. Vous—

— Il vous l'a dit, hein ? ricana Felix.

— Vous nous avez dit que vous n'étiez pas au courant.

— Bien sûr que j'étais au courant, bon sang.

— Et vous n'avez pas pensé à le dénoncer ?

— Certainement pas. Au moins, il en a tiré de l'argent,

cracha Felix. Ce qui est plus qu'on ne peut dire de l'époque où il faisait ça adolescent.

Mark se tourna vers le sergent de garde.

— Ramenez-le en cellule, s'il vous plaît.

— Oui, chef.

West secoua la tête tandis que Felix était emmené.

— Maintenant on sait de qui Tom tient, murmura-t-elle.

— Toute la famille est pourrie jusqu'à la moelle, dit Mark. Tous, sans exception.

CHAPITRE 58

Le lendemain soir, Mark et Lucy quittèrent la péniche juste après dix-huit heures et flânèrent le long du chemin de halage en direction du pont.

Il y avait désormais une certaine douceur dans l'air, la promesse d'un printemps précoce, et des martinets volaient en tous sens au-dessus des hautes herbes de la prairie. La circulation quittant le centre-ville d'Abingdon avait ralenti après l'heure de pointe des travailleurs, même si un flot régulier de voitures se dirigeait vers le club de football en traversant le pont.

Il prit la main de Lucy et l'embrassa.

— Je t'aime. Désolé de ne pas avoir été très présent ces deux dernières semaines.

— Je t'aime aussi, dit-elle en lui serrant la main. Et tu n'as pas besoin de t'excuser. Je suis juste contente que tu l'aies attrapé avant qu'il ne puisse tuer quelqu'un d'autre.

— Moi aussi.

Il consulta sa montre.

— Le match commence dans vingt minutes, on devrait probablement se dépêcher.

— Ok. Alors, les garçons jouent aussi ce soir ?

— Oui. Jan a dit que c'était un match pères contre fils, quelque chose qu'ils font deux ou trois fois par an pour impliquer toute la famille.

Il la laissa passer devant lui par l'espace entre le portail et la haie, puis il attacha la laisse de Hamish au collier du chien avant de la suivre.

Un peu plus loin sur la route, il aperçut le toit bas caractéristique d'un pavillon de cricket et il prit note mentalement de se renseigner sur le calendrier des matchs la prochaine fois qu'il serait en ligne. Il appréciait l'atmosphère détendue du cricket, et la perspective d'un temps plus chaud et de passer un samedi après-midi à lire le journal tout en regardant un match local lui donna un regain d'énergie.

Le terrain du club de cricket longeait celui du club de football de la ville et les deux clubs partageaient un parking commun actuellement bondé de véhicules appartenant aux joueurs et aux spectateurs du match sur le point de commencer.

Après avoir vérifié la circulation, ils traversèrent rapidement la route avec Hamish sur les talons de Mark. Le petit chien ne tira pas longtemps sur la laisse et semblait heureux de fourrer son museau dans le talus herbeux qui bordait l'esplanade de béton à côté du bâtiment du club pendant que Mark attendait.

— Prêt ?

Le chien éternua, puis sortit à reculons de la haie qu'il explorait et leva les yeux, la langue pendante.

— Bon chien. Ne me fais pas honte en essayant de

chercher la bagarre avec les autres chiens qui pourraient être ici, d'accord ?

Lucy rit.

— C'est plutôt toi qui risques de lui faire honte après quelques bières.

— Hé, ce n'est pas juste. Et ce n'est pas vrai non plus.

Il sourit, puis passa son bras autour de ses épaules et se hâta de rejoindre l'entrée du club de football.

Une frêle barrière métallique avait été maintenue ouverte à l'entrée du terrain de football à côté d'une cabane où un vieil homme faisait signe aux gens de passer.

Il hocha la tête vers Mark, qui leva la main en signe de salut.

— On peut entrer avec le chien ?

— Tant que vous ne le laissez pas en liberté, pas de souci.

— Merci.

Mark jeta un coup d'œil à sa gauche pour voir les deux équipes déjà en train de s'échauffer sur le terrain, et il accéléra le pas.

Devant lui, un petit bâtiment en briques abritait le bureau et les vestiaires des équipes, un chemin en béton passant entre celui-ci et le terrain. Au-delà de leur position, il pouvait voir une rangée de gradins en bois de couleur vert foncé pour les spectateurs et il se dirigea vers eux en suivant le flot des supporters et des membres des familles.

— Mark !

Il regarda par-dessus les têtes du couple qui marchait devant lui pour voir West en train de lever la main pour attirer son attention.

Il se fraya un chemin entre deux adolescents jusqu'à l'endroit où elle se tenait avec un sac en bandoulière près de la clôture qui séparait le terrain de la foule.

— Tu es venu, alors ? Ton œil au beurre noir commence à avoir meilleure mine.

Son sourire faiblit un peu quand elle vit Hamish.

— Il ne va pas causer de problèmes ?

— Il va être sage comme une image, promis.

— Garde-le en laisse, ok ?

— Oui, chef.

Elle se détendit alors et fit une accolade à Lucy.

— Merci d'être venus tous les deux. Je me suis dit que ce serait une bonne façon de se détendre après ces deux dernières semaines.

— C'était une excellente idée, dit Mark.

Il se retourna lorsque deux garçons de onze ans accoururent vers eux en tenue de football, et il sourit.

— Salut, les garçons.

— Salut, Mark, dirent-ils en chœur, puis l'un d'eux se tourna vers West. Maman, on peut avoir un hot-dog ?

— Après le match, dit-elle. On aura tous faim à ce moment-là, y compris Hamish, j'imagine.

Le garçon fronça les sourcils un instant, puis s'illumina lorsque son frère tira sur sa manche.

— Viens, Harry. On va être en retard sinon et je ne veux pas commencer sur la touche.

Ils partirent en courant et Mark se tourna vers West en souriant.

— Je n'arrive toujours pas à les différencier.

— Facile, dit-elle avec un petit rire. Harry est le plus bavard. Luke essaie de maintenir la paix. Venez. Il y a des places libres par ici. On peut discuter tout en regardant.

— Ça me va. On te suit.

Quelques instants plus tard, ils s'installaient sur un banc en bois à mi-distance du terrain, protégé par un large auvent conçu pour abriter les spectateurs des intempéries mais qui, aujourd'hui, les protégeait du soleil couchant.

Les projecteurs autour du terrain s'allumèrent soudain, baignant la pelouse de rayons blanc vif qui illuminaient les joueurs qui entraient sur le terrain.

Mark balaya quelques feuilles mortes qui avaient été soufflées vers l'intérieur, puis il laissa passer West et il s'installa sur le siège à côté de Lucy, son cœur manquant un battement lorsqu'un craquement inquiétant émana du banc.

— Ne t'inquiète pas, ça fait toujours ça, dit West.

— Ils ne devraient pas les réparer ?

Elle sortit un thermos de son sac désormais à ses pieds, puis elle versa une généreuse quantité de café dans des gobelets en plastique et les lui tendit avant de parler.

— Probablement, mais il y a tellement d'autres priorités, comme l'assurance. C'est juste un petit club.

Il haussa les épaules pour concéder le point et s'apprêta à tendre l'un des gobelets à Lucy.

— Attends.

Il jeta un coup d'œil tandis que West sortait une flasque de son sac et la brandissait, les yeux amusés.

— Vous voudrez peut-être un peu de ça pour vous réchauffer une fois le soleil couché, dit-elle. Ne t'inquiète pas, Scott est le conducteur désigné ce soir. Je me suis dit qu'on pourrait aller au Pelican après. C'est à environ cinq kilomètres. C'est un joli pub qui n'est pas trop bondé pour un vendredi soir. Les garçons aiment bien les repas là-bas, et les chiens sont acceptés.

— Santé.

Ils entrechoquèrent leurs tasses en aluminium, puis un coup de sifflet bref et sec ramena l'attention de Mark vers le terrain de jeu.

— Où est Scott ?

Elle pointa du doigt.

— Numéro cinq.

— Ah, oui. Je le vois.

Ils regardèrent pendant quelques minutes supplémentaires puis, après avoir vérifié que les spectateurs derrière eux étaient absorbés par le match, il se pencha vers West et baissa la voix.

— J'ai parlé à Kennedy plus tôt. Il a confirmé que l'accident de voiture du chirurgien n'était ni suspect ni lié à notre enquête.

— Dieu merci. Et pour Ben, le frère de Tom ?

— C'est bien lui sur la vidéo fournie par les deux adolescents, et ça a été corroboré par les images du voisin de Gregory Lesk. Sa caméra de surveillance montre clairement Ben qui se dirige vers la porte d'entrée de Lesk après que Barry y a déposé l'enveloppe, mais ensuite il part, probablement pour le rattraper près de la rivière. Judy Sarsgold a confirmé son identité. Et elle a avoué avoir envoyé les lettres de menaces à Barry. Elle a dit qu'elle essayait de le dissuader parce qu'elle s'inquiétait de ce que Tom et Felix pourraient faire.

La première mi-temps du match s'avéra être un duel serré entre les garçons et leurs pères, les deux équipes ayant obtenu des penalties dans les dix premières minutes.

Mark éclata de rire lorsque les efforts de l'un des pères aboutirent à un but contre son camp, mais leur équipe réduisit l'écart grâce à un superbe tir d'un milieu de terrain vieillissant quinze minutes plus tard.

West leva la main alors que le coup de sifflet de l'arbitre annonçait la mi-temps, et Scott bondit hors du terrain vers les gradins.

— Je ferais mieux de descendre discuter. Vous venez ?

— Bien sûr.

Mark serra la main de son mari pendant que Lucy parlait avec Harry et Luke de leurs efforts, puis Scott posa ses mains sur ses hanches et expira avant de désigner d'un mouvement du menton l'homme en uniforme noir qui s'éloignait.

— Tu as vu ça ? Ce foutu arbitre a besoin de lunettes. Le meilleur tir de la saison, et il le déclare hors-jeu.

West cligna des yeux, puis hocha la tête.

— Oh, oui, clairement pas hors-jeu. Vous allez peut-être égaliser en deuxième mi-temps, chéri ?

Il rayonna et courut rejoindre ses coéquipiers.

West leva les yeux au ciel alors qu'ils reprenaient leurs places.

— Il n'est qu'énergie et enthousiasme. Ça m'épuise parfois de vivre avec lui. C'est comme vivre avec un Labrador.

Mark attendit qu'elle ait pris une autre gorgée de sa boisson.

— Il mâchouille aussi les meubles, alors ?

— Tu es con, s'étrangla West en se frappant la poitrine du poing. Je t'ai dit de me prévenir avant de faire des remarques comme ça.

FIN

BIOGRAPHIE DE L'AUTEUR

Rachel Amphlett est l'auteure de romans policiers et de thrillers d'espionnage les plus vendus par USA Today, et la plupart de ses livres ont été traduits dans le monde entier.

Ses romans sont disponibles en format numérique, en version imprimée et en livres audio dans les bibliothèques et chez les détaillants, ainsi que sur son site web.

Grande voyageuse et détective privée par accident, Rachel possède les nationalités australienne et britannique.

Pour en savoir plus sur les livres de Rachel, rendez-vous à l'adresse suivante : www.rachelamphlett.com.